KB073062

강한 채로 회귀

# 강한 채로 회귀 3

홍성은 퓨전 판타지 장편소설

초판 1쇄 찍은 날 § 2023년 11월 20일
초판 1쇄 펴낸 날 § 2023년 11월 27일

지은이 § 홍성은
펴낸이 § 서경석

총괄팀장 § 황창선
편집책임 § 김우진
디자인 § 스튜디오 이너스

펴낸곳 § 도서출판 청어람
등록번호 § 제387-1999-000006호
등록일자 § 1999. 5. 31
어람번호 § 제1-3217호

본사 § 경기도 부천시 부일로 483번길 40 서경B/D 3F (우) 14640
편집부 § 서울특별시 구로구 디지털로 272 한신IT타워 404호 (우) 08389
전화 § 02-6956-0531 팩스 § 02-6956-0532
http://www.chungeoram.com
E—mail § chungeorambook@daum.ne

ⓒ 홍성은, 2023

ISBN 979-11-04-92498-9 04810
ISBN 979-11-04-92495-8 (세트)

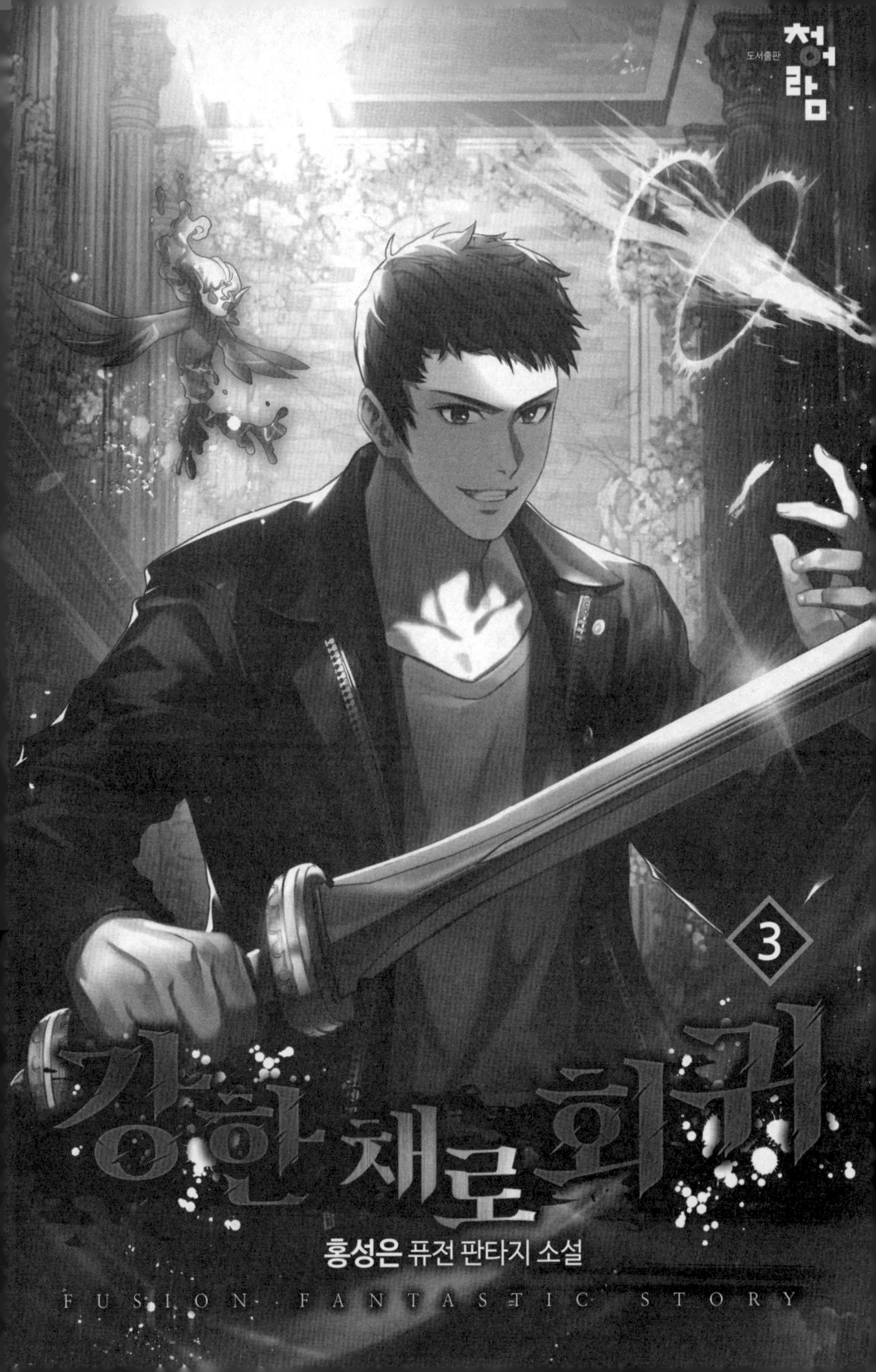
도서출판 청어람
3
강한 채로 회귀
홍성은 퓨전 판타지 소설
FUSION FANTASTIC STORY

강한 채로 회귀

# 목차

**1장**    제20층 (2) ·· 7

**2장**    제21층 ·· 33

**3장**    제22층 ·· 59

**4장**    제23층 ·· 97

**5장**    제24층 ·· 125

**6장**    제25층 ·· 141

**7장**    제26층 ·· 155

**8장**    제27층 ·· 171

**9장**    제28층 ·· 213

**10장**   제29층 ·· 227

**11장**   제30층 (1) ·· 317

1장
—

# 제20층 (2)

[19층의 모험가 751명 중 생존하여 20층까지 내려온 모험가는 7백, 2십, 7명입니다.]

11층에서는 며칠 내내 상담만 했던 것 같은데, 20층에서는 그 정도까지의 시간이 걸리진 않았다.

억지를 부리거나 뭘 막 우겨대거나 내게 항의하는 모험가 부류가 확 줄어든 것도 큰 이유이긴 하다.

아니, 어떻게 보면 가장 큰 이유였다.

하지만 근본적인 이유는 역시 사람 숫자가 줄었기 때문이다.

"…거의 반토막이 났구만."

모험가가 미궁을 탐사하다 죽는 건 어쩔 수 없는 일이라고 생각은 하고 있지만, 그 사실을 마음으로 받아들이는 건 또 다른 문제다.

나는 애써 씁쓸함을 잊으려 차를 한 잔 들었다.

아무리 체력 능력치가 좋아도 한참 떠들다 보면 목이 마르고 칼칼해지기 마련이다.

이럴 때 좋은 것이 엘프 잎차다.

데운 맥주 따위는 결코 답이 될 수 없다.

내 머릿속에서 나가, 이 망할 것!

차를 마시고 있으려니, 문득 이런 생각이 들었다.

자기가 싫다고 안 온 모험가를 제외한 다른 모험가들은 모두 다 내게 상담을 받았다.

그런데 그럼…….

"나는 누가 상담해 주지?"

사실 나도 상담이 필요하다.

직업을 고르는 건 나도 처음이었기 때문이다.

물론 데이터는 있으니 내가 직접 판단해도 되지만, 그래도 조언 한마디를 받을 수 있다면 내 판단에 불안해할 일이 없어질 것이다.

문제는 내게 조언해 줄 만한 사람이 없다는 것인데…….

[행운의 여신이 불렀냐고 묻습니다.]

그런데 그때, 내 혼잣말에 여신이 반응했다.

나는 반사적으로 아니라고 대답하려고 했지만, 곧 마음을 바꿔 먹었다.

그래, 내 상담을 받아 줄 상대가 성좌 말고 어디 있겠는가?

적어도 사람 중엔 없다.

"제가 직업을 고른다면 어떤 직업이 좋겠습니까?"

그렇게 판단한 나는 밑지는 셈 치고 행운의 여신에게 상담을 받아 보기로 했다.

그리고 곧 후회하게 되었다.

[행운의 여신이 광대는 어떻냐고 말합니다.]

뭐?

[행운의 여신이 춤도 추고 재롱도 부리는 좋은 직업이라고 합니다.]

"여신님께서 심심풀이로 지켜보기 좋은 직업이라는 의미겠죠?"

[행운의 여신이 어떻게 알았냐고 묻습니다.]

그 대답을 들은 나는 싱긋 웃었다.

"저는 새 직업으로 탐정을 고르겠습니다."

[행운의 여신이 갑자기 무슨 소리냐고 묻습니다.]

"세상 모든 비밀을 밝히는 탐정이 되겠습니다!"

당연히 여신의 비밀도 예외는 아니다!

[행운의 여신이 농담이었다고 다급하게 외칩니다!]

[행운의 여신이 사과합니다!]

"알아차리셨군요."

역시 여신이야. 눈치도 빠르시지.

[행운의 여신이 협박 하루 이틀 당해 보냐고 한숨을 내쉽니다.]

[행운의 여신이 정 고민된다면 새비지워락은 어떠냐고 묻습니다.]

"새비지 워락이요?"

[새비지 워락이 아니라 새비지워락이라고 말합니다.]

아니, 띄어쓰기가 그렇게 중요한가?

"그래서 그 새비지워락이 뭡니까?"

[행운의 여신이 단적으로 말하면 야만흑마에 가까울 거라고 합니다.]

야만흑마?

뭐, 흑마. 그러니까 흑마술사 쪽이면 이해가 안 가는 것도 아니다.

나는 죽은 자의 영혼도 소환하고, 피도 뿌리고, 불도 지르니까.

흑마술의 영역 중 일부를 다룬다는 점에 있어서는 반박의 여지가 없다.

한데, 야만?

"제가 야만이랑 무슨 상관이 있습니까?"

[행운의 여신이 맨날 알몸으로 그것도 뼈 몽둥이 들고 돌아다니면서 할 말이냐고 되묻습니다.]

아… 아?

놀랍게도 반박할 말이 없었다.

그러네, 나 야만적이었네.

[행운의 여신이 네 그런 점도 좋아한다고 덧붙여 강조합니다.]

그러십니까. 알겠습니다.

나는 무표정하게 되물었다.

"그래서 그 새비지워락이 되면 뭘 할 수 있게 되는 겁니까?"

[행운의 여신이 야만의 혼을 술자의 몸에 강령시켜 그 힘을 빌려 쓸 수 있다고 말합니다.]

"그냥 듣기만 해도 부작용이 꽤 있을 것 같은 싸움 방식 아닙니까?"

[행운의 여신이 너라면 괜찮을 거라고 단언합니다!]

어쨌든 부작용이 있는 건 사실이라는 뜻이잖아?

게다가 이 이야기 어디서 한 번 들어 본 것 같은데…….

아, 맞다. [비의 계승자] 성상 집으라고 할 때 이런 말 했었다.

하지만 결과적으로는 괜찮은 게 맞긴 했다. 결과적으로는… 말이다.

[행운의 여신이 이번엔 진짜라고 합니다.]

이거 거짓말 자주 하는 친구들의 입버릇 아닌가?

＊　　　　＊　　　　＊

새비지워락의 직업 성좌는 [이름 붙여진 적 없는 이]였다.

직업 성좌의 알현은 알현실에서 이뤄진다.

굳이 다시 언급할 필요도 없는 사실이지만, 나는 이미 알현실을 많이 들어가 봤다.

[행운의 여신], [피투성이 피바라기]에 [고대 엘프 사냥꾼], [고대 드워프 광부]에 이르기까지.

지금 시점 기준, 그 누구보다 더 알현실 경험이 많은 게 바로 나일 것이다.

아니면 말고.

그런데 이번 알현실은 뭔가 달랐다.

"그래, 너. 네가 개쩌는 나의 첫 손님이로군. 개쩌는 나를 뵈어라."

[이름 붙여진 적 없는 이]는 좀 이상한 성좌였다.

아니, 성좌들이 대개 좀 이상하긴 하지만 [이름 붙여진 적 없는 이]의 이상함은 그 궤가 약간 달랐다.

"개쩌는 새비지워락이 되고 싶은가? 되고 싶다고 말해. 왜냐하면 뭐니 뭐니 해도 새비지워락은 개쩌니까 말이야."

일단 말투가…….

아니, 그런 문제가 아니었다.

알현실은 온통 정글이 우거져 있었는데, 그 정글을 이루고 있는 수목의 상태가 어디서 많이 봤던 것들이었다.

5층의 차원 벽 너머에서 봤던, 티라노사우루스와 원시 고대 엘프가 뛰놀던 원시 고대의 생태가 여기 펼쳐져 있었다.

친근감? 그런 건 느껴지지 않았다.

왜냐하면 [이름 붙여진 적 없는 이가 알몸 상태였기 때문이다.

…어, 나도 자주 알몸 상태가 되긴 했지만 이런 걸로 친근감을 느끼지는 않는다.

게다가 [이름 붙여진 적 없는 이가 들고 있는 건 뭔가의 뼈로 만들어진 지팡이와 둔기의 중간 같은 거였다.

…잘 생각해 보니 나도 오크 대퇴부 뼈 따위를 들고 다니긴 하지만 그게 뭐 어쨌단 말인가.

아무튼 [이름 붙여진 적 없는 이는 나와 닮은 점이 단 하나도 없었다.

"왜 말이 없지? 설마 개쩌는 새비지워락이 되고 싶지 않은 건가?"

"아, 아뇨."

나는 말을 더듬었다.

일부러 그런 건 아니었다.

누구라도 이런 상황에선 말을 더듬게 될 것이다.

아니라고?

키는 2m를 넘는다기보단 3m에 더 가까울 정도에 어깨는 떡 벌어진 근육질 남자가 홀딱 벗고 다리를 쩍 벌린 채 황금 뼈 옥 좌에 앉아 있는 걸 보고도 말을 안 더듬는다고?

어디서 뭐 하시던 분이세요?

여하튼.

"그, 새비지워락은 뭘 할 수 있습니까?"

일단 행운의 여신으로부터 대략적인 설명을 듣긴 했지만, 그래 도 본인에게서 듣는 게 더 정확할 것이다.

"내게 그런 걸 묻는단 말인가? 개쩌는 내게?"

그런 판단으로 섣불리 한 질문에 대한 성좌의 반응은 격렬했다.

"그렇다면 답해 주도록 하지."

화가 난 줄 알았더니 그렇진 않은 모양이다.

나는 잠자코 질문의 답을 기다렸다. 답은 곧 나왔다.

"새비지워락은, 개쩐다!"

아, 그러시군요. 잘 알겠습니다.

이만 나가 봐도 될까요?

　　　　＊　　　　　＊　　　　　＊

결론부터 말해서 나는 새비지워락이 되기로 했다.

왜냐하면 새비지워락은 개쩔기 때문이다.

"새비지워락의 직업 능력치는 세 개다. [지식], [혈기], 그리고 [야성]."

보통 직업 성좌와 계약하면 그 성좌가 능력치를 줄 때도 있지만 기존의 능력치와 연동되어서 돌아가기도 한다.

둘 모두 장단점이 있다.

직업으로 새로운 능력치를 받는다는 건 곧 새로운 능력을 얻는다는 말과 같으니, 그것 자체로 장점이 되는 셈이다.

대신 그 새로운 능력치를 처음부터 올려야 한다는 점이 문제가 된다.

이 케이스에 속하는 대표적인 직업이라면 역시 마법사 계열 직업이다. 마법사 직업 성좌와 계약하면 [마력]이라는 새로운 능력치를 부여받는다.

대부분의 마법사 계열 직업의 능력, 즉 마법의 위력과 사용할 수 있는 마법의 종류는 모두 이 [마력]에 의해 결정된다.

따라서 [마력]을 충분히 성장시키기 전까지는 사용할 수 있는 마법의 종류도, 위력도 제한된다.

물론 나처럼 미배분 능력치가 충분히 남아 있다면 그리 큰 문제가 안 될 것이다.

그런데 또 [혈기]나 [명예]처럼 올리는 데에 특수한 방법을 요하는 능력치를 주는 경우가 있다.

이런 경우는 기껏 직업 성좌와 계약해 새로운 직업을 얻었음에도 그 이점을 살리지 못하게 되어 버리는 케이스였다.

기존의 능력치와 직업이 연동되어 돌아갈 경우는 그와 정반대다.

이미 능력치가 충분하므로 새 직업으로 얻는 능력을 처음부터 활용할 수 있어 즉각적인 파워 업으로 연결시킬 수 있다.

이 케이스에 속하는 대표적인 직업이라면 전사를 고를 수 있겠다.

전사 계열 직업이 아니라, 순수한 전사 말이다.

기본 능력치인 [근력] 및 [체력]과 연동되므로, 평소에 충분히 투자를 해 뒀다면 처음부터 강력한 전사 능력을 발휘할 수 있게 된다.

다만 새로운 능력치 하나를 얻을 기회를 버리는 것이라, 나중을 생각하면 자신의 성장판을 스스로 닫아 버리는 셈이 될 수도 있다.

지금 당장 확 강해지느냐. 아니면 대기만성을 노리느냐.

누구라도 고민하지 않을 수 없는 문제일 것이다.

그런데 새비지워락은 둘 모두에 속했다.

내가 지니고 있던 기존의 능력치 두 개가 연동되어 돌아가는 데다, 거기 맞춰서 새로운 능력치까지 준다.

"초기 [야성]은 네 [지식]과 [혈기]에 의해 정해진다. 넌 두 능력치 모두 이미 개쩌니까 아무 문제가 안 되겠어."

심지어 그 새 능력치는 두 능력치 평균으로 결정된다고 하니, 새로 키울 필요도 없었다.

현재 내 [지식]은 108에 [혈기]는 130. 평균 내면 아무튼 100은 넘는다.

이 말인즉슨, 내가 새비지워락이 되면 [야성] 100 능력을 받고 시작한다는 뜻이다.

이건 혹할 수밖에 없지 않은가?

"하겠습니다."

내가 대답하자, [이름 붙여진 적 없는 이]가 씨익 웃었다.

"개쩌는군."

전적으로 맞는 말이었기에, 나는 고개를 끄덕여 대답을 대신했다.

*　　　*　　　*

[이름 붙여진 적 없는 이]의 직업 계약을 마치자마자, 나는 [야성] 100 능력부터 확인했다.

[야만 영웅의 영혼 강령]: 위대한 야만 영웅 영혼을 새비지워락 본인에게 강령시킨다.

강령 후, 이름 없는 영웅과 닮은 육신을 얻게 되며 야만 영웅 강령 상태에서만 쓸 수 있는 능력이 개방된다.

단, 이 능력은 인간인 상태에서만 사용할 수 있다.

이것 외에도 [야만 전사의 영혼 강령], 그리고 [야만 용사의 영혼 강령]이 있었지만, 누가 봐도 [야만 영웅의 영혼 강령]의 하위 호환 능력이었기에 딱히 쓸 필요가 없었다.

아마 야성이 더 적어서 야만 용사를 못 얻었더라면 울며 겨자 먹기로 썼어야겠지만, 나는 예외다.

"여기서 써 봐도 됩니까?"

"아, 물론이지. 개쩌는 능력을 얼른 시험해 보고 싶은 마음을 이해하니까 말이야."

나는 허락을 받은 즉시 [이름 없는 야만 영웅의 영혼 강령]을 써 봤다.

"!"

그러자 내 몸이 자라기 시작했다.

김이선으로부터 [급속 거대화]를 받았을 때와 느낌이 약간 비슷했지만 본질적으로는 완전히 달랐다.

일단 그렇게까지 커지지는 않았다. 기껏해야 2m를 넘기고 3m 가까이 되는 정도에 그쳤으니, [급속 거대화]에 비할 바는 아니었다.

그러나 힘이, [근력]이 강해지고 있었다.

그리고 이미 여러 번 체력에 보너스를 받아 본 입장에서 볼 때, [체력]도 확실히 강해졌다.

다만 [민첩]과 [솜씨]에는 변화가 없었다.

—[불변의 정신++]이 상태 이상 [자아 침식]에 저항합니다.

—저항 성공!

뭐, 그 과정에서 사소한 사건이 있었지만 그리 신경 쓸 일은 아니었다.

지금 와서 이런 걸로 놀라기엔 내가 당한 게 너무 많다.

[행운의 여신]이 나라면 괜찮을 거라고 말한 게 이거였구나, 하고 내심 납득했을 뿐이다.

"어떠냐. 개쩔지?"

내가 그렇게 새로 얻은 능력을 시험해 보고 있으려니, [이름 붙여진 적 없는 이]가 슬쩍 다가와 내게 물었다.

"예, 개쩌네요."

나는 싱긋 웃으며 대답했다.

이러한 내 반응을 보고 [이름 붙여진 적 없는 이]는 실망의 빛을 미처 감추지 못했다.

단순 무식한 척은 혼자 다 했으면서, 교활하기는.

하긴 그냥 단순 무식하기만 했다면 애초에 성좌에 오르지도 못했겠지.

뭐, 아무튼 좋다.

새비지워락의 능력이 개쩌는 건 사실이니까.

"감사합니다."

내 감사 인사에 성좌의 표정이 시큼털털해졌다.

*        *        *

나는 [이름 붙여진 적 없는 이]의 얼굴을 바라 보았다.

아니, 성좌님. 표정이 왜 그러십니까?

어디서 간장이라도 원샷 하셨습니까?

…아, 간장 먹고 싶다.

갓 지은 뜨끈한 흰 쌀밥에 계란 반숙이랑 간장, 참기름 넣고 슥슥 비벼서 한 숟갈 크게 떠서 입에 넣고 우물우물 먹고 싶다.

깨소금 약간 솔솔 뿌리면 더 좋지.

조미김도 몇 장 있으면 좋겠고.

그냥 돌김이라도 괜찮다.

구우면 되니까.

아, 그렇지.

김치, 김치도 필요하다.

잘 익은 열무김치라면 더 바랄 게 없겠는데…….

"하아……."

이놈의 미궁에선 너무 이루기 힘든 소망이다.

나는 어느새 성좌와 똑같은 표정을 짓게 되었다.

"이런, 개쩔지 못한 오해가 생긴 것 같군."

그런데 내 간장 계란밥 먹고 싶은 표정이 어떻게 비쳤는지, 성좌가 손을 내저었다.

"물론 네가 침식당했으면 개쩔겠다고 생각은 했다. 그럼 개쩔어졌을 테니까."

그럼 오해가 아니잖아?

내 묘해진 표정에도 아랑곳하지 않고 성좌는 계속해서 말했다.

"하지만 나는 너도 개쩐다고 생각한다."

"예, 저도 제가 개쩐다고 생각합니다."

나는 솔직하게 대답했다.

그러자 성좌는 고개를 끄덕였다.

"그렇군. 개쩌는군."

"그렇습니다. 개쩝니다."

내 대답에 성좌는 무릎을 두드리며 웃었다.

"하하하! 앞으로도 계속 개쩔도록! 네가 개쩌는 한 나는 계속해서 네 편이다!"

나는 진지하게 고개를 끄덕이며 진심을 가득 담아 대답했다.

"걱정하지 않으셔도 좋습니다. 저는 개쩌니까요."

"하하하하!"

"하하하!"

성좌는 웃었다.

나도 웃었다.

"그런데 그거 아십니까?"

"뭘?"

"전 회귀자입니다."

성좌의 표정이 변했다.

"아? 아아, 어쩐지 개쩔더라."

그렇다고 그 표정에 경악이나 놀라움 같은 감정이 깃든 건 아니었다.

그저 수수께끼의 정답을 들은 것 같은 낯빛이다.

역시 이 성좌는 내가 굳이 자신에게 비밀을 밝힌 이유를 아직까지 눈치채지 못한 것 같다.

그렇다면 더 눈치 볼 것도 없지.

나는 [비밀 교환++] 아이콘을 눌렀다.

솔직히 말하자면 아까부터 냄새가 개쩔었다.

비밀 냄새가 말이다.

물론 대부분의 성좌에게서는 냄새가 난다.

하지만 이 성좌의 냄새는 한층 더 심했다.

─[이름 붙여진 적 없는 이]는 사실 여성입니다.

그리고 그 냄새의 비밀이 지금 밝혀졌다.

응? 근데… 뭐라고?

"…여성?"

나는 [이름 붙여진 적 없는 이]를 바라보았다.

근육이나 키나 덩치 문제가 아니었다.

굳이 다리 사이를 응시할 것도 없다.

그, 아무튼 남성이었다.

그런데 여성이라니.

그게 말이 되나?

[비밀 교환++]이 내게 거짓말을 했을 리는 없는데, 역시 다시 봐도 믿어지지를 않는다.

"…뭐냐?!"

내가 나도 모르게 토해 버린 비밀에, 성좌 또한 너무 놀라 순간적으로 반응을 제대로 하지 못했다.

설마, 이 반응은…….

"아, 제 고유 능력입니다. [비밀 교환]이라고, 제 비밀을 하나 말하면 상대의 비밀 하나를 알 수 있는 능력이지요. 그러고 보니 이것도 비밀이었네요."

나도 당황한 채 횡설수설 늘어놓았다.

그러자 성좌가 뼈 옥좌에서 일어났다.

그는 거대했고, …거대했다.

저게 여자라니 말도 안 되지.

나는 [비밀 교환++]이 오류를 일으켰다는 가설에 힘이 실리는 것을 느꼈다.

"…그렇다. 사실 나는 여자다."

옥좌에서 일어난 성좌의 몸이 슈르륵 줄어들었다.

줄어들었다곤 해도, 그렇게까지 큰 변화가 있는 건 아니었다.

훌쩍 큰 키, 떡 벌어진 어깨, 잘 단련된 근육은 여전히 자리하고 있었으니까.

결정적으로 바뀐 점이라면 딱 하나.

성별뿐이었다.

그게 좀 지나치게 결정적이긴 하다만, 그거야 뭐 아무튼.

"네가 그 몸에 강림시킨 야만 영웅의 영혼은 사실 내 남편의 영혼이다."

성좌가 본색, 아니… 본성? 아무튼 그걸 드러내자마자 한 말은 이거였다.

"네 영혼이 침식당하지 않은 것을 보고 실망한 것은 내 남편을 다시 만날 수 있으리라 했던 기대가 꺾였기 때문이다."

성좌는 애달픈 한숨을 내쉬었다.

"그래, 헛된 기대였지. 내 남편을 강령시킬 수 있을 정도의 실력자가, 그것도 ■■를 견뎌 낸 이가 고작 침식을 견뎌 내지 못할 리가 없는 것을."

그런, 독백과도 같은 성좌의 말을 듣고 있던 나는 대단한 위화감을 느꼈다.

"실례입니다만 성좌님. 개쩜 어디 갔습니까?"

최소한 2문장에 1개쩜을 유지하고 있던 입버릇의 균형이 완전히 무너져 내렸기 때문이다.

"그것은 남편의 입버릇이다."

이러한 내 지적에, 성좌는 단호하게도 말했다.

"이 몸이 여자임이 들킨 이상, 굳이 입에 달고 살 필요는 없겠지."

그러시구나.

그러려니 하고 듣고 있으려니, 성좌의 시선이 내 몸을 훑는 것을 느낄 수 있었다.

"하지만 네 몸은… 좋군."

참고로 내 몸은 거의 알몸이었다.

있는 자리에서 키와 덩치가 50%씩 불어나는데… 이걸 버티는 옷은 없다.

옷이 버티지 못한다면 내 몸이 못 버티겠지.

그리고 바로 직전 층계, 그러니까 19층에서 정장을 해 먹었던 터다.

이번 층계에서 같은 실수를 반복하고 싶지는 않았기에, 나는 [야만 용사 영혼 강령] 능력을 활성화하기 전에 미리 정장을 벗어 둔 참이었다.

비록 해 먹었던 정장은 [자동 수복]으로 고쳐졌다지만, 그렇다고 굳이 또 해 먹을 이유가 없었다.

물론 아무리 성좌 앞이어도, 어쩌면 그래서 더더욱 완전히 알몸이 되고 싶지는 않았기 때문에 신축성이 매우 좋은 소재로 된 속옷을 입었지만…….

찢어졌다.

뭐, 당연하다면 당연한 일이다.

그럼에도 불구하고 어쨌든 가장 중요한 부분은 잘 가리고 있었기에 일부러 신경 쓰지 않고 있었다.

그런데 바야흐로 지금, 어쩐지 찢어진 속옷이 매우 신경 쓰이기 시작했다.

"비록 남편에게 자아를 침식당하지는 않았다지만, 그 몸은 남편의 것과 유사하다. 강령의 영향도 있겠지만, 너 역시 단련에 단련을 거듭해 왔겠지."

이유는 내 몸을 훑는 성좌의 시선이 뭔가 찐득해지기 시작했기 때문이었다.

"굳이 남편의 표현을 빌리자면, 그래, 개쩐다."

어…….

"어떤가? 생각이 있다면……."

소름이 돋았다.

"실례했습니다!"

나는 재빨리 성좌의 알현실을 빠져나왔다.

계속 이 자리에 남아 있으면 무언가 중요한 것을 빼앗기고 말 것 같다는, 모호하고 불확실한 공포에 사로잡힌 채.

\*       \*       \*

좌우지간, 아무튼.

나는 새비지워락이 됐다.

직업 능력치: [야성 119] [지식 108] [혈기 130]

"이런 건가."

특별 능력치에 속해 있던 [지식]과 [혈기]가 직업 능력치로 바뀌었고, 새로 생긴 [야성] 능력치도 직업 능력치에 등록되었다.

가장 늦게 얻은 [야성]이 가장 앞에 위치한 건 직업 능력치라 그렇겠지.

[야성]은 [혈기]와 마찬가지로 미배분 능력치로 올릴 수 없었다.

[지식]과 [혈기]를 올려서 평균치를 끌어올리는 수밖에 없어 보였다.

뭐, 처음 당하는 것도 아니니 별로 당황스럽지도 않다.

공짜로 올릴 방법이 없는 것도 아니고.

"아니, 엄밀히 따지면 [신비한 명상]은 공짜가 아니지……."

어쨌든 지난 경험을 통해 [신비한 명상]은 치유의 샘물이 있는 곳에서 사용하고, 사용한 다음에는 꼭 한숨 푹 자야 한다는 점을 깨달았다.

이전보다는 훨씬 안정적으로 써먹을 수 있게 됐다고 봐도 무방하리라.

그러니 [야성]을 130까지 끌어올리는 것은 그리 어려운 일이 아니었다.

하지만 [야성]을 올림으로써 '야만 영웅'의 침식이 더 강력해질지도 모른다는 것은 단순히 기우로 끝날 일이 아닐 가능성이 컸다.

"흐음……."

왠지 갈수록 리스크만 높아지는 것 같은데.

뭐, 보험도 있긴 하지.

가호: [황금 열쇠: 우대권]

만약 불상사가 일어난다면 이 가호가 날 보호해 줄 것이다.

"그렇죠? 여신님."

[행운의 여신이 당신을 뒤늦게 맞이합니다.]

[행운의 여신이 그런데 무슨 말 했냐고 묻습니다.]

이런 행운의 여신의 메시지를 보고 있으려니, 나한테 새비지워락 고르라고 말한 게 여신이었다는 것을 새삼스레 떠올리게 되었다.

"아니!"

하지만 최종적으로 결정을 내린 사람이 나라는 게 바뀌진 않았기에, 크게 화를 낼 순 없었다.

[행운의 여신이 너라면 괜찮을 줄 알았다고 고개를 끄덕이며 말합니다.]

실제로 괜찮기도 했고 말이다.

"에휴."

나는 짧은 심호흡, 짧은 심호흡이라는 말이 이상하긴 하지만 아무튼 짧은 심호흡을 통해 마음을 다스렸다.

어쨌든 [이름 붙여진 적 없는 이]의 알현실에서 급하게 나오느라 미처 확인하지 못한 새로 얻은 능력이나 좀 자세히 살펴봐야겠다.

[야만 영웅의 육체]: 신장 +50%, 체중 +50%, 근력 +50%, 체력 +50%. 단, 자아 침식의 위험이 있음.

그러시구나.

아무튼 고유 능력으로 페널티를 무시할 수 있는 내겐 일방적으로 좋은 능력이 맞았다.

키가 커지는 건 보다 높은 시점을 얻는다는 뜻이고, 몸무게는 공격의 추가적인 위력을 담보하니까.

게다가 데이터에는 기록되어 있지 않지만, 팔다리가 길어진 것도 대단히 유의미하다.

더 긴 리치, 더 큰 한 걸음은 항상 옳으니까.

더욱이 이게 전부인 건 아니었다.

[야만 영웅의 기술]: 모든 양손 무기를 한 손으로 다룰 수 있게 되며, 모든 근접 무기 사용에 추가 보너스를 얻는다.

"흠."

솔직히 나는 무기를 잘 다루는 편이 아니다. 그저 높은 [근력]과 [솜씨]를 통해 아무렇게나 휘두르고 있는 것에 가까웠다.

그러나 시험 삼아 전쟁검을 뽑아 휘둘러 본 순간, 나는 내가 갑자기 검의 달인이 된 것 같은 착각에 휩싸였다.

그것은 깨달음의 연속이었다.

아, 원래는 칼을 이렇게 쥐는 게 더 효과적이구나. 이렇게 휘둘러야 힘이 제대로 전달되는구나.

훌륭한 스승에게서 가르침을 몇 년이나 사사한 것처럼, 나는 검이라는 무기의 '진정한' 사용법을 익혀 버리고 말았다.

내친김에 [위대한 오크 투사의 대퇴부 뼈]까지 꺼내 들어 보았더니, 비슷한 현상이 일어났다.

아니, 오히려 더했다.

마치 야만 영웅의 주 무기는 뼈 몽둥이라고 외치기라도 하듯, 사용법이 머릿속과 근육에 콕콕 박혔으니까.

단순히 힘으로만 휘두르던 내게 있어, 대퇴부 뼈의 튀어나온 부분을 활용해 적의 발을 걸고 제압하라는 가르침은 경탄스러울 정도였다.

다시 잘 생각해 보면 간단하고 당연한 거였는데.

능력치 빨로 모든 걸 헤치고 나온 내게는 황금과도 같은 가르침이었다.

―[불변의 정신++]이 상태 이상 [자아 침식]에 저항합니다.

―저항 성공!

아이쿠, 너무 몰입했었나 보다.

자, 다음!

[야만 영웅의 호령]: 일정 시간 동안 아군에게 [야성]과 비례한 전투력 보너스를 부여한다.

[야만 영웅의 호통]: 일정 시간 동안 적군에게 [야성]과 비례한 전투력 페널티를 부여한다.

오, 역시 영웅 정도 되니 아군과 적 부대의 전투력을 높이거나 낮추기까지 하는 모양이다.

레이드를 할 일이 있으면 [피투성이 깃발]까지 같이 들어서 다 쓰면 괜찮겠다 싶다.

아무튼 이렇게 직업을 골랐으니 슬슬 여길 떠도 되겠다.

"킁킁!"

물론 비밀부터 찾고 말이다.

*       *       *

나는 새로운 사실을 깨달았다.

"나는 회귀자다!"

이렇게 중얼거리고 다니는 것과 아무것도 없는 곳에서 코를 킁킁거리고 다니는 것 중 어느 것이 더 수상해 보일까?

답은 둘 다.

엎어치나 메치나. 내동댕이쳐지는 건 똑같은 것과 같은 이치다.

수상한 정도 따위는 그다지 중요한 척도가 아니라는 뜻이다.

물론 이건 내 생각에 불과할 뿐이다.

방귀 뀐 놈이 성낸다는 말이 있듯, 내가 나 스스로 쫄려서 하는 생각일 수 있다는 소리다.

이걸 네 글자로 줄여서 자격지심이라고 한다.

그래서 나는 이 행동을 다른 모험가들을 모두 내려보내고 난 후에 하기로 했다.

코를 킁킁거리든, 공공연한 비밀을 중얼거리고 다니든, 주위에 아무도 없다면 신경 쓸 필요가 없다.

이것이 진리다.

뭐, 굳이 이유를 하나 더 대자면.

"여긴 너무 냄새가 심하군."

직업 성좌의 전당에서 비밀 냄새가 심하게 풍기고 있었다.

성좌는 누구나 비밀을 품고 있다.

사람도 그렇지만, 성좌가 더 심하다.

진짜 이름조차 비밀이니 말이다.

그런 성좌들이 떼거리로 몰려 있으니, 냄새가 심하지 않을 수가 없었다.

그래서 나는 어쩔 수 없이, [비밀 교환++]을 얻기 전 수단을 동원해야 했다.

"나는 회귀자다!"

내 공공연한 비밀을 공공연하게 외치는 행위가 바로 그 수단이었다.

"회귀회귀—자!"

뭐, 그리 큰 기대를 품고 하는 짓은 아니다.

11층에서도 내가 찾아낸 비밀이라곤 하위 성좌의 이름 정도였다.

그렇기에 11층과 유사하지 않다고는 못할 20층에서도 그리 특별한 비밀을 찾아낼 일은 없다고, 나는 반쯤 체념한 채 있었다.

그럼에도 비밀 찾기에 임하고 있는 이유는 간단했다.

안 하고 넘어가면 찜찜하니까.

다시 확인할 방법이 없음에도 불구하고, 그러므로 후회할 일이 없음에도 불구하고.

혹시 내가 못 찾고 남겨 둔 비밀이 있지 않을까, 뒤통수가 가려워지지 않을까 불안한 까닭이다.

"회귀회귀—함!"

그래도 뭐, 예상대로 비밀이 나오는 일은······.

"회혹?!"

있었다.

어라?

2장
—
제21층

　나는 십수 미터 높이의 전당 건물 위로 기어 올라갔다.

　건물 옥상에는 종탑이 세워져 있었다. 바로 그 종탑의 종 안에 비밀이 숨겨져 있었다.

　"이거 왠지 함정 같은데……."

　거대한 청동 종 아래로 기어들어 가려고 하니 영 불안했다.

　내가 들어가면 누가 종에 묶은 줄 잘라서 가두는 거 아냐?

　옛날 미국 애니메이션에서 그런 장면 많이 나왔는데.

　톰과 제리라든가, 그 외 등등.

　하지만 다른 사람의 모습은 보이지 않았고, 아무리 회귀의 비밀을 외쳐 봐야 아무 비밀도 나타나지 않았다.

　나는 찜찜한 마음을 누르고 종 아래로 들어갔다.

　종 안에 들어가자마자 나는 비밀의 정체를 알아볼 수 있었다.

바깥에서는 절묘하게 가려지는 위치에 마치 옜다 가져가라는 듯, 보물 상자 하나가 대놓고 열려 있었다.

"와우."

이건 [비밀 교환] 같은 능력이 없었어도 성격이 조금만 특이했으면 발견할 수도 있는 비밀이었다.

보이는 건물은 다 올라가 봐야 성에 차는 성격이라든가, 종 안에는 들어가 봐야 직성이 풀리는 성격이라든가.

…잘 생각해 보니 그런 사람이 드물 만도 했다.

"설마 그런 미친 사람이 있겠어?"

말하고 보니 지금 내가 그러고 있었다.

아니, 나는 아니야. 그냥 [비밀 교환] 때문에……

누구한테 변명하는 건지. 나는 피식 한 번 웃고 보물 상자 안의 물건을 집었다.

[듀얼 클래스 인장: 직업을 두 개 가질 수 있다.]

이렇게 새로운 인장을 빠르게 얻게 되다니, 운도 좋지.

나는 곧장 인장을 내 팔뚝에 박았다.

이전과 마찬가지로, 인장은 아무 고통 없이 새겨졌다.

"좋아!"

손뼉을 한 번 짝 친 나는 행운의 여신을 불렀다.

"여신님, 다음 직업으로는 뭐가 좋겠습니까?"

[행운의 여신이 또 불평할 거면 안 말해 줄 거라고 합니다.]

"불평 안 하겠습니다. 행운의 여신님을 걸고 맹세합니다."

[행운의 여신이 왜 날 거냐고 불평합니다.]

어? 그러고 보니 그렇네.

내가 변명을 생각하고 있으려니, 여신은 됐다는 듯 바로 다음 조언을 해 주었다.

[행운의 여신이 그럼 이번에는 무난하게 빔메이지 어떠냐고 합니다.]

"빔 메이지? 그게 뭘 하는 직업입니까?"

[행운의 여신이 빔 메이지가 아니라 빔메이지라고 합니다.]

아니, 아까부터 왜 이렇게 띄어쓰기에 민감하신 거지?

하지만 나는 그러려니 했다. 취향을 존중하기로 했기 때문이다.

[행운의 여신은 [신비] 자원을 쓰는 퓨어메이지라고 합니다.]

퓨어메이지라는 게 순수 마법사라는 의미겠지?

왜 굳이 한 번 꼬아서 말하는 건지는 모르겠지만, 불평하지 않기로 맹세했으므로 의문을 입 밖에 내지 않았다.

이전과 달리 이번에는 추천해 준 직업이 마음에 든 것도 이러한 내 결정에 영향을 미치긴 했다.

세비지워락은 인간일 때만 능력을 쓸 수 있고, 강령 기반이긴 해도 기본적으로 근접전에 치우친 클래스다.

항상 붙어서만 싸울 수는 없는 만큼, 마법사로서의 소양도 갖춰 놔야 다양한 상황에 적절히 대응할 수 있다.

[신비] 기반의 마법 위주 직업이라면 이러한 내 가려운 곳을 적절하게 긁어 주기 적합해 보였다.

"알겠습니다. 전당으로 가 보죠."

\*            \*            \*

나는 빔메이지가 되기로 했다. 왜냐면 개쩔었기 때문이다.

사실은 혹시나 하는 마음도 있었다. 기본적으로 미궁은 판타지 세상이다. 총과 미사일보다는 칼과 마법의 세계에 더 가까웠다.

그렇기에 빔메이지의 '빔'이 과연 내가 아는 그 빔일까 하는 생각이 들 수밖에 없었다.

그러나 이번만큼은 설마가 사람을 잡았다.

"빔! 메이지는! 빔! 을 쏘는! 메이지다!!"

빔메이지의 직업 성좌, [빔! 을 쏘는!]은 커다랗게 외쳤다.

직업 성좌가 살짝 맛이 간 것 같지만 큰 문제는 아니다.

그보다 이 알현실의 풍경을 보라.

마치 우주와도 같은 공간이다.

새카맣고, 별들이 반짝이고 있으며, 중력이 없었다.

그러나 마치 우주와 같다는 건 우주가 아니라는 뜻이기도 했다.

어둠 속 긴 광선이 번뜩이며 지나간다.

광선을 맞은 공 형태의 기계가 폭발했다.

광선이 발사되는 소리, 기계의 폭발음이 선명하게 들렸다.

내가 아는 우주라면 이럴 수 없다.

하지만 한편으로는 내가 아는 '다른' 우주라면 마땅히 이래야 했다.

[빔! 을 쏘는!]의 사도로 보이는 이들이 번쩍거리는 광선검을 들고 허공을 이리저리 누비고 있었으며, 그들이 손을 앞으로 펼칠 때마다 그게 나갔다.

그게 뭐냐고?

빔! 빔이다!

[빔! 을 쏘는!]의 빔은 내가 아는 그 빔이 맞았다.

입자포, 광선총, 그 외 등등 무엇으로 번역하든 상관없었다.

그 빔이 내가 아는 그 빔이다.

나의 빔이다.

"그대! 빔! 을 쏘겠는가!"

알현실의 광경에 홀려 멍하니 있던 내게, [빔! 을 쏘는!]이 이렇게 물었다.

아무런 망설임도 필요하지 않았다.

"당! 연!"

그래서 나는 곧장 큰 목소리로 답했다.

"그래! 그렇다면 너도! 빔! 이다!!"

가슴이 벅차올랐다.

이 이상의 상찬이 있을까?

아니, 없다.

아까까지는 그렇지 않았을지 몰라도, 이제부터는 나는 빔이다.

내가, 빔! 이다!!


*　　　　*　　　　*


나는 빔메이지의 능력에 대한 설명을 들었다.

[빔!]: 이론으로 설명할 수 없는 신비한 입자로 이뤄진 입자포를 짧게 한 발 쏜다!

[비이임!!]: 신비한 입자로 이뤄진 입자포를 길게 쏴서 목표를 지져 버려라!!

[비이이이임!!!]: 비이이이임!!!

능력 이름과 설명도 약간 정신 나갔지만 괜찮다.

약간이니까. 약간 정도야 정신이 좀 나갈 수도 있지.

굳이 분석하자면 빔을 길게 말할수록 입자포가 오래 나가고, 큰소리로 외칠수록 위력이 강해진다고 보면 되겠다.

그러니까 원할 땐 비이이이임!을 쏠 수도, 빔!!!을 쏠 수도 있다는 소리다.

[빔! 으로 베는!]: 신비한 입자로 이뤄진 빔 소드를 출현시킬 수 있다. [신비]에 비례한 피해를 입힌다. 치명타 확률을 적용받는다.

아까 봤던, 사도들이 들고 있던 광선검이 이것인 것 같았다.

로망 그 자체였다.

그러나 가장 인상적인 능력은 [빔] 100 능력이었다.

[빔]이라는 능력치는 없지만, 그거야 뭐 아무튼.

[빔 인간]: 네가 빔이다.

이 능력이 백미였다.

"써 봐도 됩니까?"

"물론! 빔! 이다!"

와우!

나는 바로 써 봤다.

번쩍!

그러자 내가 빔이 되었다.

농담이 아니다. 내가 빔이다!

전신에서 신비한 입자를 내뿜는 빔 인간이 되어, 나는 하늘을 질주하고 있었다.

아니, 이것은 질주가 아니다. 빔이다!

"어욱!"

그러나 나는 지속 가능한 빔 인간이 아니었다.

빔이 될 수 있는 시간은 너무 짧았다.

1초? 0.1초? 이보다 짧을 수도 있었다.

그 정도 시간 밖에 빔이 되지 못했음에도 불구하고, 나는 내 내면을 가득 채우고 있던 [신비]를 모두 소진해 버렸음을 깨달았다.

이성이 돌아온다.

"이거 연비 무지 안 좋네······."

"빔! 이니까!"

성좌가 대답해 주었다.

대단한 설득력이었다.

도중에 이성이 돌아오긴 했지만, 흥분을 가라앉히고 차분하게 다시 생각해 봐도 빔메이지는 역시 좋은 직업이었다.

왜냐면 [빔]의 효율이 엄청나게 좋았던 탓이다.

아까는 나쁘다고 했다가 지금은 좋다고 했다가 내가 생각해도 이중적이긴 한데, 원래 이런 효율 같은 건 다 비교대상이 있어야 설명이 되는 법이다.

그리고 그 비교대상인 [신비한 화살]에 비해 [비이이이임!!!!]의 소모 [신비] 대비 위력이 50% 이상 좋았다.

비록 [빔 인간]의 연비가 놀라울 정도로 안 좋긴 했지만, 그건 전신에서 비효율적으로 빔을 뿜어 대며 빔이 됐기 때문이다.

그냥 빔을 쏘면 나쁠 게 없었다.

그렇다고 [신비한 화살]이 완전히 소용없어진 건 또 아니었다.

[신비한 화살]의 연사는 또 연사 나름의 메리트가 있었으니까.

[비이이이임!!!]은 단일 타겟을 지져 버리는 데에 유효하지만, 여러 타깃을 쏴서 떨어뜨리는 데에는 [신비한 화살]이 더 나았다.

물론 [고대 엘프 사냥꾼]의 축복이 없었더라면 [신비한 화살]을 버렸겠지만. 그런 만약의 경우를 지금 생각할 필요는 없었다.

따라서 나는 [빔! 을 쏘는!]과 계약하기로 했다.

                    *            *            *

그렇게 빔메이지가 되어 돌아온 내게, 행운의 여신이 한 첫 마디가 이거였다.

[행운의 여신이 너라면 안 미치고 돌아올 줄 알았다고 합니다.]

"예? 뭐라고요?"

[그 신비한 입자 덩어리는 바라보는 것만으로도 필멸자를 현혹시켜 광기로 인도할 수도 있다고 행운의 여신이 길게 설명합니다.]

아, [빔]의 성좌에게 그런 느낌이 없진 않았지.

[빔]의 알현실에 있었을 때는 빔에 현혹된 상태여서 확인하지 않았던 상태 메시지를 보니 난리가 나 있었다.

─[불변의 정신++]이 상태 이상 [현란한 광란]에 저항합니다.

─저항 성공!

─[불변의 정신++]이 상태 이상 [현란한 광란]에 저항합니다.

─저항 성공!

…이런 식으로 말이다.

[하지만 너라면 괜찮을 거라고 생각하고 추천한 거였고, 역시

내 생각이 맞았다고 행운의 여신이 자신만만하게 말합니다.]

이게 행운의 여신이지.

이제는 익숙해질 때도 되었다.

게다가 불평할 마음도 들지 않았다.

왜냐하면 진짜 마음에 들었으니까.

왜? 빔이니까.

더 이상의 이유는 필요하지 않았다.

다음에 만나는 적에게는 반드시 빔부터 갈겨 주기로 맹세하며, 나는 20층을 뒤로 했다.

*   *   *

21층은 개판이었다.

"크아아아악!"

"호로롤롤롤로!"

아니, 더 정확히는 트롤판이었다.

"진짜로 이렇게… 트롤이 잔뜩 나오네."

눈앞에 펼쳐진 생경한 광경에, 나는 감탄마저 했다.

본래 트롤은 트롤끼리 무리 짓지 않는다.

왜냐하면 트롤이라는 종자는 서로의 일을 방해하고 망치려는 본성을 도저히 참지 못하기 때문이다.

트롤이 다섯 마리 모이면 서로 발을 걸어 대느라 한데 꼬여서 트롤 뭉치가 되어 버린다는 것은 이미 학계의 정설이다.

그러나 여기, 미궁 21층에서만큼은 이 트롤 무리가 아주 위협적이었다.

이유는 간단하다.

이 21층은 층계 전체가 미로였고, 갈림길이 아주 많았으며, 그 갈림길 하나마다 트롤이 하나씩 배치될 수 있었기 때문이다.

서로를 방해하지 않는 트롤은 강하다.

트롤의 신장은 3m에 더 가까웠고, 체중은 1t을 찍는다.

인간보다 두 배 정도 큰 신장에 열 배에서 스무 배씩이나 더 무거운 체중을 가졌음에도 체형이 말라 보이는 건 이유가 있다.

이들의 거죽이 돌과 같이 딱딱하고, 거죽 아래에는 단단한 근육이 꽉 들어차 있기 때문이다.

이러한 근육은 놈들로 하여금 폭발적인 근력을 발휘할 수 있게 해 준다.

거죽이야 말할 것도 없이 질겨서 칼로도 잘 안 베이고, 화살도 잘 안 박히지만, 그러한 거죽만 보고 이들의 움직임이 딱딱할 거라 생각하면 오산이다.

이것들은 등 쪽으로 허리를 접고 펼 수 있을 정도로 유연하며, 동시에 대단히 민첩하다.

게다가 가장 인상적인 것은 이것들의 뼈다.

처음 듣는 사람은 이게 무슨 미친 소린가 싶겠지만, 트롤은 자기 뼈를 몸 밖으로 꺼내댈 수 있다.

손등 뼈를 쑥 꺼내 클로처럼 쓰는 건 예사로 하고, 팔 하박 뼈 중 하나를 휙 꺼내 칼처럼 쓰기까지 한다.

등 쪽으로 접근한 적에게는 등뼈를 가시처럼 세워 공격하기도 한다.

더욱 가관인 건 땅을 박차고 달려들 때 발밑의 뼈를 단숨에 팍 꺼내 추진력을 더하는 모습이다.

그래서 트롤과 처음 조우한 모험가들이 이 상식을 벗어난 기습 공격에 많이 당하곤 한다.

황당한 건 이렇게 뼈를 거죽 바깥으로 꺼낼 때 트롤도 상처를 입는다는 점이다.

이런 짓을 할 때마다 트롤의 살과 거죽이 갈라지고 피가 확 솟구친다. 그럼에도 트롤이 아무렇지 않게 자해를 자행하는 건 태생적으로 지닌 뛰어난 재생력 때문이다.

그 공능은 꺼냈던 뼈를 집어넣을 때, 갈라졌던 거죽과 살이 곧장 다시 차오를 정도다.

마지막으로 트롤은 자신의 몸을 바위처럼 만들 수 있다.

좀 불리하다 싶으면 도망가서 바위로 가장하고 숨어 있는 걸 볼 수 있다.

이렇게 바위처럼 변한 트롤을 쉽게 해치울 수 있는 것도 아니다. 그 거죽이 진짜 바위처럼, 아니, 그 이상으로 튼튼해지기 때문이다.

이러한 트롤의 습성이 단번에 회복할 수 없을 정도로 큰 상처를 입은 놈도 그냥 놓아 줄 수 없는 이유이기도 하다.

한 번 바위처럼 변했다가 돌아오면 그 상처를 완전히 회복하는 것은 물론 심지어 더 강해지기까지 하니 말이다.

만약 트롤이 서로를 방해하지 않고 집단행동을 할 수 있다면 이보다 더 골치 아픈 몬스터 군단도 없을 것이다.

다행히 그런 일은 별로 없지만, 이 21층의 환경이 제한적이나마 트롤들끼리의 협업을 가능케 하니 골치가 아프지 않을 수 없었다.

"철호! 비이이이임!!!"

뭐, 내 [빔] 앞에서는 한 방이었지만 말이다.

[빔] 한 방에 증발하는데, 재생이고 석화고 뭐고 무슨 상관이 있단 말인가?

힘이 세? 근접전에 강해? 몸에서 뼈를 칼처럼 꺼내?

조금 떨어져서 [빔]을 쏘면 그만이다.

그러니 나는 이런 결론을 내릴 수 있었다.

역시 [빔]이야! 가차 없지!!


*     *     *


21층은 11층이 아니라 1층과 유사한 층계였다.

층계 자체가 미로로 구성되어 있어 출구를 찾아서 나가면 끝나는 식이다.

1층보다야 훨씬 좁지만, 지난번의 21층보다는 훨씬 넓은 것을 보니 아무래도 참여자의 숫자에 따라 조정되는 모양이다.

이번에는 1층과 달리 내가 마지막에 들어왔기 때문에, 다른 사람들은 모조리 빠져나간 후라서 따로 케어할 건 없었다.

애초에 21층의 정석적인 공략법은 트롤을 적당히 패서 바위로 만들고 그 틈을 타 미로를 빠져나가는 방식이었다.

아무리 레벨이 높아도 고작 100레벨 정도일 모험가가 트롤을 단번에 죽일 수 있을 공격을 하는 건 불가능에 가깝기 때문이었다.

난이도상으로는 일찍 내려간 모험가가 더 쉽게 미로를 통과하고, 나중으로 미뤄질수록 어려워지는 설계로 꾸며져 있다.

아까 언급했듯, 큰 피해를 받아 바위가 됐다가 회복했을 때 더 강해지는 트롤의 능력 때문이다.

그래서 결론이 뭐냐면…….

—레벨 업!

가장 마지막에 내려온 나는 강해질 대로 강해진 트롤을 상대해야 하며, 그렇게 강해진 트롤은 무려 내게 경험치를 줄 수 있을 정도로 성장했다는 것이다.

"이게 윈윈이지!"

이 환경을 만들기 위해, 나는 일부러 20층의 모험가들을 레벨과 전투 능력으로 등급을 부여해 차례차례 내려보냈다.

그런 내 각고의 노력이 결실을 거둔 셈이다.

"후!"

또 한 마리의 트롤을 빔 소드로 해치우며, 나는 가슴 가득한 성취감에 몸을 떨었다.

무려 [야만 영웅의 영혼 강령]에 [빔! 으로 베는!]을 접한 듀얼 클래스의 콤비네이션 공격이랄까.

사실 야만 영웅의 영혼이 빔 소드를 아주 잘 다루지는 못해서 그다지 효율적이라고는 못할 공격이었지만 그런 건 아무래도 상관없었다.

로망이니까.

원래 로망은 효율 보고 추구하는 게 아니다.

그렇게 사심까지 놓치지 않고 채워가며 21층을 싹 다 정리한 나는 아무도 없는 층계를 쿵쿵거리며 돌아다니기 시작했다.

당연히 이 또한 다른 사람들을 모두 내려보낸 다음 21층에 온 이유 중 하나긴 했다.

그렇게 21층 전체를 탐색하며 돌아다니던 나는 막다른 골목에 놓인 [훼손된 성상] 하나를 발견했다.

이 성상은 비밀조차 아니었다.

아주 긴 외길의 골목 끝에 그저 덩그러니 놓여 있을 뿐이었으니, 비밀일 리가 없었다.

"…공략으로 지도를 이미 내준 게 이런 나비 효과를 불러올 줄은 몰랐군."

뭐, 지난번에도 이 성상을 얻은 모험가는 없으니 엄밀히 말해 나비 효과라는 표현은 어울리지 않았다.

모르긴 몰라도 정상적인 모험가가 이 외길에 접어들었다면 살아서 나가긴 힘들었을 테니, 알려지지 않은 것도 무리는 아니리라.

이렇게 판단하는 이유는 트롤 바위 하나면 꽉 막힐 정도로 통로가 좁았기 때문이다.

단번에 트롤을 죽일 화력을 갖추지 못한 모험가는 트롤 바위에 막힌 외길을 빠져나갈 수 없다.

길을 막은 트롤은 죽을 것 같을 때마다 바위가 되어 회복하고 더욱 강해져서 다시 덤벼들게 되니, 조금씩 밀어내는 것도 위험부담이 크다.

이렇게 아무나 들어올 수 없는 외길 골목의 막다른 곳에 놓인 훼손된 성상의 주인이 정상적인 성좌일 리가 없었다.

따라서 나는 섣불리 성상을 집지 않고 [비밀 교환++]을 사용했다.

―이 성상은 [세 번 위대한 이]의 성상입니다.

"음? 처음 들어보는……."

[행운의 여신이 빨리 집으라고 합니다!]

내가 혼잣말을 마치기도 전에 행운의 여신이 헐레벌떡 메시지를 보내왔다.

여신의 메시지를 본 나는 우뚝 굳었다.

이미 서너 번 속았는데… 한 번 더 속아야 하나?

하긴 속을 때마다 이득을 보긴 했으니 이번에도 속아 보긴 해야지.

"후!"

나는 짧은 한숨을 내쉬며 마음속 각오를 다진 후, 성상을 향해 손을 뻗었다.

―[훼손된 성상]이 [세 번 위대한 이]의 채널에 접속을 시도합니다.

―[세 번 위대한 이]의 채널 접속에 성공하였습니다.

그리고 나는 성좌의 알현실로 즉각 납치당했다.

아니, 채널 접속하자마자 알현실이라고?

맞선 자리에서 바로 상견례 치르는 것도 아니고!

그렇게 들어간 알현실의 풍경은 기이했다.

태양이 떠오른 밤, 불이 타오르듯 주홍빛의 하늘에는 반짝이는 별들이 떠올라 있었다.

자세히 보니 내가 별이라 여겼던 건 수정으로 이뤄진 거대한 구형 물체였다.

그러한 구형 물체가 알현실의 하늘에 수없이 들어차 있었다.

내가 딛고 선 땅바닥도 수은 행성 위였다.

온도 탓인지 단단히 굳어 수은처럼 여겨지지 않았을 뿐.

건강에 그리 좋지 않을 것 같은 광경이었으나, 알현실에 선 내게도 추위나 수은 중독 같은 상태 이상은 느껴지지 않았다.

"기이하군."

나를 보면 이렇게 말한 [세 번 위대한 이] 성좌의 모습이 더 기이했다.

이제껏 내가 본 성좌는 전부 사람의 모습을 유지했었다.

그 빔의 성좌조차도 그랬건만, 이번에는 그렇지 않았다.

[세 번 위대한 이]의 전신은 날개로 이뤄져 있었다.

아니, 깃털로 이뤄져 있다는 표현이 더 정확할지도 모르겠다.

머리부터 발끝까지 전부 날개에, 깃털로 휩싸여 있고, 날개로 가리고는 있지만 실제로는 가려지지 않은 거대한 눈이 동체 한가운데 번뜩였다.

그 모습이 마치 천사 같았다.

흔히 그려지는 아름다운 인간형의 천사가 아니라, 뭔가 수상한 옛 오컬트 서적에 나오는 천사 모습 쪽이란 게 문제지만.

"그러고도 여지껏 살아 있다니."

하는 말은 더욱 수상했다.

성좌가 호구 잡으려는 점쟁이 같은 소릴 하다니.

"지식 도둑과 만난 모양이로군."

지식 도둑?

나는 잠깐 고개를 갸웃거렸지만, 저 호칭이 누굴 가리키는지에 대한 답은 금방 나왔다.

[비의 계승자]일 것이다.

아마도… 아니, 확실히.

"[왜곡된 지식]을 한껏 들이켜고도 지금껏 살아 있다는 것도 흥미롭고."

"제, 제가 원해서 들이켠 건 아닙니다."

성좌의 말에 반사적으로 대답하고 나서야, 나는 인사도 안 했다는 사실을 뒤늦게 알았다.

"그래, 네가 의도한 바는 아니겠지. 너는 그저 지식 도둑에게 속아 이용당했을 뿐일 터."

그 말을 듣고서야, 나는 성좌의 눈매가 길쭉해진 것이 미소를 띤 것이라고 추론할 수 있게 됐다.

"본래 위대한 지식은 연금술을 단련하여 [신비]에 닿고, 그 [신비]의 힘을 빌려 명상하여 새로운 지식을 얻는 선순환으로써 획득하는 것이 정석이다."

성좌는 갑자기 설명을 시작했다.

혹시 설명을 좋아하는 성격인가?

"너는 완전히 틀렸다. 틀려먹은 방식으로 오염된 지식에 닿아, 네 정신과 영혼이 오염되어 무너지고 그 자리를 광기가 대신해야 하건만."

설명 좋아하는 성격 맞나 보네.

나는 다른 사람 일처럼 생각했다.

"그럼에도 불구하고 그 자아를 유지하고 있다니, 너는 대견하다."

사실 그건 내 [불변의 정신] 덕이지만, 그걸 지금 털어놓을 이유는 없을 것 같았다.

군이 내 쪽에서 맞장구를 치지 않아도 계속해서 설명할 것 같기도 하고 말이다.

"하나 그것은 사상누각에 올라 있는 것과 같으니, 네 탓이건, 아니건 언젠가는 그 토대가 무너져 내리게 될 테지."

이 말을 듣고서야 나는 조금 진지해질 수 있었다.

하긴 [지식] 100 능력인 [색채의 지식], [색채 초환]은 위험했다.

때마침 120레벨에 올라 [불변의 정신++]을 얻지 못했더라면 어떻게 됐을까?

운이 좋았다면 좋았던 것이지만, 이 행운이 언제까지 이어질까?

확실히 수를 내긴 내야 할 시기가 되긴 됐다.

그래서 나는 곧 이어질 성좌의 설명에 집중하기로 했다.

"네게 대책이 없는 것은 아니다. 지금이라도 올바른 방식의 토대를 세운다면 네 파멸을 미룰 수 있게 될 테니."

왜냐하면 내게 진짜로 도움이 될 것 같은 설명을 해 주고 있었기 때문이다.

$$* \qquad * \qquad *$$

"네게 대책이 없는 것은 아니다. 지금이라도 올바른 방식의 토대를 세운다면 네 파멸을 미룰 수 있게 될 테니."

오, 역시.

성좌의 지식으로도 완벽한 대책을 세우기는 어렵다는 선고는 조금 충격적이었으나, 파멸을 유예할 수 있다는 말만으로도 꽤 희망이 보였다.

저 방법과 [불변의 정신]을 합친다면 뭐가 어떻게든 되지 않을까 싶기도 했다.

나는 성좌의 설명에 계속해서 귀를 기울였다.

그런데 갑자기 성좌가 웃었다.

"그대는 재미있다. 티케가 그대에게 달라붙어 있는 이유도 조금은 알 것 같군."

티케?

행운의 여신?

되게 친한 것처럼 말하네.

"나도 그대가 탐나지만, 아무리 그래도 딸아이의 것을 앗을 순 없지."

예? 딸아이?

나는 두 눈을 껌벅였지만 말을 하진 않았다.

호기심이 느껴지긴 했지만, 내가 알아서 좋을 일은 아닐 것 같다는 느낌이 본능적으로 들었기 때문이다.

"내 성상을 회수해 줘서 고맙다고 해야겠군. 인사가 늦었어. 보상이 필요하겠지. 지금 주마."

―특별 기술: [연금술]을 얻었습니다.

"가, 감사합니다?"

특별 기술을 얻어 보는 것은 처음이다.

특별 기술이 일반 기술과 다른 점은 랭크 보너스로 기본 능력치 대신 특별 능력치가 주어진다는 점이다.

이건 확실히 감사할 만한 보상이다.

"부디 정진하라. 이것이 네 파멸을 유예할 수단이니."

거기에 성좌의 조언까지 더해졌다.

그러고 보니 아까 들은 말이 있었지. 위대한 지식을 쌓는 정석
은 연금술로부터 시작한다고.

그렇다면 이 새로 얻은 기술이 내 답이 되긴 할 터였다.


                    *              *              *


[행운의 여신이 고마워합니다.]

[세 번 위대한 이]의 알현실에서 나오자마자, 냅다 [행운의 여신]
이 감사부터 질렀다.

[행운의 여신이 당신을 축복합니다.]

게다가 다짜고짜 축복부터 뿌린다.

[5… 4……]

이미 행운은 끝까지 올려뒀으므로 내가 할 일은 그냥 기다리
는 것뿐이었다.

물론 [행운의 여신]에게 이유를 묻거나 다그치거나 항의한다거
나 하는 것도 가능은 하지만, 나는 그럴 생각이 없었다.

지금은 준다는 걸 받아야지. 이유는 나중에 알아도 된다.

그래서 나는 일단 받았다.

─[행운의 여신]의 [무작위의 축복]이 내립니다.

─[다이아몬드 3].

잘 세공되어 반짝이는 다이아몬드 세 개가 떨어져 내렸다.

그간 내가 다이아몬드를 실컷 폄하했지만, 그래도 손안에 들어
온 보석을 보자 마음이 혹했다.

마력을 저장하지 못하면 어떠랴. 실용성이 없으면 어떠랴.

이렇게 반짝이는데.

나는 까마귀의 마음을 이해할 수 있게 됐다.

적어도 미궁에서는 아무짝에도 쓸모없는 다이아몬드지만, 버리지 않고 인벤토리 안에 소중히 보관한 건 그 때문이었다.

아니, 이게 아니지. 축복 효과부터 확인했어야 했는데.

[다이아몬드 3]: 일반 기술과 특별 기술의 습득 및 숙련이 [행운]%만큼 빨라진다.

막 연금술을 얻어 처음부터 새로 단련해야 할 내게 딱 필요한 축복이 주어진 셈이다.

운이 좋았다.

행운이 이렇게 높은데 당연하다 싶기도 하지만, 이런 걸 당연시하면 안 된다.

"감사합니다."

항상 감사하는 마음을 갖자. 나는 그렇게 다짐하며 여신께 인사를 올렸다.

[행운의 여신이 감사하라고 합니다.]

아, 예. 감사의 마음이 싹 사라지는 대응 감사합니다.

그렇다고 여신과 이런 걸로 아웅다웅할 이유가 없었기에, 나는 다른 화제를 찾았다.

"그러고 보니 여신님. [세 번 위대한 이]가 여신님더러 따님이라고 하던데."

[행운의 여신이 부끄러워합니다.]

"맞나 보네요?"

[행운의 여신이 그렇다고 합니다.]

"와."

[행운의 여신이 그 반응은 뭐냐고 합니다.]

"아뇨, 그냥."

성좌가 그리스 신화의 신들처럼 애 낳고 사는 걸 보니 신기하다는 생각이 들어서.

하지만 나는 그 생각을 입 밖으론 꺼내지 않았다.

굳이?

*       *       *

―레벨 업!

21층의 트롤을 다 잡아도 올릴 수 있었던 레벨은 2개뿐이었다.

뭐, 레벨을 올릴 수 있던 게 어딘가 싶긴 하지만.

트롤 사냥을 마친 나는 곧장 연금술의 단련에 매진했다.

[다이아몬드 3]의 축복을 얻었음에도, 새로운 기술의 단련은 결코 쉽지 않았다.

적절한 재료를 모아 뭘 열심히 만들거나 자연에 널린 것을 캐기만 하면 오르는 일반 기술과는 달랐다.

연금술이라는 기술, 혹은 학문은 자신의 영혼을 단련하는 것이 그 과정이자 동시에 목적이었다.

영혼의 단련에는 깨달음이 필요했고, 그 깨달음은 얻고 싶을 때 마음대로 얻을 수 있는 게 아니었다.

보기에는 화학 실험처럼 보이는 연금술 실험을 반복하며 세상의 이치를 눈앞에서 목도하여 얻는 파편과도 같은 작은 번뜩임을 모아야 했다.

세간에서 흔히 연금술의 궁극적 목표로 여겨지는 납을 금으로 바꾸는 기술이나 만병통치약 같은 건 이러한 과정에서 얻어지는 부산물에 불과했다.

작은 번뜩임이 깨달음으로 이어지리라는 보장은 없으니, 평범한 연금술사는 그저 크고 작은 다양한 실험을 계속하는 수밖엔 없다.

"뭐, 그래도 올릴 만큼은 올렸지만."

그러나 나는 예외였다.

3장
—

제22층

　그간 허투로 [지식]을 얻은 게 아니었다.

　[세 번 위대한 이]가 말했듯 [지식]이 연금술의 기반이었고, 내가 이제껏 쌓아온 그 기반은 기술의 랭크를 충분히 올리는 데에 충실히 공헌했다.

　[연금술 5]

　특히 5랭크까지는 [내면의 불꽃]만으로 올린 거나 다름이 없었다.

　"그냥 [해의 지식] 마법 강화할 때나 쓰는 능력인 줄 알았는데……."

　하긴 능력 이름부터가 내면의 불꽃이다.

　그러니 영혼의 담금질에 이보다 더 좋은 능력은 없었다.

　만약 이 능력이 없었다면 나도 일반적인 연금술사처럼 하염없는 실험 반복의 수렁에 빠져들어야 했으리라.

그런 의미에서 볼 때, 다소 불안정한 면은 있어도 나는 확실히 지름길을 통해 온 셈이 된다.

그리고 그 성과는 달콤했다.

연금술 수준이 오를 때마다, 랭크 보너스로 [신비] +5씩이 주어졌다.

하지만 내 레벨은 여전히 134였기에, 실질적인 [신비]의 상승은 +4에 그쳤다.

당연히 이건 손해가 아니다. 오히려 이득이었다.

왜냐하면 [신비]는 물론이고, 내가 원하는 곳에 마음껏 배분할 수 있는 미배분 능력치를 21이나 얻었기 때문이다.

"후후."

[연금술] 랭크를 더 올리고 싶은 마음이 없는 건 아니지만, 지금의 수준으로는 여기까지가 고작이다.

[내면의 지식]을 통해 [연금술] 랭크를 더 올리고 싶으면, [지식]을 끌어올려야 하니까.

뭐, 그것도 여기서 할 일은 아니다.

[지식]은 미배분 능력치로 올려도 되지만, 그보다는 [신비한 명상]으로 올리는 게 경제적이다.

하지만 여기서 [신비한 명상]을 쓰는 건 그리 합리적이지 못하다.

레벨 한계에 걸려서 레벨을 많이 못 올리니까.

어차피 21층에 허락된 시간이 다해 가기도 하고.

22층의 공략은 커뮤니티에 이미 올려놓긴 했지만, 그렇다고 내가 해야 할 일이 없는 건 아니었다.

희생을 줄이고 더 많은 모험가를 미궁 하층으로 내려보낸다는 내 목적은 변함이 없었다.

그 목적을 이루기 위해서는 놀 시간이… 아예 없진 않았지만, 아무튼 적었다.

"또 바빠지겠군."

나는 22층으로 향하는 출구를 향해 나아갔다.

*　　　*　　　*

22층.

[21층의 모험가 720명 중 생존하여 22층까지 내려온 모험가는 6백, 9십, 9명입니다.]

당연히 이번에도 내가 마지막으로 내려오게 된 모양이다.

생존자 수를 보니 21층에서 트롤에게 죽은 모험가가 꽤 됐다.

미로의 길도 알려주고 트롤의 특성까지 싹 다 공개했음에도 사망자가 나왔다는 건… 안타깝지만 어쩔 수 없는 일이다.

그나마 내가 트롤의 씨를 싹 다 말려 죽였으니, 복수 정도는 되었으리라.

나는 나를 반기는 모험가들에게 손을 흔들어 주며 자리에 털썩 앉았다.

살아서 22층에 내려온 모험가 대부분이 이곳에 모여 있었다.

내가 사전에 모여 있으라고 했기 때문이다.

자신감에 찬 모험가 몇몇이 따로 행동했다는 이야기를 듣긴 했지만, 다행히 그 숫자는 소수였다.

아마 그들은 죽었을 것이다.

살아있으면 좋겠지만, 22층은 그리 만만치 않다.

미궁 12층이 어둠 속의 숲이었다면, 22층은 태양 아래의 사막이었다.

그나마 22층의 입구 주변은 오아시스 지역이라, 물을 준비하지 못한 모험가라도 곧장 말라 죽어 버릴 일은 없다.

문제는 이 오아시스 지역을 벗어난 이후다.

이 사막에는 모래 인간이라는 특수한 몬스터가 출몰한다.

모래 인간이라고 표현했지만 사실 인간이 아니다. 포유류조차 아니다.

그것은 사지가 달린 커다란 지렁이처럼 생겼다.

커다랗다는 게 어느 정도냐면, 지구 인류의 서너 배쯤 되는 크기다.

사실 지렁이처럼 기어 다니기 때문에 그리 커 보이지 않긴 하지만, 머리통이 사람 상반신만 한 놈을 눈앞에서 보면 소름이 돋을 것이다.

사막의 모래 밑을 자유자재로 유영하는 그것들은 진동을 통해 모래 위의 생명체를 감지한다.

부주의한 생명체가 모래 인간의 감지 범위 안에서 작은 움직임이라도 보였다간 곧장 습격한다.

본체가 직접 튀어나와서 습격하면 그나마 상대하기가 편하기라도 할 텐데, 튀어나오는 건 모래 한 무더기다.

그 모래 무더기가 퍼부어진 자리는 동시에 쑥 가라앉으며, 사냥감은 위에서 퍼부어진 모래와 함께 모래 아래로 가라앉게 된다.

그렇게 가라앉은 사냥감은 모래 속의 모래 인간에게 천천히 농

락당하며 죽어 가게 된다.

이런 능력 때문에 꽤 상대하기 피곤한 몬스터이다.

뭐, 보통은 그렇다는 소리다.

공략을 모르면, 그리고 공략을 이행할 만한 충분한 능력이 없다면 확실히 피곤하긴 하겠지.

양쪽 모두에 속했던 회귀 전의 모험가들은 그냥 희생양을 내주면서 사막을 달려 주파했다.

사실 그것도 대단하긴 했다.

무모하긴 했지만, 정보도 없고 적절한 해결방법이 없는 상태에서 뚝심으로라도 어떻게든 돌파했으니 말이다.

하지만 나는 그럴 생각이 없다.

"자, 여러분. 20층과 21층에선 경험치 먹기 힘드셨죠? 이번 층에서 100 레벨 찍읍시다."

모험가들에게 미리 만들어 준 삽을 나눠 주면서, 나도 큰 삽을 하나 들었다.

"인벤토리는 충분히 준비되셨습니까? 준비되셨으면 팝시다."

그 방법이란 바로 사막의 모래를 퍼내는 것이었다.

삽으로 모래를 퍼내 인벤토리에 넣고, 그 모래를 다른 곳에 뿜어내 단단한 발판을 만든다.

아무리 사막이라도 수십 미터 아래까지 모래로 가득하지는 않다.

해봐야 10m에서 15m 정도만 파내면 바위와 자갈로 이뤄진 바닥을 드러낸다.

아무리 모래 속을 자유자재로 유영해 다니는 모래 인간들이라도, 이러한 바위나 자갈 속까지 헤엄쳐 다니지는 못했다.

그래서 땅을 파내어 발밑에서의 갑작스러운 습격을 방지하는 것만으로도 생존율이 확 치솟는다.

이걸 내가 왜 아냐면, 회귀 전의 모험가들이 시도했고 어느 정도 성공을 거둔 방법이기도 했다.

그러나 그들에게는 결정적으로 부족한 것이 있었다.

그것은 바로 모험가의 숫자였다.

충분히 많은 숫자의, 평범한 인간의 수 배에서 수십 배에 달하는 근력과 체력을 지닌 모험가들.

더해, 여유 있는 인벤토리.

이 둘 모두의 부족이 지난번의 모험가들이 이 성공적인 방법을 끝까지 견지하지 못하고 결국 모래 인간들에게 희생양을 내준 이유였다.

더욱이 그들은 출구의 위치를 몰랐다.

사방에 펼쳐진 모래의 바다, 머리 위에서 태양만이 내리쬐어 별의 운행을 통해 위치를 짐작하는 것도 불가능한 환경.

막연히 사막을 훑듯이 달리면서도 방향이 맞기만을 기원해야 했던 그들과 내 입장은 사뭇 다르다.

그들의 그런 노력 덕에 이번에 '우리'는 보다 안전하게, 누군가의 희생을 강요하지 않은 채 출구를 향할 수 있게 된 거였다.

"캬아아아!"

물론 그것이 편하다거나, 안전하다는 뜻은 아니었지만.

출구를 향해 일직선으로 모래를 퍼내 상대적으로 안전한 길을 만들려는 노력을 모래 인간들이 그냥 두고만 볼 리는 없었다.

그래서 삽을 모래로 푹 퍼내려고만 해도 그 진동을 듣고 모래 인간이 습격을 해왔다.

"저거, 저거! 또 모래 뿌리는 거 봐! 실컷 파 놨는데 이걸 또!!"

노동자, 아니지. 모험가들은 그렇게 습격해 오는 모래 인간의 머리통을 삽으로 분질러 가며 앞으로, 앞으로 나아갔다.

물론 나는 최대한 개입하지 않았다.

저거 죽여 봤자 경험치도 안 되기 때문이었다.

그 외에도 이유는 있다.

"[인간+] 되면 좋은 점은 공략을 통해 이미 말씀드렸잖아요?"

100레벨을 찍자마자 생존 능력이 확 치솟는 걸 아는 이상, 억지로 경험치를 퍼먹여서라도 성장시켜야 했다.

치유 능력이 있는 모험가도 있거니와, 정말 죽을 것 같으면 내가 구해줘도 된다.

이렇게 안전하게 레벨을 올릴 수 있는 환경이 또 어디 있겠는가?

설령 출구까지 좀 돌아서 들어가더라도 전부 100레벨 찍고 가게 하고야 말겠다는 굳은 의지가 샘솟았다.

\*       \*       \*

이 계층에서는 밤이 오지 않지만, 그래도 사람들은 자야했다.

끊임없이 이어지는 노동과 전투, 뙤약볕은 사람을 말려 죽였다.

이런 걸 보면 지난번의 모험가들이 왜 결국 이 방법을 때려치웠는지 알 수 있었다.

하지만 우리는 괜찮다.

"운디네."

내 부름에 응해 나타난 물의 정령은 땅바닥에 흥건한 샘물을 만들었고 공기 중에는 물안개를 뿜어 몇 시간이나마 태양 빛을 가려 주었다.

싸우다가 상처가 난 사람은 이수아에게 치유를 받았고 몸에 이상이 생긴 사람들은 유상태가 원상 복구시켜 주었다.

운디네에게도 치유 능력이 있긴 했지만 이수아만 못했고, 그보다 물을 만드는 데에 집중해야 했으므로 힘을 낭비할 수 없었다.

수백 명이 먹을 식수를 만드는 건 보통 일이 아니었으니까.

보통 일이 아니었지, 불가능하다고 한 적은 없지만 말이다.

그러니까 물안개까지 만들지.

뭐, 그저 잠시 뙤약볕을 피하기 위해서만 물안개를 불러내도록 한 건 아니었다.

사실 겪어 보기 전까지 몰랐었던 사실이었지만, 이 물안개가 펼쳐져 있는 동안에는 모래 인간들이 습격하지 않았다.

그러니 안개가 지속되어 있는 동안에는 모험가들이 긴장을 풀고 푹 쉴 수 있는 공간이 조성되는 셈이다.

대신 운디네가 좀 할 일이 많아졌지만, 힘든 건 운디네지 내가 아니다.

계약 관계가 아니라 주종 관계라서 정령력 같은 걸 넘겨줄 필요도 없다.

…다시 생각하고 보니 내가 운디네를 너무 부려 먹긴 했네.

나중에 마법사로 전직한 모험가에게 물의 마력이라도 좀 나눠 달라고 해야겠다.

      *          *          *

사막을 삽으로 파며 이동한지 일주일째.

갑자기 모래 인간들의 습격이 뜸해졌다.

다 잡아서 없어진 걸까?

그런 건 아니겠지.

놈들은 몬스터지만, 인간형 괴물답게 조금이나마 머리를 쓸 줄 안다.

지속적인 습격으로 체력을 빼앗고 사냥감을 말려 죽이는 전법이 안 통한다는 걸 깨달았으니, 다른 방법을 동원할 때가 되었다.

이런 상황을 맞이하는 건 처음이지만, 적의 전술을 추측하는 것은 그리 어렵지 않았다.

이쪽은 일직선으로 움직이고 있으니, 이동 경로를 예측하는 것은 그리 어려운 일이 아닐 터였다.

즉, 놈들이 동족을 끌어모아 포위 섬멸전을 걸어오기 딱 좋은 상황이며, 환경이다.

그렇게 예측한 나는 오히려 전진 속도를 줄이고 사람들을 푹 쉬게 해 습격에 대비했다.

그런데 이번만큼은 내 예측이 틀렸다.

"와, 저게 뭐야."

"저, 저거! 영화에서 봤던 그!"

"샌드웜!!"

모험가들의 말이 맞았다. 샌드웜이 나타났다.

정확히는 자이언트 데스웜이었다.

몸길이는 100m. 몸통의 지름은 10m.

사막의 모래가 녀석을 다 담지 못해, 놈은 모래 위를 기어 오는 것처럼 보였다.

애초에 저놈은 모래로 모습을 숨길 생각이 있는지나 의문이다.

보호색은 약한 놈이나 하라는 것처럼 전신이 시뻘건 색으로 물들어 있었다.

색깔도 색깔이지만, 크기 자체가 워낙 큰 탓에 여기서 몇 km 정도 떨어진 곳에서도 그 존재를 미리 목격할 수 있어서 다행이라면 다행이었다.

물론 정말 다행이려면 저런 괴물이 아예 나오질 않는 게 좋았겠지만.

어지간한 괴물이라면 다른 모험가들은 몰라도 나는 반겼을 것이다.

때려잡아 경험치를 먹고 레벨을 올릴 수 있었을 테니까.

하지만 저 괴물은 '어지간한' 의 범주에서 크게 벗어난 존재였다.

와, 미친, 저거 150레벨 넘지 않나?

겨우 22층에서 자이언트 데스웜이라니.

이게 맞나? 이러면 안 되는 거 아닌가?

"후."

그렇게 따져 봤자 미궁이 답을 해 줄 것도 아니니, 나는 머리를 저어 잡념을 내쫓고 앞으로 나섰다.

저놈을 상대할 사람은 나뿐이다.

하지만 그렇다고 나 혼자만의 힘으로 상대할 생각은 없었다.

"이수아."

"네, 오빠."

이수아의 고유 능력도 업그레이드되어, [따스한 손길+]이 되었다.

그리고 그 효과는 다음과 같다.

[따스한 손길+]: 상처를 치유하고 생명력을 넘쳐흐르게 해 모든 신체 능력을 향상, 회복 능력을 활성화한다.

이걸 해석하면, 모든 기본 능력치를 레벨의 10%만큼 올려 주고, 체력과 생명력의 자동 회복 버프가 걸린다는 뜻이다.

"김이선."

"제 차례군요."

[급속 거대화+]: 대상을 거대화시킴과 동시에 [근력]과 [체력]을 증가시키고 대량의 추가 생명력을 부여하며, 저지당하지 않도록 한다.

김이선의 능력도 강화되면서 추가 생명력이라는 개념이 나왔는데, 이게 좋다.

거대화된 상태에서 큰 상처를 입어도 추가 생명력이 먼저 깎이고, 원래 생명력이 깎이지 않은 상태에서 거대화를 풀면 그 상처가 없어지는 식이다.

그리고 [근력]과 [체력] 보너스가 대상의 능력치를 참조하여 증가하므로, 나 같이 기본적으로 능력치가 높은 모험가에게 유리한 방식이다.

"저도 도움을 드리고 싶었습니다만……."

김명멸은 이번에 내게 도움을 주지 못한 것을 아쉬워했다.

하지만 저 거체와 맞붙어 싸우기 위해선 몸 크기를 단 1㎝조차 줄일 수 없었다.

"놈이 저주 같은 걸 걸면 얼른 오십시오."

이미 아쉬움을 진작 끊은 듯한 표정의 유상태가 뒤이어 말했다.

"그러겠습니다."

이로써 받을 버프는 다 받았다.

다른 서포터들이 없는 건 아닌데, 조건부거나 중첩이 되지 않는 하위 호환 능력이었다.

게다가 버프를 받은 만큼 경험치를 나눠 줘야 하는데, 별로 그러고 싶지 않았다.

자이언트 데스웜 상대로 너무 여유 부리는 것 같지만, 싫은 건 싫은 거였다.

"그럼 다녀오겠습니다."

출격이다.

<br>

*　　　　　*　　　　　*

<br>

나는 모래 위를 미끌어지듯 달려갔다.

뭔가 능력을 사용한 게 아니라, 그냥 [민첩]만 갖고 하는 짓이었다.

"일단 [신비]부터 다 박고 시작해야지."

근접 전투에 들어가면 [신비]를 딱히 쓸 곳이 없다.

[신비한 갑옷]이나 [신비한 칼날] 같은 마법이 있긴 한데, 그걸 그냥 쓸 바에야 빔으로 지르는 게 더 낫다.

게다가 [신비]를 최고 효율로 쓰려면 하이 엘프로 변신해야 하는데, 종족 특성상 근접전에 별로 유리하질 않아서.

그러니까 지금 쏜다.

모래 바다 위를 달리며 하이 엘프의 모습으로 변신하고 나자마자, 나는 쩌렁쩌렁한 목소리로 외쳤다.

"철호, [비이이이임!!!!]"

처음부터 최대 출력으로!

신비한 입자로 이뤄진 번뜩이는 빛이 직선으로 뻗어져 나아가 자이언트 데스웜을 덮쳤다.

그러자 믿을 수 없는 현상이 일어났다.

데스웜의 주변이 핏빛으로 물들더니, 허공에서 출현한 [피보라]가 [비이이이임!!!!]을 막아 내는 것 아닌가?

"…예상은 했어!"

고작 22층에서 자이언트 데스웜이라는 규격 외의 몬스터가 나온 걸 보고 어느 정도 눈치는 챘다.

이것은 [피투성이 피바라기]의 시련일지도 모른다는 것을.

[피보라]의 선명한 붉은색이 추측을 확신으로 뒤바꾸어 놓았을 뿐!

"어쩐지 행운의 여신이 조용하더라!"

나는 그렇게 내뱉곤 하늘 높이 뛰어올랐다.

이것은 [민첩]만 갖고 가능한 짓이 아니었다.

따라서 [철인의 강철 부스터 부츠]의 힘을 빌려야 했다.

푸학!

"으엇?!"

그러고 보니 이거 19층에서 썼을 때는 [휠 오브 포춘] 보너스를 받아서 [민첩]이 2배였지!

원래 [민첩]으로 돌아온 지금은 제어하기가 조금 버겁다.

조금? 맞다, 조금이다.

기왕 하는 김에 최대 출력으로 부스터를 분사한 나는 체공 중에 부츠를 재빨리 인벤토리 안에 집어넣고, 내친김에 [급속 거대화+]로 같이 거대화됐던 옷도 전부 벗었다.

벗자마자 옷이 다시 원래 크기로 줄어드는 게 신기하기만 하다.

알몸이 된 나는 데스웜에게 일직선으로 날아가며 큰 목소리로 외쳤다.

"내가 빔이다!"

[빔 인간]의 지속 시간은 짧았다.

0.1초? 0.01초?

아니, 아무리 그래도 그것보단 길 것이다.

그러나 그 짧은 시간 동안이나마 나는 빔이 된다!

온몸을 신비한 입자로 바꾼 채 아광속으로 날아가는, 빔!

일순간에 불과한 찰나의 시간에 내가 가진 모든 [신비]를 불태우는 만큼, 적어도 출력에서만큼은 밀리지 않으리라.

자이언트 데스웜의 [피보라]가 아무리 짙다 한들, 뚫지 못할 리가 없다!

번쩍!

눈으로 확인할 수 없을 정도의 속도로 데스웜에게 돌진한 나는 어느새 모래밭에 처박혀 있었다.

뒤를 돌아보니 시뻘건 고깃덩이에 사람 크기의 구멍이 뚫려 있었다.

저 고깃덩이가 데스웜의 동체고, 저 구멍이 내가 뚫은 것임을 유추하는 데에는 그리 많은 시간이 소요되지 않았다.

그러나 상처만 보면 커 보이지만, 데스웜의 크기를 생각해 보면 그저 바늘에 찔려 관통상을 입은 정도에 지나지 않으리라.

"크윽!"

[신비]를 전부 소모해 버린 대가로, 나는 일순간 고통을 느꼈다.

그럼에도 정신을 집중해, 나는 [하이 엘프+]에서 [인간+]의 모습으로 되돌아왔다.

이제 사람의 수십 배나 큰 자이언트 데스웜과의 근접전을 치러야 하는 상황이다.

과연 몇 번 [인간의 끈기]의 신세를 져야 할까?

어쩌면 [인간의 가능성]의 희박한 가능성에 기대야 하게 될지도 몰랐다.

하지만 바꿔말하면, 능력들이 유지되는 시간만큼은 싸울 수 있다는 거다.

[극한 상황의 괴력]도 있으니 오히려 더 세게 때릴 수도 있고!

"좋아, 덤벼라!"

그렇게 투지를 다져 먹기까지 그 일순의 시간, 고통에 몸부림치던 데스웜의 거대하고 육중한 고깃덩어리가 내게 내리쳐지고 있었다.

"와우, 뻑."

너무 당황한 나머지 영어가 나와 버렸네요.

와하하.

쿠우웅!

　　　　*　　　　　　*　　　　　　*

인간 만세!

아니, 정확히는 [인간+] 만세다!

살았어! 살았다고!!

말할 것도 없이 이번에도 [인간의 끈기] 덕을 봤다.

이거 없었으면 몇 번을 죽었으려나?

세어 봤자 우울해질 뿐이니 굳이 세지 않았다.

더군다나 지금은 그러고 있을 여유도 없었다.

"끄, 으, 그, 으!"

비록 생명력이 1% 이하로 떨어져 [극한 상황의 괴력]이 터졌지만, 지금은 오히려 그게 좋았다.

나를 깔고 뭉갠 거대한 데스웜의 몸통을 밀어내고 일어나려면 그 괴력이 필요했기 때문이다.

아, 그런데 괴력으로도 힘이 부족하네?

생명력이 출렁거리고 있었다.

표현이 좀 이상하긴 하지만 동시에 정확했다.

데스웜이 짓누르는 무게로 인해 입는 피해와 이수아가 걸어 준 [따스한 손길+] 회복 효과가 엎치락뒤치락하고 있다는 의미다.

생명력 1% 미만인 상태를 유지하면서 아슬아슬하게 잘 버티고는 있다.

하지만 [따스한 손길+] 효과는 언젠간 끝날 텐데?

그럼 설마 이대로 죽는 건가?

"아니!"

나는 인벤토리에서 재빨리 [전쟁검★★]을 꺼내 들어 전투력 보너스를 받고 [혈기]를 움직여 [피투성이 깃발]을 사용해 추가 보너스를 받았다.

상황만 보면 무슨 재난에 휘말린 것 같지만, 지금도 전투 상황인 건 맞으니 전투력이 도움이 될 것이다.

나는 거기에서 그치지 않았다.

[야만 영웅의 영혼 강령]

능력이 있으면 써야지!

이미 김이선으로부터 [급속 거대화]를 받은 몸에다 강령으로 [야만 영웅의 육체]를 받으니, 예상했던 대로 거대화가 중첩이 되었다.

이 말이 무슨 뜻이냐면, 내 신장이 거의 5m에 달할 정도의 거인이 되었다는 소리다.

그렇다 한들 데스웜보다야 아직도 몇 배 차이 나지만, 수십 배가 몇 배로 줄어든 것만 해도 큰 거였다.

"워어어어어!!"

거기다 더해, [야만 영웅의 호령]까지 외친 끝에 나는 간신히 내 하반신을 깔고 앉은 데스웜의 몸을 내 위에서 치울 수 있게 되었다.

하반신은 참혹하게 구겨져 있었으나, 나는 소리를 지르거나 놀라는 대신 침착하게 [위대한 오크 투사의 대퇴부 뼈★]를 꺼내 들었다.

[뼈★]에 [명예]를 지불하자 엉망이 되었던 하반신이 원래의 모습으로 돌아왔다.

피해가 크긴 컸던지라, 한 번에 25나 되는 [명예]가 빨려 나갔다.

그와 동시에 소모됐던 생명력이 크게 회복되며 [극한 상황의 괴력]이 꺼졌지만 상관없었다.

허리 아래를 자르고 괴력이 깃든 몸통만으로 다니는 것보다는 그냥 멀쩡한 몸으로 싸우는 게 더 나으니까.

"후욱, 후욱······!"

거칠어진 숨을 가다듬으려 애쓰며, 나는 [전쟁검★★]과 [뼈★]를 들어 올렸다.

"워어어어어!!"

[야만 영웅의 호통]을 써서 적의 전투력을 깎음과 동시에, [피 끓이기]와 [혈기 왕성]을 써서 공격력과 공격 속도를 추가로 끌어 올린다!

그렇게 전투 준비를 마친 나는 양손에 든 무기를 폭풍처럼 휘둘러 데스윔의 전신을 다져 놓기 시작했다.

빽! 쩍! 빽! 쩍!

[전쟁검★★]과 [뼈★]가 빚어내는 하모니가 울려 퍼졌다.

물컹물컹한 데스윔의 외피 때문에 타격 공격이 잘 안 먹힌다고 생각하기 쉽지만, 그 표면을 칼로 찢어 놓았다면 이야기가 달라진다.

베인 상처를 벌리고 출혈을 가속시키는 데에 힘으로 내려치는 것보다 더 좋은 방법이 어디 있겠는가?

몸 크기가 본래대로였다면 거인 발가락을 썰고 찧는 것 밖에 안 됐겠지만, 5m 정도의 신장이라면 그래도 데스윔 몸통 지름의 절반 정도는 된다.

데스윔은 소리 없는 비명을 내지르며 거대한 몸을 꿈틀거렸지만 한계까지 끌어올린 내 [민첩]은 그 꿈틀거림까지 감안해 공격할 수 있게 해 주었다.

좀 오래 걸리긴 하겠지만, 이대로 토막치다 보면 무난하게 이기지 않을까?

그런 안일한 생각이 뇌리를 아주 살짝 스치기만 했을 뿐이었을 때였다.

촤아악!

[피보라]가 나를 덮쳤다.

자이언트 데스웜은 레벨도 레벨이지만, 그 레벨의 능력치 상당 부분이 기본 능력치 쪽으로 크게 치우쳐져 있다.

별다른 특수 능력 없이 그저 그 체중과 체적으로 공격하는 것이 전부인 몬스터라는 뜻이다.

그러나 '이' 자이언트 데스웜은 [피투성이 피바라기]가 시련을 위해 보낸 몬스터이고, 따라서 [혈기]를 다룰 줄 아는 상태였다.

그리고 이미 알다시피, [혈기] 능력치는 모든 기본 능력치의 평균으로 산출된다.

그것이 뜻하는 바는 다음과 같다.

"큭!"

이놈의 [혈기] 능력치는 높을 수밖에 없다.

나에게도 위협적일 정도로.

이쪽에서도 [혈기]를 동원해 [피바람]으로 적의 [피보라]를 상쇄해 보려고 했지만, 이 시도는 절반의 성공밖에 거두지 못했다.

절반의 성공이라는 말은 곧 절반의 실패라는 말과 같다.

퍽! 퍽!

피의 창날이 내 몸을 꿰뚫었다.

"끄아악!"

나는 고통의 비명을 지르면서도 재빨리 [명예]를 지불해 피해를 회복했다.

관통상이라 그런지 구멍 서너 개당 [명예] 1점이면 충분했다.

지금 와서 알아낸 사실이지만 [뼈★]는 치명상이고 뭐고, 그저 상처의 크기만으로 [명예]의 소모값을 판단하는 모양이었다.

그럼 좋지! 싸게 먹혔네!

나는 그냥 자잘한 상처는 감내하기로 하고 [피바람]을 두른 채 데스웜에게 다가가 다시금 양손의 무기를 휘두르기 시작했다.

빽! 쩍! 빽! 쩍!

거참 빽쩍지근하네!!

그러자 데스웜의 전술이 바뀌었다.

놈의 몸이 갑자기 쪼그라들었다.

"!"

영상으로는 본 적이 있지만, 직접 경험한 적이 없었던 탓에 내 대응은 아주 약간 느렸다.

그리고 전투에선 항상 그렇듯, 아주 약간의 차이가 생사를 가르는 법이다.

쩌억!

쪼그라든 속도보다 훨씬 더 빠른, 차라리 [빔 인간]에 비견할 정도의 속도로 데스웜의 몸이 팽창했다.

옆에서 관찰하면 무슨 일이 일어난 건지 확인하는 것은 간단했다.

마치 스프링을 압축했다가 단번에 펴는 것처럼, 데스윔이 자신의 몸을 압축했다가 펴서 그 대가리로 나를 공격한 거였다.

그러나 내게는 거대한 고기 풍선이 터진 것처럼 보일 뿐이었다.

문자 그대로 폭발적이었던 탓이다.

그래서 어떻게 됐냐면, 나는 죽었다.

아니, 또 죽었네?

죽었음에도 죽었음을 느낄 수 있는 건 실제로는 안 죽었기 때문이다.

죽을 뻔한 거지.

17층에서 오크 챔피언이 머리가 날아갔는데 어떻게 재생을 했는지 몰랐는데, 지금 내가 그 상황이었다.

상반신 전체가 날아갔었고, 방금 그걸 [뼈★]로 재생한 거였다.

이게 죽을 뻔했을 때는 자동으로 발동하는구나.

이걸 몰랐네.

설명이 없었으니 모를 수밖에 없었지만.

아무튼 그 덕에 나는 살았다.

대신 [명예] 35점이 날아갔지만 말이다.

하반신 깔렸을 때 25점이 날아갔고 조금 전에 피의 창날로 관통상 입은 곳을 재생하느라 3점을 소모했으니 남은 명예는 7점뿐이다.

그러니까 이런 상처를 또 입으면 바로 죽어 버린다는 소리다.

아직 [인간의 가능성]이 남아 있긴 하지만, 아무리 운이 좋아도 희박하다는 확률을 믿고 들이댈 수는 없는 노릇이다.

그래, 알았다.

이놈하고 근접전은 무리다.

붙어서 썰기엔 너무 위험하다.

하는 수 없이 나는 뒤로 물러나 거리를 벌렸다.

[신비]는 바닥이 났지만 괜찮다.

아직 내게는 방법이 남았다.

[지식].

"[불꽃 폭발]."

[해의 지식]의 대표적인 마법이 데스웜을 향해 날아갔다.

모래 바다 위를 기어 다니느라 바싹 말랐을 테니 잘 타지 않을까?

이런 내 기대는 금방 배신당했다.

왜냐하면 데스웜이 [피보라]를 일으켜서 [불꽃 폭발]을 커트해

버렸기 때문이다.

"아니?!"

폭발로 껍데기라도 구웠으면 좀 낫겠는데, [피보라]로 유폭시켜

서 아예 닿지도 않게 하다니?

"허……."

그럼 이제 어쩌지?

근접할 수도 없거니와 멀리서 먹일 유효한 공격 수단도 없다.

그렇다면 남은 것은 단 하나.

"…도망칠까?"

도망치는 것 자체는 문제없다.

나 혼자라면.

나는 뒤를 돌아보았다.

사람들이 있었다.

저 사람들이 과연 자이언트 데스웜으로부터 도망칠 수 있을까?

내가 거리를 벌리자, 자이언트 데스웜은 이쪽으로 느릿느릿 기어 오고 있었다.

그러나 그것은 자이언트 데스웜이 지나치게 커서 생긴 시각적인 착각일 뿐, 실제로는 나보다 더 빨랐다.

그 증거로 기껏 벌려두었던 거리가 다시 줄어들고 있었다.

[철인의 강철 부스터 부츠]를 꺼내 신으면 나 혼자 도망갈 수는 있었지만, 내 [민첩]의 절반이나 될까 말까 한 사람들이 데스웜으로부터 도망칠 수 있을 거라는 생각은 도저히 안 든다.

"후……"

나는 고개를 떨어뜨렸다. 긴 한숨이 내쉬지 않으려고 해도 절로 새어 나왔다.

이대로면 나 빼고 다 죽는다.

그렇다면… 그렇다면!

"위험해서 쓰고 싶지 않았는데, 이렇게 되면 어쩔 수 없지."

나는 [색의 지식]을 떠올렸다.

그저 떠올리는 것만으로 머리가 아파졌다.

─[불변의 정신]이 상태 이상 [■ ■]에 저항합니다.

─저항 성공!

새삼 이 힘이 위험한 힘이라는 실감이 났다.

이게 과연 잘 하는 짓일까?

정말로 이 힘을 풀어놔도 되는 것일까?

나는 나 스스로에게 두 번 세 번 물었지만, 결국 내려진 결론은 하나뿐이었다.

"뭐, 다 죽게 내버려 두는 것보다는 낫겠지."

그렇게 혼잣말을 남기고, [색채 초환]을 발동하려던 순간이었다.

"…어?"

눈을 한 번 깜박이자, 나는 사막이 아닌 다른 곳에 서 있었다.

피 냄새가 자욱한 익숙한 공간.

이곳은 [피투성이 피바라기]의 알현실이었다.

"무슨 짓을 하려고 든 거냐?"

김민수의 모습을 취한 [피투성이 피바라기]가 노여움에 가득 찬 표정으로 나를 노려보았다.


\*                \*                \*


"[색채 초환]으로 저 벌레를 지워 버리려고……"

"그 저주받을 단어를 내 앞에서 발음하지 마라."

내 말을 끊어가면서까지, 성좌는 단호히 말했다.

뭐, 닥치라면 닥쳐 드려야지. 나는 입을 다물었다.

내가 그러든 말든 성좌는 혼잣말을 중얼거렸다.

"지식 도둑이 네게 터무니없는 지식을 불어넣었군. [세 번 위대한 이가 잘 처리할 줄 알았더니, 그냥 방치해 버릴 줄은 몰랐어."

고개를 숙이고 제 자리를 빙글빙글 돌며 생각에 잠겨있던 성좌는 갑자기 우뚝 멈추더니 멍하니 서서 이렇게 독백했다.

"설마, 이 상황을 예견해서? …놈이라면 그러고도 남지. 원래 그런 놈이니. 쳇, 이렇게 이용당하게 될 줄이야. 눈 뜨고 당하게 생겼군."

그러던 성좌는 문득 나를 손가락으로 가리키며 이렇게 말했다.

"너, 네 그 지식을 내게 제물로 바쳐라."

"그 지식이요? 그 지식이라면… 색."

내가 그 이름을 끝까지 말하기도 전에, 성좌가 바로 말을 잘라 버렸다.

"말은 하지 말고. …아무튼 그 지식 말이다."

"그렇지만……."

아무리 위험하더라도 엄연히 내 능력이고 사실상 마지막 조커 카드다.

"그래, 보상이 필요하겠지. 주마. 젠장, 나라고 받고 싶어서 받아 주는 게 아닌데 말이다."

중얼중얼 불평을 늘어놓으면서도, [피투성이 피바라기]는 내게 이런 퀘스트를 제의했다.

[성좌 퀘스트: 위험한 지식]

[피투성이 피바라기는 당신이 위험한 지식을 폐기하길 바라고 있습니다. 폐기하십시오.]

[폐기시: 보상]

되게 불친절하네. 그나마 이번엔 실패시 죽음이라고 안 하는 게 다행인 건가?

"저, 보상이란 게 뭡니까?"

대답 안 해 줄 것 같았지만 그래도 물어는 봐야 할 것 같아서 나는 감히 성좌에게 질문을 던졌다.

"[혈투창]이다. [혈기] 비례 피해를 주는 투창이지. 본래 [혈투새 직업 능력이다만, 일이 이렇게 됐으니 어쩔 수 없지."

그러자 의외로 친절한 대답이 돌아왔다.

"너희가 말하는 능력치 100 달성시 능력 하나를 빼앗아 가게 됐으니, 비슷한 가치의 무언가를 줘야 하지 않겠느냐? 그래서 직업 100 능력을 골라 봤다."

[세 번 위대한 이]보다야 덜하다지만, 이 양반도 첫인상과는 다르게 꽤 상세한 설명을 해 줬다.

"그럼 알겠습니다. 포기하겠습니다."

퀘스트의 수락과 완수 버튼을 누르자, 내 안에서 [색의 지식]과 [색채 초환]이 사라지며, 그 자리를 [혈투창]의 정보가 대신했다.

[혈투창]: 피로 이뤄진 투창을 던져 [혈기]에 비례한 피해를 입힌다. [근력]이 높을수록 사정거리가, [솜씨]가 높을수록 명중률이 올라간다. 이 능력은 근접 물리 공격으로 간주한다.

딱 성좌의 설명대로인 능력이었다.

"그래, 그래야지."

[피투성이 피바라기]는 안도의 한숨을 내쉬었다.

성좌가 저럴 정도면 [색채 초환]이 얼마나 위험한 지식인지 알 만했다.

"이걸 처리하는 데에 힘을 써야 해서 당분간 네게 시련은 없을 테니 그렇게 알아라."

[피투성이 피바라기]는 마치 꼬장이라도 부리듯 이렇게 말했지만, 그 말은 내게 안도감을 주었다.

아니, 그런데 잠깐.

당분간?

"저, 잠시만!"

내가 그 신경 쓰이는 표현의 진의를 캐묻기 전에, 나는 알현실
에서 쫓겨나고 말았다.

*　　　　*　　　　*

알현실에서 나온 나는 여전히 쌩쌩한 기세를 발하고 있는 자
이언트 데스웜과 마주해야 했다.

"좋은 표적이군."

일단 크기도 하고.

나는 바로 새로 얻은 능력을 써 보았다.

"[혈투창]!"

그러자 내 손아귀에 [피]로 이뤄진 단단한 [혈투창]이 생성됐다.

이것도 재료는 [피]일 텐데 액체 같은 느낌은 조금도 없다.

"이걸 던지면 되는 거겠지?"

아, 그런데 투창은 자주 던져보질 않았는데. 내가 잘 던질 수
있을까?

3층에서 지옥 개 상대할 때 한 발도 제대로 못 맞힌 기억이 아
직 생생한데…….

그러나 [혈투창]은 내 손아귀에 착 감겼다.

마치 수천 번, 수만 번은 던져본 것 같은…….

"아."

이거 [야만 영웅의 기술] 덕이구나.

[혈투창]은 근접 물리 공격으로 간주한다더니, 이런 보정까지

받게 될 줄은 몰랐네.

나는 보다 자신만만하게 [혈투창]을 던졌다.

[혈투창]은 마치 유성처럼 허공을 갈랐다.

그 궤적이 위협적으로 보였는지, 자이언트 데스웜은 즉시 [피보라]를 펼쳐 내 공격을 막으려고 했다.

하나 그 시도는 의미가 없었다.

마치 빔처럼 쏟아진 [혈투창]은 데스웜의 [피보라]를 아무렇지도 않게 뚫고 나아가 놈의 동체까지도 꿰뚫었으니까.

아니, 빔은 [피보라]에 막히는데 오히려 [혈투창]이 뚫다니!

[피투성이 피바라기] 성좌가 생각보다 설명을 자세히 해 준다는 생각을 했었는데, 그 감상은 이제 취소해야겠다.

능력 설명에 누락이 좀 있는 것 같은데?

그런데 [혈투창]이 빔과 다른 점은 이뿐만이 아니었다.

목표물을 완전히 관통하지 않고 살 속을 파고들어 꽂힌 채로 피폭발을 일으켰다는 것이 바로 그것이었다.

펑!

데스웜의 동체에 미사일이라도 직격당한 것처럼 푹 파인 상처가 생겼고, 그 고통에 놈은 미친 듯이 몸부림쳤다.

그 광경에, 나는 놀라 중얼거렸다.

"…폭발한단 말은 없었는데?"

능력설명에 기재 안 된 부분이 너무 많은 거 아냐?

왜 폭발함?

ㅡ치명타!

ㅡ치명타!

게다가 상태 메시지도 시끄러웠다.

치명타가 뜨는 거야 근접 물리 공격 판정이라고 해서 예상하긴 했지만, 이거 다단 판정이었어?

사실 100 능력이면 저 정도 성능은 나와야 하는 게 맞긴 했지만, 그렇긴 해도 그 결과물이 너무 의외라 나는 그 자리에서 굳어 버리고 말았다.

그렇다고 오래 굳어 있었던 건 아니다.

"…뭐, 이러면 해볼 만하지."

나는 다음 [혈투창]을 준비했다.

"넌 오늘 죽었다."

슈숙!


*       *       *


[혈투창]에도 단점은 있었다.

그것은 [혈기] 소모가 너무 격렬하다는 점이다.

한 발 쏘는데 [혈기]의 20%씩을 써 버리니, 다섯 발 쏘고 나면 [혈기]가 바닥난다.

나 같은 경우는 [혈기] 능력을 좀 다양하게 쓰므로 사실상은 네 발, 아니, 세 발 정도가 한계이리라.

그나마 다행인 건 데스웜도 [피보라]를 내보낼 [혈기]를 완전히 소모했다는 점이었다.

"이제 마무리만 하면 되겠군."

그런데 어떻게 마무리를 해야 하지?

[혈투창]을 다섯 발이나 얻어맞아 빈사 상태가 되었다고는 하나, 놈에게 접근하는 것은 여전히 위험하다.

데스웜이 소모한 것은 [혈기] 뿐이지, 다른 신체 능력은 여전히 사용할 수 있는 상태이니까.

그에 비해 내가 사용할 수 있는 수단은…….

"그래, 그렇지."

나는 [내면의 불꽃]을 활성화시켰다.

"이제 불꽃만 태우면 되겠어."

이쪽으로 기어 오려고 애쓰는 데스웜을 향해, 나는 열두 발의 [불꽃 폭발]을 장전했다.

여지껏 이 방법을 못 쓴 건 데스웜의 [피보라] 때문이었는데, [혈기]를 전부 소모했으니 이제 이 불꽃을 막을 방법이 없어졌을 것이다.

"죽어라."

나는 장전한 [불꽃 폭발]을 모두 날려 보냈다.

데스웜은 그 자리에서 몸을 부르르 떨었다.

그러자 놀랍게도 그 진동만으로 주변의 모래가 간헐천처럼 솟아올라 데스웜의 몸을 덮었다.

동시에 데스웜의 몸은 모래 아래로 순식간에 가라앉았다.

만약 이 사막의 모래가 조금만 더 깊었더라면 그 방법으로 [불꽃 폭발]을 피할 수 있었으리라.

그러나 오직 내게 시련을 부여하기만을 위해 [피투성이 피바라기]에 의해 이곳에 불려온 데스웜은 이 사막의 깊이를 몰랐던 모양이다.

마지막 발악으로도 데스웜은 그 거체의 반도 채 모래로 덮지 못했고, 결국 불꽃 폭발에 그대로 노출될 수밖에 없었다.

콰콰콰콰—쾅!

평소의 컨디션이었다면 이 정도의 폭발 따위 몸을 따스하게 데울 정도로밖에 느끼지 못했겠지만, 다섯 발의 [혈투창]을 얻어맞은 놈은 이미 빈사 상태였다.

마치 한계까지 짐을 실은 낙타 위에 마지막으로 깃털 하나를 얹은 것처럼, 데스웜은 열두 발의 [불꽃 폭발]에 의해 무너져 내리고 말았다.

—자이언트 데스웜을 처치하셨습니다.

—레벨 업!

—레벨 업!

—레벨……:

"그래, 그래."

가진 것을 대부분 소모했고, 목숨의 위기도 몇 번씩이나 맞닥뜨렸으며, 엄청나게 지쳤지만…….

그래도 이렇게 시련을 극복하고 나니 뭔가 보람 같은 게 느껴졌다.

이것도 [피투성이 피바라기] 덕이라고 해야 하나?

…이거 스톡홀름 증후군 같은 건 아니겠지?


*　　　　*　　　　*


모험가들은 마치 신처럼 보였던 거대한 데스웜을 처치하고 돌아오는 이철호의 모습을 보았다.

경건하게.

이철호가 이러한 모습을 보여 준 것은 이번이 처음이 아니었다.

8층에서도, 18층에서도.

물론 18층에서는 석화 능력을 가진 바위뱀이 적수였기에 직접 보지는 못했지만, 나중에 이철호가 영상을 올려 주었기에 다들 보기는 봤다.

그때는 그래도 상대가 몬스터처럼 보였다.

괴물, 괴물은 맞다.

하지만 신과 같은 괴물은 아니었다.

이번처럼.

자이언트 데스웜은 정말 신처럼 보였다.

모습을 숨길 생각조차 하지 않는 형형한 붉은색 육신의 거대함은 마치 움직이는 산과 같았고, 그 혐오스러운 움직임은 공포로 치환되었다.

무자비하고 절망적인 종말의 신.

그 거대한 입으로 모험가 전부를 사막과 함께 흔적도 없이 먹어 치워 없애 버리리라는 상상이 그들을 지배했다.

그러한 거신을 상대로, 이철호는 별 두려움도 없이 나아갔다.

이철호는 이제껏 이기는 모습만을 보여 주었기에, 이번에도 이길 거라고 생각하는 사람은 많았다.

그러나 이철호가 질지도 모른다는 생각을 한 사람이 이렇게 많은 것은 처음이었다.

그럼에도 불구하고, 이철호가 이겼다.

이철호의 전신이 신처럼 번쩍이고 빛처럼 번뜩이며 움직이더니, 갑작스럽게 엄청나게 커진 후 데스웜을 곤봉과 칼로 두들겨 패다가, 선홍빛의 미사일을 폭격해 마무리했다.

그 과정에서 이철호가 몇 차례씩이나 죽을 뻔했고, [신비]에 [명예]에 [혈기]까지 전부 바닥 내 가며 사투를 벌였던 사실은 보이지도 않았다.

아니, 사실 그러한 광경이 관측되었더라도 평가가 그리 바뀌진 않았으리라.

모래 인간들이 아무리 쳐들어와도 본 척도 안 하고 그저 삽질에만 몰두하던 그들의 리더가 가장 중요한 순간에 나서서 가장 필요한 승리를 거두었음은 명확하니까.

마치 사자 프라이드의 우두머리처럼.

그렇기에 이철호가 터벅터벅 사막 위를 걸어서 그들의 무리로 다시 돌아오는 모습만을 보고도 울음을 터트리는 이가 나오는 건 이상하지 않았다.

몇몇은 무릎을 꿇었고, 몇몇은 기도조차 올렸으니.

그 순간, 그들에게 있어 이철호는 문자 그대로 수호신이었으므로.

*     *     *

포위 전술을 쓰기 위해 일시적으로 병력을 물린 것이 틀림없으리라는 내 예상을 비웃기라도 하듯, 모래 인간들은 더 이상 모험가 무리를 습격해 오지 않았다.

사실 어쩌면 그것들은 그저 자이언트 데스웜을 피해 도망친 것일 뿐일지도 몰랐다.

"아, 안 되는데."

나는 안타까움에 손을 떨었다.

"다들 여기서 100레벨 찍고 가야 하는데."

레벨 업을 하고 싶어도 몬스터가 나오질 않으니 경험치를 벌 수단이 없다.

이게 얼마나 답답한 일인지, 나보다 더 잘 아는 사람은 드물 것이다.

어디까지나 참고로 언급해 두자면, 이수아와 김이선은 모두 110레벨을 찍었다.

그저 내게 하나씩 강화를 걸어 준 것만으로도 그렇게 됐으니, 데스웜이 어느 정도로 강했는지 능히 짐작할 수 있으리라.

물론 나도 레벨 업을 많이 하긴 했다.

[이철호]

레벨: 140

단번에 6업이었으니 엔간히 해 먹긴 했지.

이번 층계의 레벨 한계가 145레벨이었으니, 끝까지 땡겨 먹은 건 아니긴 했다.

하지만 사실 지금 나는 레벨 업이 그리 고프진 않았다.

다음 층이 23층으로 1인용 층인 데다 [신비한 명상] 기회가 남아있으니 고플 리 없지.

지금은 나보다 다른 사람들 100레벨 찍는 게 훨씬 중요하다.

앞서 말했듯 100레벨 찍고 말고가 생존율에 어마어마한 영향을 끼치니 말이다.

그래서 나는 이번에 악역을 맡기로 했다.

"자, 여러분. 통제입니다. 100레벨 찍기 전까지 23층으로 못 내려갑니다."

지난번에도 통제를 한 번 걸긴 했었다.

그때 반발이 좀 나오긴 했지.

그래서 이번에도 그런 의견이 나올 걸로 예상했다.

"예, 알겠습니다."

"말씀에 따르겠습니다."

그런데 어째 이번엔 사람들이 영 순순했다.

이유야 뭐, 딱히 생각할 것도 없었다.

내가 데스웜과 싸우는 걸 직관해서 그렇겠지.

일부는 공포의 시선을, 일부는 경외의 시선을, 또 일부는 아예 대놓고 내 앞에서 절을 해 대거나 이상한 기도문까지 읊었으니 모를 수가 없었다.

시선이야 그렇다 치지만 기도까지 하는 건 좀 심했지.

처음엔 날 놀리나 싶었다.

진심이란 걸 알고 더 어이가 없어진 건 덤이었고.

시간이 좀 지난 지금은 그렇게까지 과장스럽게 반응하지는 않았지만, 그렇다고 그때 느낀 감상이 아예 없어지거나 한 건 아니었을 것이다.

반발이 없는 것도 그 때문이겠지.

이것도 이것대로 좀 심심하긴 했지만, 그렇다고 사람들에게 일부러 반항하라고 하기도 좀 그랬다.

"사람들 반항이 없어서 좀 아쉬워하시는 것 같은데요?"

"아니거든?"

아무리 그래도 이수아의 말에 고개를 끄덕일 순 없었다.

이 녀석은 내가 데스윕을 잡는 모습을 보고도 태도가 그리 바뀌지 않은 소수의 인간 중 하나였다.

하긴, 지금 와서 이런 걸로 놀라기엔 이 녀석은 내가 세운 업적들을 너무 많이 봐왔지.

"그거 상태 이상입니까? 뽑아드려요?"

유상태도 그랬고.

"어르신, 그거 아닙니다."

김명멸도 그랬다.

"……."

김이선도… 음… 그… 그랬다.

평소보다 좀 이글거리는 눈동자로 나를 바라보고 있는 것 같지만, 아마 기분 탓일 거다.

…그렇겠지?

4장
—
제23층

　나는 사막을 파헤치길 그만두고 모래 위를 걸어서 모래 인간
의 서식지를 찾았다.

　다른 사람들 100레벨 찍게 하려면 모래 인간들을 잡게 해야
하는데, 자이언트 데스웜이 나타난 이후 놈들의 모습이 잘 안 보
였기 때문이다.

　고생을 자처하는 것 같기는 하지만, 사실 어차피 나도 해야 하
는 일이긴 했다.

　사람들 다 내려보낸 후에는 비밀을 찾아다닐 계획이긴 했으니,
겸사겸사다.

　그러나 지금은 굳이 먼저 내려보내면서까지 비밀을 찾아야 할
이유가 없었다. 비밀의 냄새를 맡기 위해 킁킁거려야 했던 문제는
해결한 덕택이다.

여러 번 하다 보니 굳이 의식적으로 킁킁거리지 않아도 비밀 냄새를 맡을 수 있겠더라고.

그러니 이제는 사람들 시선을 신경 쓰고 움직일 이유가 없었다.

그런데 이번에는 다른 문제가 생겼다.

모래 인간들이 멀리서 내 모습을 보자마자 부리나케 도망치는 것 아닌가? 아무래도 놈들도 내가 데스웜 잡는 걸 멀리서나마 보긴 했나 보다.

이거 어쩔 수 없군. 손을 써야겠어.

나는 놈들의 도주 방향에다 대고 [혈투창]을 한 발 쏴 줬다.

펑!

피로 만들어진 창이 폭발하며 모래가 사방으로 흩날리고 바위 바닥이 드러났다.

모래 속을 유영하며 도망치던 모래 인간들은 마치 물 위에 던져진 물고기처럼 바위 위를 퍼덕였다.

그런 모래 인간들을 가리키며, 나는 흐뭇하게 웃으면서 사람들에게 말했다.

"자, 여러분, 사냥하십시오."

그런데 어째선지 다른 모험가들이 질린 표정을 지었다.

아니, 왜?

\*          \*          \*

마지막 한 사람까지 100레벨을 찍게 해서 내려보내고 혼자 남은 나는 22층의 전리품을 늘어놓고 결산의 시간을 가졌다.

100 강한 채로 회귀

먼저 자이언트 데스웜으로부터 얻은 전리품은 가죽, 체액, 가시, 이빨 등이었다. 고기는 먹을 게 못 돼도, 다른 건 다 쓸 만했다.

특히 체액과 소화액은 어지간한 건 다 녹이는 용액으로 쓸 수 있어서, 연금술 수련에 대단히 좋았다.

여기서 이걸 얻은 건 확실히 큰 수확이었다.

[피투성이 피바라기]가 이걸 배려하고 데스웜을 내보낸 거 아닐까 하는 망상이 들 정도였다.

내가 [세 번 위대한 자]를 만난 걸 알고 있었으니, 아주 가능성 없는 이야기도 아닐 것이다.

이런 애매한 걸 근거로 삼는 것 자체가 그냥 심하게 넘겨짚는 거라 그렇지.

그런데 이게 끝이 아니었다.

22층에도 비밀이 있었으니까.

비밀은 모래 인간의 마을에 있었다.

모래 인간 놈들은 모래 속을 유영해 다니는 주제에 마을은 모래 위에 지어져 있었다.

그런데 또 비밀은 모래 속에 파묻혀 있었다.

뭐지? 12층 밤추적자처럼 저주받은 아이템이라도 묻어 둔 건가?

그렇게 별 기대 없이 모래를 파 보자, 비밀은 없고 바위만 큼지막한 게 하나 있었다.

즉, 비밀은 저 바위 아래에 있었다.

하, 내가 이런 것까지 해야 하나?

그런 생각이 안 든 것은 아니지만, 그냥 했다.

안 하고 넘어가면 나중에 생각날 거 같으니 어쩔 수 없잖아?

그래서 나온 게 이거였다.

[정령 깃든 수정 구슬]

전리품의 이름을 보고 잠깐 고민했다.

이 안에 깃든 정령이 대체 뭘까?

나는 지금 운디네 하나를 지배하고 있다.

현재 내 지배력으로는 이 운디네조차도 하이 엘프로 변신해야 다룰 수 있을 정도다.

그런데 여기서 정령을 더 늘릴 여력이 있을까?

뭐, 없진 않다.

[하이 엘프+]가 되면서 지배력에도 +가 하나 더 붙었으니까.

정 안 되면 [영혼 깃든 흑요석 단도]를 꺼내서 김민수에게 지배력 강화를 내놓으라고 해도 된다.

하지만…….

"에이!"

나는 일부러 혀를 차 잡념을 끊었다.

무슨 이유가 되었든 전리품을 버리고 갈 내가 아니다.

길게 생각하든 짧게 생각하든 결국은 일단 먹고 보자가 결론이 될 게 뻔했다.

"이런 성향이 좋은 건 아닌데……."

그렇게 자아비판을 하면서도, 나는 욕망에 충실하게 [정령 깃든 수정구슬]을 집었다.

바위 아래에 푹 파묻혀 있던 구슬을 집어 올리자마자, 수정 구슬이 반짝반짝 빛나더니 정령이 나타났다.

─사, 살았다! 친절한 인간! 네가 나를 구했다!

나는 눈을 크게 떴다.

정령이… 말을 한다고?

내가 아는 정령, 그러니까 운디네는 뭔가 파도 소리나 내는 게 고작이었다.

회귀 전 다른 모험가의 공략에서 본 정령들도 그리 다르지 않았다.

뭔가 몸짓이나 신호 같은 걸로 어떻게든 의사소통을 하기는 했어도, 사람의 말을 하는 정령은 이제까지 없었다.

그런데 이번에 나온 이 정령은 사람 말만 하는 게 아니었다.

모습도 달랐다.

비록 육신의 재질이 물처럼 보이긴 했어도, 얼굴 조형이 조밀해 표정을 취하는 것이 눈에 들어올 정도였다.

운디네도 아직 자기 모습을 완전히 표현하지 못해, 상반신만 조금 인간 형태를 취하다 말았고, 하반신은 물 뭉텅이 같은 모습인데.

―내 이름은 팍시마디아! 보다시피 정령이다!

정령이 자기 이름 갖게 돼 있나?

그런 경우가 있긴 하다.

하지만 어지간히 고위 정령이 아닌 한 자의식이 없는 게 보통이다.

즉, 결론은 이거였다.

이 정령은 회귀 전까지 포함해, 내가 이제껏 보아왔던 그 어떤 정령보다도 고위의 정령이다.

하… 이걸 어쩐다.

설령 하이 엘프가 된다고 하더라도, 이 정령을 지배하는 건 무리다.

이거 완전 신포도 아니야?

나는 이솝 우화의 여우와 포도를 떠올리며 혀를 찼다.

[행운의 여신이 계약하라고 합니다.]

내가 그렇게 망설이고 있을 때, 행운의 여신이 끼어들어 이렇게 말했다.

"예?"

—예?

응? 방금 대답한 게 나 하나가 아니었지?

[행운의 여신이 계약하라고 합니다.]

—제가요? 인간이랑요? 하하, 여신님. 농담도 참 잘하시네요.

아, 역시. 이 정령에게도 여신의 말이 들리는 모양이다.

[행운의 여신이 지금 즉시 계약하라고 세 번 말했다고 합니다.]

—예에?!

정령의 눈동자가 춤추는 것처럼 흔들렸다.

[행운의 여신이 네 번 말하게 만들 거냐고 묻습니다.]

—하, 하겠습니다… 죄송합니다…….

정령은 완전히 침울해지고 말았다.

"옙, 계약하겠습니다."

그에 비해 나는 신났다.

계약을 맺는 상대가 싫어하는 조건? 그럼 나한테는 유리하다는 뜻 아닐까?

항상 맞는 말은 아니지만, 맞는 경우가 많으니 이번에도 그렇다고 믿어도 되겠지?

　―그래… 인간. 이로써 너와 나의 계약이 이루어졌다.

　"좋아. 그럼 구슬에 들어가 있도록. 필요가 생기면 부르겠다."

　―너, 너……! 네가 내 주인이 됐다고 생각하면 오산이다! 계약에 따라 너는 내게…….

　[행운의 여신이 무엇을 바라냐고 묻습니다.]

　―내게… 그… 힘이 닿는 한 도움을 드리겠습니다…….

　[행운의 여신이 흐뭇해합니다.]

　이렇게 되고 보니 좀 미안하기도 하네.

　하지만 생명의 은인을 보고도 반말부터 싸지르는 정령 상대로는 이 정도가 적절한 거 아닐까?

　음, 맞다. 적절하다.

　나는 혼자 납득하고 고개를 끄덕였다.

　"감사합니다, 여신님."

　물론 이런 불공정 계약이 성립하도록 힘써 준 여신에게 감사 인사를 하는 것도 잊지 않았다.

　[행운의 여신이 좋아합니다.]

＊　　　　＊　　　　＊

　팍시마디아는 물의 상급 정령으로, 관할하는 영역은 수류(水流)라고 한다.

　능력을 써 보라고 하니 직선으로 뻗어나가는 강력한 물줄기를 선보였다.

그걸로 끝이었다.

치유해 달라고 하면 수류라서 못 한다, 그저 물 한 잔 따라 달라는 요구에도 수류라서 못 한다… 뭘 말해도 그저 수류라서 못 한다라는 말이 나왔다.

뭐지? 반항하는 건가?

하지만 그런 건 아니었다.

진짜로 그냥 이 능력밖에 없는 거였다.

하… 이러니까 모래 인간들에게 잡혔지.

수류 발사는 운디네도 할 수 있다고 반박하고 싶었지만, 괜히 이름까지 가진 고위 정령이 아닌지. 수류 위력이 최소 십수 배에 달했다.

그러니까 다양한 능력을 사용하려면 운디네, 강력한 수류 공격을 하고 싶으면 꽉시마디아를 부르는 게 맞았다.

아, 둘을 합체시키면 해결될 일이긴 했다.

꽉시마디아에게 운디네를 먹이면 되겠지.

하지만 난 그럴 생각이 없었다.

―주인님, 저 배고픈데. 물 속성 마력 좀 구해다 주실 수 없으세요?

나는 꽉시마디아를 곁눈질했다.

그리고 마음을 더욱 단단히 굳혔다.

착하고 말 잘 듣는 운디네를 꽉시마디아와 합성?

그럴 순 없지.

누구 좋으라고?

절대 안 한다.

＊　　　　　＊　　　　　＊

나는 23층으로 내려왔다.

대단히 긴장한 상태였다.

13층의 일을 떠올리면 안 그럴 수가 없었다.

또 [비의 계승자가 장난쳐 놨으면 어쩌지?

나는 살금살금 발소리를 죽이고 입구를 통과해 첫 코너까지 왔다.

그리고 인벤토리 안의 양철 거울을 꺼내 코너 너머를 엿보았다.

확인 결과.

일단 여기가 3층처럼 변모했다는 설은 사라졌다.

그렇다고 이게 나한테 유리한 현상이라고 확신할 순 없었다.

왜냐하면 코너 너머에는 청동색의 황소가 있었기 때문이다.

"아는 얼굴이구만."

저 몬스터의 이름은 청동 황소.

그렇다고 청동으로 만들어진 황소인 건 아니다.

그저 청동빛 비늘로 온몸을 감싸고 있어서 붙여진 이름일 뿐.

지옥 개와 마찬가지로 포유류처럼 보이는 파충류로, 고기는 쇠고기가 아닌 닭고기 맛에 훨씬 더 가깝다고 한다.

공략한 사람이 일부러 이런 내용을 공략에다 명시해 둘 정도로 실망이 컸나 보다.

"보자……."

나는 개인 노트를 검색해 청동 황소의 공략법을 찾았다.

"한 사람이 청동 황소의 주의를 끄는 동안 다른 사람이 뒤를 덮친다. 아마 한 사람은 석화되겠지만, 충분한 공격력을 갖추고 있다면 공략 가능."

공략법을 읽던 나는 문득 고개를 끄덕였다.

"아."

그러고 보니 저 청동 황소의 능력은 석화였다.

응시한 대상을 돌로 만드는 능력에, 석화 브레스까지 쏘는 녀석이다.

"별거 없군. 괜히 걱정했네."

별거 없다는 건 나만이 가능한 발언이다.

석화는 무서운 능력이다.

특히 다른 사람의 도움을 못 받는 1인용 층계에선 더더욱 절망적이다.

하지만 나 한정으론 별거 없는 게 맞다.

"변… 신!"

[로우 드워프+]는 기본적으로 석화 면역이니까.

"[살아 있는 석상++]!"

석화 상태에서도 움직일 수 있게 만들고 자유자재로 석화되거나 석화 상태를 풀 수도 있는 것이 [로우 드워프+]의 능력이다.

"그럼 이제 때려잡으면 되겠지. 팍시마디아!"

나는 인벤토리에서 수정 구슬을 꺼내 고오급 정령을 불러냈다.

기껏 계약했으니 써먹어야겠다는 심보였다.

"한 발 갈겨 줘!"

—한 발!

펑!

거칠게 날아간 물줄기가 청동 황소를 그대로 꿰뚫어 버렸다.

"어······."

곽시마디아의 공격에 의해 청동 황소의 몸에 사람 크기의 구멍이 뚫렸다.

저러고도 살아 있을 수 있을까?

—청동 황소를 처치하셨습니다.

정답은 아니었다.

"······."

나는 말없이 [살아 있는 석상++] 능력을 해제했다.

미묘하게 허무한 느낌이다.

—어, 시원하다!

반면 곽시마디아는 매우 만족스러운 기색이었다.

···그래, 뭐. 너라도 만족해서 다행이다.

                    *          *          *

벌컥! 꿀꺽! 꿀꺽!

—푸하!

곽시마디아는 생맥주 조끼를 단숨에 비운 술꾼처럼 외쳤다.

녀석이 마신 건 술이 아니라 물이지만.

물론 단순한 물은 아니었다.

치유의 샘물이었다.

—노동 후의 한 잔은 역시 끝내주네!!

3층과 마찬가지로 23층에도 층계 입구 근처에 치유의 샘물이 있었고, 팍시마디아는 거기다 입을 직접 처박고 꿀꺽꿀꺽 마셔대고 있었다.

아무래도 정령에게 있어서 치유의 샘물은 좋은 술이나 영약 같은 느낌의 물질인 듯했다.

하긴 그러고 보니 예전에 운디네 만들 때도 주로 치유의 샘물 주변에서 정령을 불렀었지.

그거야 뭐 여하튼, 정령과 달리 나는 아직 노동 중이었다.

청동 황소의 피를 빼기 위해 벽돌에 못을 박고 갈고리로 매다는 작업이 한창이었으니까.

쇠고기 맛이 안 난다고는 하지만 고기는 고기다.

이대로 버릴 순 없지.

그렇게 대충 청동 황소를 갈무리한 나는 팍시마디아를 불렀다.

"실컷 마셨으면 이제 가자. 다음 놈 처치하러 가야 해."

—한 잔! 한 잔만 더!

팍시마디아는 폐점을 앞둔 술집에 버티고 앉은 술꾼처럼 말했다.

이런 진상을 다 봤나.

"어차피 다시 올 거야."

—오늘, 이날, 이때는 다시 돌아오지 않아! 시간을 소중히 여기라고!

"시간을 소중히 여기니까 일하러 가는 거 아냐?"

—? 시간을 소중히 여기는데 왜 일을 하러 가?

곽시마디아는 시에스타를 즐기는 스페인인처럼 말했다.

아무리 설득해 봐야 평행선만 달릴 것을 확신한 나는 강제 이행에 나섰다.

어차피 지금 곽시마디아는 수정 구슬에 묶인 몸이라, 그냥 구슬만 가져가면 되는 일이다.

—잠깐! 너무해! 한 잔만! 한 잔이라고 했잖아!

"아까 마시는 거 다 봤거든?"

한 잔만 더 마시자는 말의 신뢰도는 1분만 더 자자는 말과 비등하다.

—곽시! 이거 안 놔?!

"아, 이래서 네 이름이……."

—아니거든!

"아니시군요. 잘 알겠습니다."

나는 수정 구슬을 챙겨 인벤토리 안에 잘 넣었다.

그러자 곽시마디아도 조용해졌다.

"…흐음."

나는 바로 자리를 뜨지 않았다.

대신 내 모습을 하이 엘프의 것으로 바꾼 후, 가죽 물통을 꺼내 운디네를 불러냈다.

"마셔라, 운디네."

[~~~~!]

운디네는 매우 기뻐하며 치유의 샘물을 마셨다.

이렇게 좋아할 줄 알았으면 미리미리 마시게 해 줄 걸, 내가 정령에 무지한 탓에 그만······.

"시간은 많아. 충분히 먹고 싶은 만큼 마셔라."

[~~~! ~~~~~!!]

운디네의 충성도가 쭉쭉 오르는 게 눈으로 보이는 듯했다.

뭐, 어차피 지배 중인 운디네라 충성도가 높든 말든 상관이야 없다만.

그래도 낮은 것보다야 높은 게 좋겠지.

나는 흐뭇하게 웃으며 녀석이 만족할 때까지 기다려 주었다.

물론 팍시마디아에겐 비밀이었다.

*      *      *

다음 코너에 나타난 몬스터는 황동 황소였다.

녀석은 청동 황소보다 훨씬 크고 강력하며, 지옥 불에 버금가는 불을 뿜는다.

그렇다. 불이다.

황소 따위가 무슨 불을 뿜든 [불꽃 초월] 앞에서는 그저 무력할 뿐이지!

"팍시마디아!"

―조아쓰!!

팍시마디아가 물줄기를 날렸고, 이번에도 황소는 사람만 한 구멍이 뚫린 채 나뒹굴었다.

― 황동 황소를 처치하셨습니다.

음······.

[불꽃 초월]을 써먹을 타이밍도 안 나왔네.

그렇다고 굳이 쉬운 길을 돌아갈 이유도 없었다.

"수고했다."

─이제 마시러 가자!!

"그래, 그래."

곧장 다음 코너로 향하고픈 마음도 없지는 않았지만, 어차피 황동 황소의 피도 뽑아야 하니만큼 겸사겸사 그냥 돌아가기로 했다.


*        *        *


팍시마디아가 충분히 먹고 마시길 기다린 후, 나는 다음 코너로 향했다.

양철 거울로 코너 너머의 몬스터를 확인해 보자, 이런 놈이 보였다.

[황금 황소]

"아니, 저런 몬스터도 있었나?"

내 기억에 없는 몬스터가 나오자, 다소 당황한 나는 얼른 개인 노트를 꺼내 보았다.

"황금 황소는 150레벨대 몬스터로, 땅을 구르면 주변을 전기 지대로 만들며 뿔에서 번개를 내뿜는다… 라."

정리해 둔 몬스터 리스트에 있긴 했다.

아무래도 내가 미궁 복습을 잘나가는 모험가의 공략 영상을 기본으로 하다 보니 이런 식으로 놓치는 정보가 있긴 한 모양이다.

뭐, 그래도 이번엔 기록이라도 해 둬서 다행이지.

아무것도 모른 채 황동 황소랑 비슷하게 불이나 뿜고 말겠지? 이런 생각으로 도전했다가는 큰일 날 뻔했다.

그런데 150레벨대 몬스터라,

나보다 10레벨 이상 더 높은 강력한 몬스터가 나왔다는 것이 가리키는 바는 명확했다.

1인용 층계가 레벨이 아닌 전투력을 기준으로 몬스터를 내보내고 있다는 내 가설의 강력한 근거가 되므로.

아니, 이쯤 되면 가설이 아니라 확신이라고 봐도 무방할 듯했다.

"…번개에는 저항력이 없는데."

번개 맞을 생각을 하니 벌써부터 우울해진다.

곽시마디아의 물줄기로 단번에 죽일 수 있으면 안 맞아도 될 텐데, 그럴 생각은 하지 않는 게 좋을 것 같다.

번개에 물이라니, 딱 봐도 상성이잖아.

일단 나는 다시 치유의 샘물로 돌아왔다.

"금화를 쓰든지… 아니면."

게임에서 번개랑 상성인 속성이 뭐더라?

아마 불이었지?

오행에서 말하길 목생화라 했으니…….

"이런 걸 기억하고 있는 게 더 신기하네."

게임의 지식을 근거로 미궁을 깨기엔 부족한 점이 많으나, 그래도 참고 정도는 할 만했다.

"불, 불꽃이라."

그럼 [지식]이지.

나는 [지식] 마법에 한 번 희망을 걸어 보기로 했다.

그렇다고 아까운 미배분 능력치를 투자할 생각은 없고, 그냥 그간 미뤄 뒀던 일이나 처리해야지.

그것은 바로 [신비한 명상]이다.

명상을 통해 위대한 지식을 불러일으켜, [지식] 능력치를 끌어올리는 [신비] 계열의 능력.

"여기서 [신비]에 더 투자하느냐, 마느냐. 그것이 문제로다."

이제부터 치유의 샘물이 등장하는 충계도 점점 더 적어질 것이 확실한 상황.

[지식]이 너무 올라가 위험해졌을 때 치유의 샘물 덕을 본 적이 있으니만큼, 그 변수를 생각하지 않을 수 없다.

"조금씩 자주 명상을 하는 것보다는 여기서 한 번에 확 올리고 끝내는 게 낫겠지."

그렇게 결정을 내린 나는 [신비]에 미배분 능력치를 투입해 140을 만들었다.

"좋아, 그럼 해 볼까!"

나는 그 자리에 가부좌를 틀고 앉은 후 능력을 발동했다.

[신비한 명상]

내 자아가 가라앉았다.


*        *        *


결과.

나는 150레벨이 되어 있었다.

그 대신인지 뭔지는 몰라도 내가 앉아 있던 주변은 엉망진창이 되어 있었다.

기껏 피를 빼놓은 청동 황소와 황동 황소의 시체도 너덜너덜해져 있었다.

"와, 이거 사람 있는 곳에서 했으면 난리 났겠네."

그렇게 혼자 중얼거리며, 나는 치유의 샘물에 머리를 처박았다.

지금 나는 내가 정상이라고 생각하지만, 이건 내 생각일 뿐이다. 지난번에도 [지식]에 취해 이상한 행동을 반복했다는 것을 생각하면, 그냥 처음부터 치유의 샘물 속에 머리를 박는 게 나았다.

치유의 샘물 주변도 엉망진창이 된 건 마찬가지였지만, 샘물이 흘러나오는 곳은 멀쩡했기에 가능한 짓이었다.

그렇게 머리를 온통 푹 적시고 난지 몇 분 정도 지나자 아니나 다를까 뿌옇던 머릿속이 화 하고 맑아지기 시작했다.

역시 제정신이 아니었군.

나는 나 자신의 판단에 만족해 고개를 끄덕였다.

샘물 속에 머리를 박은 채 상태창을 꺼내 보니 [지식]은 140이 찍혀 있었고, 그 덕에 [야성]도 135로 상승해 있었다.

[야성]이 [지식]과 [혈기]의 평균이라 이렇게 된 거였지.

실질적으로는 [신비]에만 6점 투자해서 [지식] 32점, [야성] 16점을 벌어들인 거니 상당한 흑자다.

그리고 얻은 것은 능력치뿐만이 아니다.

능력치에 따른 능력도 내려왔다.

[전설적인 야만 영웅 영혼 강령]

이것이 [야성] 135를 찍고 얻은 새 능력이다.

야만 영웅 앞에 '전설적'이 붙었다.

영웅 이후부터는 접두사가 붙나 보네.

[야만 영웅 영혼 강령]이 그랬듯이, 아마 이 능력에도 자아 침식 위험이 붙었을 것이다.

아니, 어쩌면 위험도가 더 커졌을지도 모른다.

뭐, 그래도 상관이야 없을 것이다.

[비의 계승자]로부터 [위대한 지식]을 받을 때처럼 나 자신이 제정신이 아님을 확실히 알 정도가 아니면 지금의 내겐 그리 큰 위협이 못 된다.

"흠, 한 번 써 볼까?"

엄한 데서 쓰다가 엿을 먹느니, 치유의 샘물이 있는 여기서 시험 삼아 써 보는 게 낫겠지.

그래서 나는 즉시 사용해 보았다.

"오, 오오!"

확실히 야만 영웅 때보다 큰 힘이 느껴진다.

그런데 자아 침식은… 잘 모르겠다.

일단 치유의 샘물에 머리를 처박아도 별 차이점이 느껴지지 않는 걸 보니, 나는 지금 정상인 듯했다.

그럼 능력의 세부 사항을 확인해 볼까?

[전설적인 야만 영웅의 육체]: 신장 +75%, 체중 +75%, 근력 +100%, 체력 +100%. 단, 자아 침식의 위험이 큼.

덩치도 커지고 능력 향상의 폭도 커졌다!

그런데 덩치가 너무 커져서 미궁이 좁다!

이거 이래서야 무기나 휘두르겠나?

[전설적인 야만 영웅의 기술]: 모든 양손 무기를 한 손으로 다룰 수 있게 되며, 모든 근접 무기 사용에 추가 보너스를 얻는다. 맨손 전투에 큰 폭의 보너스를 얻는다.

하지만 상관없다.

전설적인 영웅은 맨손 격투도 잘하니까!

[전설적인 야만 영웅의 호령]: 전방 원뿔 범위에 번개 숨결을 방사하고, 일정 시간 동안 아군에게 [야성]과 비례한 전투력 보너스를 부여한다.

[전설적인 야만 영웅의 호통]: 전방 원뿔 범위에 번개 숨결을 방사하고, 일정 시간 동안 적군에게 [야성]과 비례한 전투력 페널티를 부여한다.

호령과 호통에는 뜬금없이 번개 숨결이 붙었다.

뭐지, 이게? 사람이 할 짓인가?

잠깐 그런 의문을 느끼긴 했지만, 심사숙고해 보니 전설적인 야만 영웅이니 이 정도는 할 법도 하다는 생각이 들었다.

위대하다, 영웅!

나는 샘에 머리를 처박은 채 외쳤다.

그러므로 실제로는 이렇게 되었다.

"뽀그르르! 뽀끄루!"

\*　　　　\*　　　　\*

스스로 완전히 회복되었다는 확신이 든 후에나 나는 치유의 샘물에서 머리를 빼냈다.

그리고 그제야 이번에 얻은 [지식]을 열람했다.

다행히 지난번 [색의 지식] 때와는 달리 이번에는 그저 떠올리는 것만으로 두통이 일지는 않았다.

[영감: 본래 눈에 보이지 않는 영체를 보거나 느낄 수 있게 된다.]

오랜만에 얻는 [달의 지식] 마법이다.

시야를 켜는 데에는 1초 유지에 지식 1을 필요로 하므로 항시 켜 두고 다닐 수 있는 마법은 아니다.

하지만 시야를 꺼 둔 상태에서도 이상하거나 꺼림칙한 감각으로 영체의 존재를 인지할 수 있게 되므로 그때 켜서 보면 될 것 같다.

"좋긴 좋은데……."

이번에 내가 바란 건 [해의 지식], 그 중에서도 더 강력한 불꽃 마법이었다.

이 모든 게 저 코너 너머의 황금 황소를 쓰러뜨릴 수단을 손에 넣고자 벌인 짓이었다.

그런 의미에서 볼 때에는 아쉬움이 남는 소득이라 할 수 있었다.

"그럼 다음 방법을 동원할까?"

그렇다고 이게 유일한 방법이었던 건 또 아니다.

나는 미궁 금화로 [번개 초월]을 구입했다.

소모된 금화는 100개.

남은 금화는 700개.

"딱 떨어졌네."

[듀얼!]과 [사업 윈]의 효과로 청동 황소가 36개, 황동 황소가 72개의 금화를 준 덕이다.

사실 처음부터 해결 방법은 명확했다.

그러니 앞서 벌인 모든 짓거리는 고작 이거 쓰기 싫어서 벌인 짓이기도 하다.

사실 미궁 금화 100개가 '고작'으로 취급받을 건 아니지만, 700개를 갖고 있었으니 이런 표현이 나올 법도 하지.

그래도 안 쓸 수 있으면 안 쓰는 게 좋잖아?

"자, 그럼 황금 황소 잡으러 가 보실까?"

나는 터벅터벅 걸었다.

혹시나 황금 황소의 번개에 파괴될까 싶어서 모든 장비는 인벤토리 안에 수납했다.

그래서 나는 지금 알몸이었다.

[행운의 여신이 기왕 이렇게 된 거 몸에 기름 바르고 오일 레슬링이나 하자고 합니다.]

나는 못 들은 척했다.

계속 조용히 있던 양반이 옷 벗자마자 튀어나온 이유도 묻지 않았다.

그냥… 아무 일도 없었다 치자.

*　　　　*　　　　*

이번 일로 한 가지 알게 된 것.

"[비이이이임!!!!]"

빛은 번개보다 빠르다.

아니, 이게 아니지.

내 빛은 놈의 번개보다 빨랐다.

번쩍!

빠직!

놈의 번개가 내게 닿기 전에, 내 빔이 녀석을 처치하는 것이 먼저였으니.

그렇다고 이미 쏘아진 번개가 힘을 잃은 것은 아니었지만.

물론 알몸으로 번개를 맞았음에도 불구하고 나는 터럭 하나 다치지 않았다.

이게 다 [번개 초월] 덕이다.

"이거 그냥 맞고 버텨도 됐었네."

어차피 [인간의 끈기]가 있으니 맞아도 안 죽는다.

그저 죽을 정도로 아플 뿐.

"…그래도 금화 100개가 아깝진 않네."

나라고 아픈 걸 좋아하진 않는다.

싫다.

당장 감내해야 했을지도 모를 죽을 정도의 고통을 방지한 데다, 앞으로도 번개로 고통받지 않으리라는 확신은 금화 100개의 가치를 충분히 다했다.

그거야 뭐 아무튼.

이번 황소 3연전 동안 나는 [듀얼!] 능력을 사용해, 총 72개의 미궁 금화를 벌었다.

하도 오래 쓸 기회가 없어서 깜박하고 있었지만, 1:1 상황에서 서로 도망 못 가게 만드는 디버프를 걸고 승리자가 금화를 얻는 능력이다.

"[듀얼!]이 참 애매하단 말이지……."

데스윕 잡을 때도 실질적으로는 1:1이었는데 다른 모험가의 버프가 내게 걸려있었다고 발동이 안 됐었다.

오크 챔피언 잡을 때도 1:1이나 마찬가지였는데 뒤에 엘프, 드워프, 오크 군대가 있었다고 안 걸렸었지.

아무래도 누가 끼어들 가능성만 있어도 [듀얼!]은 성립 안 하나 보다.

"뭐, 이만큼 벌었으니 됐다만."

아무튼 이번에 얻은 72개의 금화는 [사업운]을 통해 144개가 되었고, 이로써 내 보유 금화는 800개로 도리어 늘었다.

"좀 더 펑펑 써도 될 것 같은데……."

혼잣말로 이런 말을 중얼거리긴 했지만, 실제로 이뤄지진 않을 이야기다.

태생적인 내 구두쇠 성격이 어딜 가진 않겠지.

나는 전리품, 그러니까 황금 황소의 시체를 방혈하기 위해 매달았다.

겉보기가 아무리 황금색이어도 역시 몸 전체가 황금은 아니었다.

그렇다고 황금색 비늘이 황금인 것도 아니고.

나는 매우 실망했다.

고기맛도 쇠고기 맛이 아니고 비늘도 황금이 아닌데 네가 왜 황금 황소지?

"적당히 처리하고 인벤토리에 넣어 놔야겠군."

일을 마치고 인벤토리 안에서 옷을 꺼내 주섬주섬 주워 입은 나는 황금 황소가 막고 섰던 통로로 돌아와 코를 대고 킁킁거렸다.

번개가 공기를 태운 냄새, 그리고 [빔]이 황금 황소를 지진 냄새가 가득했다.

비밀의 냄새는… 잘 모르겠네.

"아니, 내가 왜 이러고 있지? 아무도 없는데."

나는 그냥 더 쉬운 방법을 쓰기로 했다.

"나는 회귀자다!"

그러자 비밀 아이콘이 뿅 하고 떠올랐다.

"오!"

예상대로다.

3층의 비밀과 비슷한 지점에 아이콘이 떠 있었다.

나는 마치 태어나서 이 일만 해 온 사람처럼 익숙하게 벽돌을 빼고 통로를 개척했다.

안을 들여다보니, 보물 상자가 보였다.

"비밀 냄새가 안 나는 걸 보니 함정은 없는 모양이고. 그냥 열어도 되겠지?"

상자는 잠겨 있지도 않아, 아무런 저항 없이 열렸다.

상자 안에는 책 한 권이 들어 있었다.

"…이상하게 느낌이 안 좋은데."

실제로 비밀의 냄새가 지독했다.

이 책에 대체 무슨 비밀이 숨겨져 있는 거지?

물론 내게는 그 비밀을 확인할 방법이 있었다.

"아."

그럼에도 불구하고 나는 그냥 책을 집어 들었다.

그리고 그대로 정신을 잃었다.

5장
—
제24층

정신을 차리자, 나는 치유의 샘물 속에 머리를 박은 채였다.

"으, 우욱."

구역질이 올라왔지만, 구토로 연결되지는 않았다.

나는 상태 메시지를 보았다.

―[불변의 정신++]이 상태 이상 [■ ■]에 저항합니다.

―저항 성공!

―[불변의 정신++]이 상태 이상 [■ ■]에 저항합니다.

―저항 성공!

―[불변의 정신++]이 상태 이상 [■ ■]에 저항…….

상태 메시지에는 [불변의 정신++]의 사투가 고스란히 기록되어

있었다.

"…역시 [비의 계승자] 짓인가."

[행운의 여신이 아니라고 합니다.]

그때, 여신이 끼어들었다.

"그럼 뭡니까?"

[행운의 여신이 ■■ 짓이라고 합니다.]

나는 여기서 ■■가 뭐냐고 되묻지 않았다.

"아, 그렇군요."

이런 일이 한두 번도 아니고, 그냥 대충 눈치를 챌 수밖에 없는 짓이다.

지금까지 ■■와 관련된 존재라곤 [비의 계승자] 밖에 없었지만, 이쯤 되면 오히려 ■■가 [비의 계승자]의 주인이라고 봐야겠지.

하지만 나는 이번에도 이겨 냈다.

이겨내긴 했는데… 영 납득이 안 되는 게 있다.

"여신님? 아까 제가 책에 손이 빨려 들어가듯 했는데 이거 뭔지 아십니까?"

[행운의 여신이 ■■ 짓이라고 합니다.]

앵무새냐.

"아… 설마 정신지배 같은 거였습니까?"

[행운의 여신이 그런 건 아니라고 말합니다.]

[행운의 여신이 ■■도 버텨내는 상대한테 그런 걸 쓰겠냐고 되묻습니다.]

"그럼 뭡니까?"

[행운의 여신은 책에 네 손을 끌어당기도록 하는 인력 마법이 걸려 있었다고 대답합니다.]

엥, 인력?

"그, 지구 인력 같은 거 말입니까?"

[이해하기 힘들면 그냥 염동력 같은 거라고 생각해도 된다고 행운의 여신이 친절하게 대답해줍니다.]

…내가 너무 어렵게 생각하긴 한 모양이로군.

할 말이 없어진 나는 그냥 고개나 끄덕이고 말았다.

이제까지 [불변의 정신++]만 믿고 좀 방심한 면이 없진 않았나 보네.

그냥 염동력 비슷한 걸로 위험한 물건에 강제로 접촉시킬 거라고는 생각도 하지 못했다.

하긴 [비의 계승자]한테 엿을 두 번이나 먹였는데, ■■ 쪽에서도 뭐든 방법을 찾긴 찾아냈겠지.

"쑵."

그런데 ■■가 이런 방법까지 쓰면서 나한테 무슨 짓을 하려고 한 걸까?

나는 주저주저 상태창을 꺼내 보았다.

결과.

"잉?"

일단 [지식]이 50 올라 있었다.

어째 머리가 미친 것처럼 아프더라니, 이렇게까지 [지식]이 팍 올라 버리면 내 뇌가 버틸 수 있을 리가 없지.

물론 50이 올라도 레벨 제한에 걸린 탓에 내 [지식] 능력치는 150으로 맞춰졌다.

나머지 40은 미배분 능력치로 고스란히 돌아갔으니, 고생을 한 것 치고는 꽤 이득을 본 셈이라고 할 수 있었다.

그런데 문제는 따로 있었다.

"이게 왜 여기 있어?!"

내가 말한 '이거'란 바로 [색의 지식]이었다.

[색의 지식] 뿐일까, 분명 [피투성이 피바라기]에게 제물로 넘긴 [색채 초환]도 돌아와 있었다.

…이걸 나한테 도로 돌려주겠다고 그런 함정을 꾸민 거야?

대체 [색채 초환]이 뭐기에?

이쯤 되고 보니 뭔가 거대한 음모에 휘말려 있는 것 같은 위기감이 막 들었다.

나는 성좌를 수족으로 부릴 정도로 위대하지만 동시에 그만큼 위험한 존재에게 선택받은 것 아닐까?

"…에이, 설마."

나는 고개를 세차게 저어 억지로 말도 안 되는 망상을 머리에서 내쫓았다.

"후……."

긴 숨을 내뱉으며 마음을 진정시킨 후, 나는 일어나서 벽에 걸어둔 전리품을 마저 갈무리했다.

그리고 23층을 뒤로했다.

출구로 나갈 때까지, 나는 뒤를 돌아보지 않았다.

*　　　　　*　　　　　*

24층.

4층, 14층과 마찬가지로 네 명의 동료가 팀으로 올 거라고 생각했다면 오산이다.

이 층계에는 모든 모험가가 한꺼번에 떨어진다.

참고로 떨어진다는 건 비유가 아니다.

실제로 허공에서 모험가들이 막 떨어진다.

추락으로 죽지 않도록 천천히 떨어지긴 하지만, 내가 보기엔 불필요한 배려다.

어차피 100레벨대 모험가라면 이 정도 높이에서 추락한다고 죽을 사람은 없다.

[Tip!] 단 한 명만이 승리할 수 있습니다!

마침 층계 팁이 나오네.

그래, 맞다.

이 층계에서는 나 외에는 다른 모험가를 모두 죽여야 끝난다.

[Tip!] 24층에서 죽은 모험가는 게임이 끝난 후 부활합니다.

그렇다고 한 명을 제외한 모든 모험가가 미궁에서 탈락하는 것은 아니다.

살해당한 모험가들은 게임에 끝난 후 25층에서 부활하니까.

팁에다 아예 게임이라고 명시해놓는 거 봐라.

그런 의미에서, 24층은 오히려 가장 생존율이 높게 나오는 층계라고도 평할 수 있었다.

100%니까 가장 높을 수밖에.

[Tip!] 24층에서는 모험가를 죽여도 경험치를 얻을 수 있습니다.

살인을 권장하는 규칙도 14층과 동일하다.

회귀 전에 나 말고 다른 모험가가 분석하길, 14층과 24층의 이러한 게임 규칙은 모험가로 하여금 살인에 익숙해지도록 하기 위한 것이라는 이야기가 있다.

내가 듣기에 틀린 말이 아니다.

실제로 지난번의 김민수도…….

…이런 거 말할 때마다 김민수 이름만 나오네.

이런 나쁜 예를 들 때마다 녀석의 이름이 나오는 것도 어쩔 수 없다.

죄업이 너무 깊었지.

지금은 착해져서 다행이라고 해야 하려나?

그거야 뭐 아무튼.

사람들이 살인에 익숙해져서 문제가 생긴다면, 살인에 익숙해지게 놔두지 않으면 되지 않을까?

방법? 있다.

"얼른 끝내면 되지."

누군가가 다른 누군가를 살해하기 전에, 내가 전부 다 쓸어버리면 된다.

간단!

아직 나를 포함한 모든 모험가가 허공에서 떨어지는 중이었지만, 나는 게임을 지금 단계에서 정리하기로 마음먹었다.

따라서 나는 하이 엘프 폼으로 변신했다.

보통 추락하면서 주문을 외우거나 활을 당기는 건 힘들어서 이 활공 단계에서 전투가 벌어지는 경우는 별로 없다.

하지만 나는 다르다.

[신비] 마법은 사용하려고 마음만 먹으면 즉시 발동하는 데다

별 집중이 필요하지도 않으므로 얼마든지 쏠 수 있다.

특히나 [신비한 화살]은 [신비한 활의 축복] 덕에 더더욱 그렇다.

[빔!]도 마찬가지지만, 지금은 연사가 필요한 상황이니 화살 쪽이 낫다.

"히이익!? 선생님, 설마?!"

내 주변에서 [신비한 화살] 무리가 떠오르는 걸 목격한 모험가가 뒤집어지는 목소리를 냈다.

요즘은 4서폿 말고도 다들 날 선생님이라고 부르네.

뭐, 회귀했으니까 먼저 태어난 건 맞지.

나는 그 모험가에게 미소 지으며 고개를 끄덕여주었다.

그리고… 쏘세요!

드르르르르륵!

"으악!"

"아악!"

"이, 이건 사기야?!"

"치… 터……!"

땅에 발이 닿기도 전에 모험가들이 죽어 나간다.

나를 비난하고 있긴 하지만 엄밀히 말해 이건 윈윈인 전술이다.

나는 이기고, 여러분은 25층에 직행하고.

서로 시간 낭비 안 하고 좋잖아?

물론 다들 100레벨을 넘겨서 [인간의 끈기]로 한 발은 버틴다.

드르르르르륵!

그래서 두 발씩 쏴 주었다.

간단하죠?

"[빔!]"

[신비한 화살]을 버틸 정도로 튼튼한 모험가 상대로는 [빔!]도 주면서 마음껏 학살했다.

너무 멀리 있어서 제때 처치하지 못하고 엄폐물 너머에 착지한 모험가가 몇쯤 남아 있었지만 큰 문제는 아니었다.

"[비이이이임!!!]"

나는 [투시], [망원]을 동시에 켜서 조준한 후 강력한 빔으로 엄폐물째 날려 버렸다.

—승리!

"이겼다! 24층 끝!!"

당연하지만 레벨 차가 너무 심해서 경험치는 조금도 들어오지 않았다.

별로 아쉽지는 않았다.

진짜다.

"자, 이제 그럼… 이제 나의 진짜 모험을 시작해 볼까?"

모든 모험가가 한꺼번에 떨어지는 층계답게 24층은 넓고 광활하다.

이런 곳을 전부 탐사하려면 시간이 한참 걸리리라.

하지만 괜찮다.

24층에 주어진 시간은 넉넉하니까.


\*        \*        \*

24층에는 모험가끼리의 싸움에 집중하라는 뜻인지 몬스터가 잘 나오지 않는다.

아주 가끔 고블린이 몇 마리씩 나오긴 하는데, 이것들은 미궁이 의도한 게 아니라 멋대로 번식해서 기어 나오는 거라고 봐야 했다.

그게 아니면 24층에서 3레벨짜리 고블린이 나올 리가 없잖아?

대신 다른 것들은 풍부하다.

풀과 나무, 바위와 물, 게다가 건물들까지.

그렇다. 24층에는 건물들이 있다.

공략에는 각기 철물점, 목공소, 포목점 등의 이름으로 불리는 건물들이다.

게다가 각 건물에는 이름에 해당하는 물자들이 쌓여 있기까지 하다.

이제부터 그 물자들은 전부 내 거다.

다른 패배자들이 보면 울분을 터트릴지도 모르겠지만, 꼬우면 이겼어야지!

핫하!

나는 환호하며 온갖 물자를 챙겼다.

특히 나를 감동케 한 것은 식료품점이었다.

세상에! 사람이 먹을 것이 널려 있어!

물론 미궁에도 먹을 것은 많다.

주로 몬스터의 고기지만 말이다.

엘프 도시나 드워프 성채에도 가공된 식료품이 있긴 하지만, 그것들은 인간의 미각과 아주 약간 동떨어진 면이 있는 것들이었다.

데운 맥주나 건포도 빵 말하는 것 맞다.

나도 요리를 할 줄 아니 적당히 내 입맛에 맞춰서 고치거나 새로 만들 줄은 안다.

그래도 잘 빻아져 종이봉투 안에 소담히 담긴 밀가루 한 포대를 봤을 때의 감동이란 말로다 표현 못 할 정도였다.

밀과 비슷한 곡물을 물레방아에서 빻아 입자가 거친 가루를 반죽해 구운 빵에 익숙해졌다고 생각했지만, 꼭 그런 것만은 아니었던 모양이다.

고작 밀가루 한 포대에 이런 형언할 수 없을 정도의 노스텔지어로 몇 초씩이나 말문을 열지도 못했으니 말이다.

그러나 그것도 잠시, 나는 곧장 강도가 되어 상점의 물자를 약탈했다.

뭐, 주인도, 점원도, 손님도 없고 사람이라곤 나 하나뿐이지만 말이다.

나는 묘한 외로움을 느꼈지만, 곧 이 층계에 다른 사람이 없는 이유는 내가 다 죽였기 때문임을 깨닫고 물건이나 챙기기로 했다.

각 상점의 물자는 각기 100명 정도가 쓰면 좋을 정도로 비치되어 있었다.

모험가들이 이 물자를 두고 서로 목숨을 걸고 싸웠으면 좋겠다는 미궁의 소박한 바람이 엿보이는 부분이다.

사람들이 품었을 그 욕망을 짓밟아 지워 버렸다는 것에 나는 지극한 보람을 느꼈다.

아주 간혹 고블린들이 건물을 기웃거리다가 도둑질을 감행하기도 했지만, [빔!] 한 방에 증발했다.

"저러니까 미궁이 고블린을 싫어하지."

나는 내가 저지른 강도짓은 무시하고 말했다.

일단 건물들 위주로 한 바퀴 돌고 난 후, 나는 24층 전체를 훑 듯이 돌아다녔다.

하지만 별다른 비밀은 발견되지 않았다.

하긴 이건 4층도 그랬지.

그래도 14층엔 뭐가 있긴 있었는데.

나는 아쉬움을 남긴 채 24층을 뒤로 했다.

안녕! 24층!

밀가루는 잘 쓸게!

*　　　　*　　　　*

25층은 5층과 유사하다.

아, 물론 15층과도 유사하다.

막 24층을 겪어 이번 층도 혹시 모른다고 생각하는 모험가의 예상을 다시 한번 엎어서 경계심을 누그러뜨리고 안이함을 부채 질하는 미궁의 술책.

…일 수도 있고, 아닐 수도 있다.

좌우지간 그래서 25층은 쉽다.

딱히 공략도 필요하지 않을 정도다.

그렇다고 진짜 필요 없다는 뜻은 아니지만.

이번에도 나는 커뮤니티에 공략을 올렸고, 많은 추천을 받아 커뮤니티 1위에 올렸다.

2위는 [회귀자님, 100회 특집]이었다.

김이선은 대체 뭘 찍고 있는 거지?

좌우지간 그래서 나는 공략은 도외시하고 그냥 처음부터 비밀 찾으러 다녔다.

"미궁아, 이건 좀 안이한 거 아닐까?"

3연속으로 같은 장소에 비밀이라니.

게다가 이번에도 또 비좁은 통로 끝이 차원의 벽으로 막혀 있었다.

"뭐, 그렇다고 안 들어갈 건 아니지만."

나는 김명멸을 불러 [작아져라!]를 받고 비밀 통로로 들어갔다.

그리고 이제는 친숙하기까지 한 차원의 벽 너머로 넘어갔다.

모험의 시작이다!

세 번째지만!


*              *              *


차원의 벽을 넘자마자 내가 목격한 것은 광활한 평원이었다.

마치 끝이 없을 것만 같은 평원!

그리고 그 평원 위를 동물들이 한가롭게 돌아다니며 풀을 뜯거나 잠을 자고 있었다.

털이 달린 커다란 코뿔소에 송곳니가 칼처럼 돋은 검치호, 거대 엘크(큰 사슴)에 거대 오록스(큰 소)…….

응?

어째 좀 동물들 라인업이 예스럽다?

왜 마치 인류가 번성하기 전에 지구를 지배했던 것 같은 포유류들이 가득하지?

뭐, 이것도 세 번째다.

나도 어느 정도 분위기 파악을 했다.

여기도 어느 종족의 과거겠지.

그것도 좀 심하게 오래된 과거.

그런데 이번에는 거기 해당할 만한 족속이 안 보인다는 게 문제다.

"뭐, 사냥감 좀 잡다 보면 보이겠지."

저들 중에 제일 강해 보이는 게 털 코뿔소다.

그래서 나는 털 코뿔소 한 마리를 잡았다.

결과는 꽝이었다.

"너무 약한데?"

그냥 약하기만 했으면 별 불만이 안 나왔을 테지만, 정작 중요한 경험치가 들어오지 않았다.

그것도 전혀!

"설마… 이번 세계는 꽝?"

현실을 받아들이지 못한 나머지, 나는 검치호도 한 마리 잡아보았다.

"약해!"

그 결과는 절망적인 분석에 근거 하나를 더 보탰을 뿐이었다.

"25층까지 와서 꽝이라니……."

나는 어깨를 늘어뜨렸다.

그렇다고 의욕을 완전히 잃은 것은 아니었다.

나한테는 아직 필살기가 남아 있었으니까.

"신에게는 아직 [비밀 교환++]이 남아 있습니다······!"

나는 이 세계의 탐색에 나섰다.

길지만 험난하지는 않을 여정의 시작이었다.

6장
—
제25층

내가 이 세계의 여정이 험난하지 않을 거라고 했었나?

그건 거짓말이었다. 어수룩한 넘겨짚기였다.

이 세계에 온 지 일주일째 되는 날, 이변이 일어났다.

그 이변이 뭐냐면, 운석이 떨어진 거였다.

운석이 떨어진 충격으로 지진이 일어나고 어디 있는지 보이지도 않던 바다에서 해일이 일어나 평원을 덮치고, 어디서 화산이라도 터진 건지 하늘이 새까매졌다.

해가 나질 않으니 기온은 쭉쭉 내려갔고 해수에 닿은 풀들은 하얗게 말라 죽었다.

풀을 뜯는 초식 동물들은 며칠째 굶어 힘이 없어 보였다.

곧 굶어 죽겠지. 오래 가지 않으리라.

피해는 곧 육식 동물에게까지 번질 터였다. 작은 동물부터 큰 동물까지, 영향을 받지 않는 생물이 없을 게 뻔했다.

생태계의 멸종을 눈앞에서 보고 있었다.

나는 이 모든 사태의 원인일 운석을 찾아보기로 했다.

뭐, 까놓고 말해서 여기 생태계가 멸망하든 말든 나하고는 별로 상관없는 일이기도 했다.

나야 떠나면 그만이니.

그럼에도 운석을 찾는 것은 호기심이 절반이었고, 그리고 혹시 운철을 구할 수 있을지도 모른다는 욕망이 나머지 절반을 채웠다.

운철은 운석에서 빼낸 철로, 대기권을 돌파하느라 자동으로 고온 처리가 된 것이나 다름없는 귀한 물질이다.

물론 모든 것이 레벨을 근본에 두고 돌아가는 미궁에서는 그리 귀한 자원이 아닐 수도 있지만, 수집품으로라도 구해 놓을 생각이었다.

지금 와서 다시 생각하면 그래선 안 됐다.

내가 운석에서 발견할 수 있었던 건 운철이 아니라, [색채]였기 때문이다.

우주에서 온 [색채].

그것을 본 순간, 나는 저 [색채]가 [색채 초환]으로 불러들일 수 있는 그것과 마찬가지의 존재라는 것을 직감적으로 느꼈다.

—[불변의 정신++]이 상태 이상 [■■]에 저항합니다.

—[불변의 정신++]이 상태 이상 [■■]에 저항합니다.

상태 메시지도 난리가 났다.

나는 곧바로 등을 돌리고 도망치기 시작했다.

[색채]가 마치 해일처럼 밀려오고 있었다.

색을 모두 독차지하려는 듯, 주변의 모든 것을 흑백으로 물들이며.

저것은 나의 색도 빼앗으려 들고 있었다.

과연 [색채]로부터 색을 빼앗기면 어떻게 되는 걸까?

그것을 상상하는 것만으로도 상태 메시지가 요란해졌고, 다리에서 힘이 풀렸다.

―[불변의 정신++]이 상태 이상 [■■]에 저항합니다.

―[불변의 정신++]이 상태 이상 [■■]에 저항합니다.

하지만 나는 달렸다.

초인적인 체력을 갖췄음에도 불구하고 입에서 단내가 날 정도로.

뒤는 돌아보지 않았다.

모든 것이 무너지는 소리가 들렸지만, 지금은 호기심보다 생존 본능을 우선해야 할 때였다.

\* \* \*

나는 간신히 25층의 비밀 세계에서 빠져나왔다.

아슬아슬했던가? 모르겠다.

뒤를 돌아볼 여유가 없었기에, 색채가 어디까지 침범했는지 볼 수 없었다.

나는 이제야 깨달았다.

왜 [피투성이 피바라기]가 내게 보상까지 제시하며 [색채 초환] 사용을 말렸는지.

세계 하나를 뒤덮어 멸망시켜 버리는 존재라니…….

만약 내가 22층에서 [색채 초환]을 써 버렸다면 어떻게 됐을까?

아마 거기서 게임 오버였겠지.

나뿐만이 아니라 모든 모험가들이 휩쓸려 죽었을지도 모른다.

그런 생각을 하면 모골이 송연해진다.

다행인지 뭔지 [색채]는 차원의 벽을 넘어서까지 침입해 오지는 못했다.

혹시 모른다고 생각했었는데…….

그저 다행일 뿐이다.

엇, 공포 영화 같은 데서 보면 이렇게 생존자가 살았다며 안심하고 있을 때 등 같은 데에 뭐가 묻어 있던데!

하지만 나는 내 등을 볼 줄 모른다!

"여신님! 여신님!"

[행운의 여신이 왜 부르냐고 졸린 목소리로 대답합니다.]

아니, 여신이면서 잠을 잔다고?

하긴 기절도 하고 할 거 다 하긴 하더라.

지금은 그런 거 생각하고 있을 때가 아니다.

"제 등에 뭐 안 묻었습니까?"

[아무리 여신이 편해도 그런 것까지… 행운의 여신이 말을 하다 맙니다.]

"왜, 왜요?"

[행운의 여신이 어디 다녀왔냐고 묻습니다.]

"아, 차원의 벽 너머요. 그보다 묻었습니까?"

[행운의 여신이 묻혀서 오지는 않았다고 합니다.]

"그런데 왜……."

[행운의 여신이 뒷머리를 만져 보라고 합니다.]

여신의 말에 따라 뒷머리를 만져보니, 잿가루처럼 후두둑 바스라지며 떨어졌다.

"히익!"

[행운의 여신이 ■■를 묻혀 온 건 아니니 안심하라고 합니다.]

[만약 그랬다면 네 존재 자체가 이미 무너져 없어졌을 거라고 행운의 여신이 덧붙입니다.]

[행운의 여신이 이런 위험한 짓은 이제 작작 하라고 충고합니다.]

"알… 겠습니다."

이번만큼은 잔소리로 받을 수가 없었다.

진짜 위험했다는 걸 실감했기 때문이다.

그렇게 생각하며 한숨 돌리던 순간, 어떤 생각이 벼락같이 내 뒤통수를 치고 지나갔다.

5층에서 원시 고대 엘프와 만났고 7층에서 현대 엘프와 만났다.

15층에서 원시 고대 드워프와 만났고 17층에서 현대 드워프와 조우했다.

그렇다면…….

내가 27층에서 보게 될 광경은 무엇일까?

"설마… 아니겠지."

그러나 한 번 든 두려움은 내 머리 한 켠을 점령한 채 좀처럼 떨어져 나갈 줄을 몰랐다.

*　　　　　*　　　　　*

그렇다고 내가 25층의 비밀 세계에서 아무런 소득도 없이 그냥 몸만 털레털레 온 건 아니었다.

현대의 소 직계 조상이라는 오록스를 몇 마리 잡아다 놓았다.

거기서 구워 먹어봤는데, 맛이 아주 좋았다.

진짜 쇠고기 느낌이랄까.

그리고 거대 멧돼지도 한 마리 잡아서 부위별로 도축해 놓았다.

이것도 아주 맛있었다.

소 특유의 누린내에 질렸을 때 먹으면 좋겠지.

그 외에도 여러 짐승을 잡아다 도축해 놨다.

사슴 비슷한 놈, 양 비슷한 놈, 염소 비슷한 놈 등등.

사람이 없어서 그런지 식생이 풍부하더라.

물론 이젠 아무것도 없을 테지만.

고기로라도 남아서 다행… 일까?

"나한테나 다행이겠지."

아무튼 억지로 몬스터 고기를 맛있게 만들어 보겠답시고 이리 뛰고 저리 뛰는 것도 지쳤었는데, 당분간은 평범한 고기를 먹을 수 있겠다.

고작 고기 먹으려고 그 고생을 했다고 생각하면 주먹이 절로 쥐어지지만, 그런 건 그냥 넘어가도록 하자.

지나간 일이잖아?

…지나간 일 맞지?

\*　　　　　\*　　　　　\*

미궁 26층은 내가 가장 먼저 내려오게 되었다.

6층에서 겪은 트라우마가 세긴 센 모양이다.

하긴 내려오자마자 갑자기 배가 고프고, 먹을 건 안 보이고, 좀비들은 몰려오는 경험을 한 번 했으면 했지, 두 번 하고 싶진 않으리라.

게다가 22층 이후로 이상하게 사람들이 이전보다 더 내 말을 잘 듣는 것 같다.

나를 대하는 태도도 좀 부담스러울 정도고.

왜지?

"그런 걸 보여 주고도 이유를 궁금해하는 게 더 신기하네요!"

그나마 나를 가장 솔직하게 대하는 축에 속하는 인물인 이수아에게 물어봐도 답이 이렇게 나왔다.

아직도 24층에서 내 [신비한 화살에 맞아 죽은 게 앙금이 남은 건지 반응이 영 까칠하다.

이쯤 되면 그냥 그러려니 해야겠지.

아무튼 그래서 지금 미궁 26층엔 나뿐이다.

6층이 좀비, 16층이 구울이 몰려오는 몬스터 웨이브 콘셉트였다면, 26층은 사뭇 다르다.

16층이 그래도 구울 웨이브 끝나면 흡혈귀가 날아왔지만, 26층에선 웨이브 단계를 생략하고 처음부터 머리 잘린 기사가 덤벼온다.

머리 잘린 기사는 문자 그대로 머리가 잘려 나간 목에서 썩은 피를 뿜어 대며 다니는 기사이다.

기사라고 모두 말을 타고 다니는 것은 아니지만, 이 머리 잘린 기사는 머리 잘린 전투마를 타고 나타난다.

기사 자체도 거구지만 전투마도 꽤 커서 눈앞에 맞닥뜨리면 거인을 마주한 것 같을 것이다.

문제는 머리 잘린 기사지, 머리 없는 기사가 아니라는 점이다.

머리 잘린 기사의 머리는 따로 허공을 날아다니는데, 이 머리가 입에 칼을 물고 있어서 이 칼로 공격하곤 한다.

그런데 여기서 밝혀지는 충격의 사실!

머리 잘린 기사의 머리는 여러 개다.

최소가 셋에 많으면 아홉까지 된다.

자신의 잘린 머리뿐만이 아니라 생전에 잘랐던 적 기사의 머리도 허공에 둥실둥실 떠다닌다.

그리고 그 머리들 모두가 칼 하나씩 물고 적을 난도질해 대려고 든다.

여기에 당연히 머리 잘린 기사 자신도 무기를 들고 있다.

본래 양손으로 다뤄야 하는 묵직한 클레이모어를 양손에 한 자루씩 들고 폭풍처럼 휘둘러 댄다.

여기까지 서술된 내용이 일반 공격 패턴이다.

머리 잘린 기사에게 피해를 어느 정도 입히면 특수 행동 패턴이 나온다.

머리 잘린 기사가 머리 잘린 전투마에서 내려 버리는데, 이때가 가장 위험하다.

머리 잘린 전투마가 홀로 적에게 돌진해 자폭하기 때문이다.

이 자폭 공격이 터무니없이 강력해서, 머리 잘린 전투마를 폭파마(馬)라고 부르는 사람도 있었다.

그리고 말에서 내린 기사는 폭풍 그 자체가 된다.

양손에 칼을 한 자루씩 들고 회전하는 공격을 가해 온다는 뜻이다.

주변을 날아다니는 머리가 단순한 공격에 다채롭게 만들기 때문에 1:1로 상대하기 대단히 까다로워진다.

때때로 강적에겐 목에서 솟구친 썩은 피를 끼얹고는 하는데, 이 피에 스치기만 해도 저주에 걸리며 정통으로 맞으면 즉사한다.

매우 까다롭고 강력한 몬스터로, 모험가 여럿이서 공격을 집중시켜 단번에 잡지 않으면 피해가 눈덩이처럼 불어나게 되어 있다.

내가 없었다면 그랬으리란 이야기다.

"[비이이이이임!!!!]"

자폭해? 저주를 걸어? 즉사 패턴이 있어?

상관없다.

멀리서 [빔]으로 증발시키면 그만이니까!

머리 잘린 기사는 괜히 하나씩 찔끔찔끔 나오는 몬스터가 아닌지라, 그 레벨은 무려 150레벨 전후에 달한다.

이 말은 곧 150레벨인 나한테도 조금씩이나마 경험치가 들어온다는 뜻이다.

그런데 나와 레벨이 같은 몬스터를 잡았는데 왜 이렇게 경험치가 적게 들어오는지 모르겠다…….

아니, 사실 알고 있다.

그럼 동렙 몬스터가 주는 경험치가 많을까?

적게 주는 게 당연했다.

이건 다 내가 한 마리 잡을 때마다 레벨이 쑥쑥 오르는 거에 익숙해졌기 때문이다.

이게 다 피바라기 성좌 때문이다.

나는 굳이 남 탓을 했다.

내가 이렇게 불평하는 이유는 간단했다.

경험치도 조금씩 주는 주제에 한 시간에 한 마리밖에 안 나오기 때문이다.

이렇게 잡아서 레벨 업은 언제 하지?

물론 평범한 모험가들은 이놈을 한 시간 내내 두들기고도 못 잡아서 한 번에 두 마리를 상대해야 하는 참사를 빚곤 하지만, 나랑은 상관없는 일이다.

많이 나와 봐야 어차피 1초 컷인데 그냥 좀 자주자주 나왔으면 좋겠다.

나는 그런 바람을 담아 원정에 나섰다.

원정이라기보단 탐사에 가깝지만 뭐, 그게 그거지.

일단은 머리 잘린 기사가 뛰어온 방향을 되짚어서 돌아가는 식으로 가보기로 했다.

6층에 묘지, 16층에 저택이 있듯 여기도 뭔가 있겠지?

26층에 뭐가 있는지 모르는 이유는 공략을 써줬던 회귀 전의 모험가들이 힘을 합쳐 한 시간 내내 두들겼음에도 불구하고 결국 기사 한 마리를 간신히 잡을까 말까였기 때문이다.

공략 보면 26층도 간신히 깼다는 게 피부로 느껴질 정도로 사투를 거듭했음을 알 수 있다.

쉽게 말해 탐사에 나설 시간이 없었다.

그러니 이번에는 내가 직접 탐사에 나서야 했다.

미답지를 가장 먼저 밟는 건 당연히 위험한 일이지만, 동시에 하얀 눈밭에 처음 발자취를 남기는 것 같은 묘한 감흥이 있다.

바로 25층에서 위기를 겪긴 했지만, 여긴 다른 세계도 아니고 정규 미궁이다.

뭐, 별일이야 없겠지.

[피투성이 피바라기] 성좌도 당분간 시련은 없을 거라 공언했으니 더더욱 그랬다.

그런 생각을 하면서도 한편으로는 코를 킁킁거리며 나아가던 나는 곧 [망원]을 통해 목적지의 모습을 확인할 수 있게 되었다.

이 층에 뭐가 어디 있는지도 모르는데 목적지가 있다는 게 이상하게 들릴지도 모르겠다.

하지만 여기는 목적지가 맞았다.

여기가 바로 26층의 묘지이자 저택인 게 확실했으니까.

머리 잘린 기사의 핏자국이 시작된 곳.

스톤헨지였다.

엥? 스톤헨지?

7장
—

제26층

　고인돌이 여럿 놓여 원형을 이루고, 가운데에 제단이 있는 모습은 스톤헨지가 맞았다.

　그런데 머리 잘린 기사를 소환하는 시설이 스톤헨지였다고?

　나는 다소 당황한 채 스톤헨지로 다가갔다.

　[서브 퀘스트: 스톤헨지 파괴]

　[스톤헨지는 신비한 요정 등을 불러들여 알려지지 않은 지식 등을 얻는 데에 유용한 시설입니다만, 너무 낡으면 의도치 않은 것을 불러올 가능성이 생깁니다. 파괴하세요. 보상이 있습니다.]

　[퀘스트 성공 공통 보상: 경험치]

　[기여도에 따라 추가 보상이 주어집니다.]

　"…이게 맞구나."

　[행운의 여신이 그렇다고 답합니다.]

"아이, 깜짝이야."

나는 혼잣말한 건데 갑자기 답이 들려오니 놀랄 수밖에 없었다.

어쨌든 행운의 여신이 대답해 주니 안심이 된다.

여신이 지금 여기 있다는 건 곧 [피투성이 피바라기]가 없다는 확실한 근거니까.

그럼 시련도 없겠지.

16층의 시련 탓에 한 번 죽기까지 했으니, 나로선 신경이 안 쓰일 수가 없었다.

뭐, 어쨌든.

"그럼 이걸 파괴하면… 레벨은 어디서 올리지?"

좀비나 구울, 하위 흡혈귀 따위야 있어도 그만인 존재지만, 머리 잘린 기사는 다르다.

나한테 경험치를 줄 수 있는 존재다.

그런데 지금 벌써 이렇게 스톤헨지를 파괴할 필요가 있을까?

나오는 놈들 충분히 잡아먹고 부수면 되잖아?

그런 생각을 하긴 했지만, 나는 그냥 스톤헨지를 파괴하기로 했다.

왜냐하면 [망원]으로 보니까 이런 스톤헨지가 몇 개 더 있더라고.

26층의 요새인 치유의 샘물을 기준점으로 두고, 여기가 12시 방향이라고 치자.

그렇다면 10시 방향과 11시 방향, 그리고 1시 방향과 2시 방향에도 스톤헨지가 하나씩 있었다.

너무 멀어서 [망원]으로 확인할 수는 없지만, 아마 9시 방향과 3시 방향에도 있을 것이다.

머리 잘린 기사가 한 시간에 한 마리씩 등장한다는 걸 염두에 두면 어렵지 않게 세울 수 있는 가설이었다.

"가설 하나, 스톤헨지는 12시간에 한 번씩 작동해 머리 잘린 기사를 불러온다. 가설 둘, 스톤헨지는 시계 방향 순서대로, 순차적으로 작동한다."

이 가설을 증명하기 위해선 조금 더 관찰과 탐사가 필요하다.

"일단 여기는 파괴하고."

가설에 따르면 12시간 후에나 작동할 스톤헨지를 굳이 남겨둘 이유가 없었다.

또 보상의 내용도 확인할 겸, 여기서 폭파해 두는 게 손이 덜 가겠다 싶었다.

[불꽃 폭발]

콰콰쾅!

나는 바로 퀘스트 보상을 챙겼다. 보상은 16층과 마찬가지로 경험치 10%와 미궁 금화 10개였다.

"열 개 깨면 1레벨이네?"

뭐, 예상대로긴 했다.

역시 스톤헨지 하나당 기사 한 마리씩은 잡아야 수지가 맞겠다 싶다.

"그럼 가 볼까?"

나는 가설을 증명하기 위해 1시 방향 스톤헨지로 향했다.

그리고 약 1시간 후, 나는 미소 지었다.

"역시 내 가설이 맞았군."

1시 스톤헨지에서 머리 잘린 기사가 출현해 곧장 치유의 샘물로 향하는 광경이 보였다.

보인다? 그럼 빔이다!

"[비이이이임!!!!]"

ㅡ머리 잘린 기사를 처치하셨습니다.

막 스톤헨지에서 기어 나오려는 걸 쓸어버린 덕택에 스톤헨지까지 같이 파괴하는 효율적인 공격이었다.

나는 곧장 2시 지역으로 향해 1시간을 대기했다.

그리고 가설을 증명하기 위한 근거 하나를 더 추가했다.

"[비이이이임!!!!]"

무슨 말이냐면, 또 한 마리의 머리 잘린 기사를 처치했다는 뜻이다.

당연히 스톤헨지도 파괴했고.

"이거 좀 지루하긴 하네."

사실 처음에는 12시간을 기다려 한 바퀴 더 도는 것도 생각은 해 봤었다.

그런데 지금은 그냥 처음부터 부수길 잘했다는 생각밖에 안 난다.

이 짓을 한 번 더 한다고? 그건 못하겠다.

미리 3시 지역의 스톤헨지로 이동해 기다리던 나는 지루함을 못 이겨, 25층의 비밀 세계에서 가져온 짐승 가죽을 정리하기 시작했다.

그리고, 빔.

4시 지역에선 고기 요리를 좀 했다.

그리고, 빔.

5시 지역에선 가공한 가죽으로 잡화를 만들었다.

그리고, 빔.

이 세상은 분명 빔으로 이뤄져 있다.

아니면, 빔.

*         *         *

12마리의 머리 잘린 기사를 죽이고 12개의 스톤헨지를 파괴했다.

그 대가로 나는 2레벨을 올리고 120개의 미궁 금화를 보상으로 받았다.

그런데 받은 금화는 이게 전부가 아니다.

[듀얼!]과 [사업운]의 조화로, 추가 금화가 나왔다.

합쳐서 내 금화는 1040개가 되었다.

"이것도 모이니까 꽤 쏠쏠하네."

한 시간을 더 기다려 머리 잘린 기사가 이 이상 나타나지 않는다는 것을 확인했음에도 나는 커뮤니티에 내려오라는 공지를 날리지 않았다.

왜냐면 또 따로 할 일이 생겼기 때문이다.

그 할 일이란 바로……

[서브 퀘스트: 태초의 신전 파괴]

[모든 스톤헨지를 파괴함으로써 당신은 미궁과 요정계의 연결을 끊었습니다. 그러나 당신의 조치는 미봉책에 불과합니다. 북쪽 언덕에 세워진 태초의 신전을 파괴하세요. 무운을 빕니다.]

[퀘스트 성공 공통 보상: 레벨 +1]

[기여도에 따라 추가 보상이 주어집니다.]

"서브 퀘스트가 연계된다고?"

게다가 보상이 좋다.

레벨이 바로 +1?

그럼 금화도 100개 주겠지?

보상이 좋다는 건 곧 위험도도 높다는 뜻이다.

이제껏 보상을 강조하던 미궁이 이례적으로 무운을 빌어 준 것도 신경 쓰이고.

그러나 위험도가 높다는 것은 곧 경험치가 쏠쏠할 가능성이 크다는 뜻이다.

물론 22층의 자이언트 데스웜 같은 사례일 수도 있지만, 내 곁에 [행운의 여신]이 남아있다는 건 곧 이게 [피투성이 피바라기]의 시련이 아니라는 뜻도 된다.

안심해도 된다는 소리다.

설령 안심할 여지가 없더라도 가보긴 할 테지만.

그야 그렇지, 이제껏 한 시간에 한 번씩 빔 날리는 게 다였던 나다.

레벨도 너무 찔끔찔끔 올랐고.

뭐, 금화야 배부르게 벌었다만, 여하튼 이걸로 만족할 순 없었다.

게다가 북쪽 언덕에는 어차피 가 볼 생각이었다.

이미 이 주변을 다 돌아보았고, 별다른 비밀이 없음을 확인했던 차다.

퀘스트는 그저 한 걸음 더 보탰을 뿐이다.

나는 아무 망설임 없이 발걸음을 옮겼다.


*                    *                    *


언덕은 높고 가팔라 마치 산에 오르는 듯했다.

그렇다고 이것을 등산이라고 부를 수는 없었다.

위를 향해 일직선으로 난 길을 걷는 것뿐이니.

26층의 환경은 어스름을 가득 끼얹은 것 같았지만, 길을 나아가 위로 오를수록 어둠은 더욱 진해졌고 반면 별빛이 보다 반짝이기 시작했다.

아주 깊은 어둠 속.

나는 어둠을 꿰뚫는 시야를 갖지 못했으나, 그럼에도 아무 지장 없이 길을 걸을 수 있었고, 방향도 착각하지 않았다.

별빛이 나를 인도하고 있었다.

언덕길을 다 오르자, 고원이었다.

이제껏 보이지 않던 달이 휘영청 떠올라 고원 아래의 광경을 환히 비추고 있었다.

어둠 속에 익숙해진 시야로도 눈부시지 않을 정도의 달빛 아래 펼쳐진 넓은 평원의 정중앙에 신전이 있었다.

퀘스트에서 가리키는 태초의 신전이 저것이리라.

하지만 쉬 믿기 힘든 이야기였다.

왜냐하면 저 신전이 스톤헨지보다도 훨씬 정교하고 복잡한 구조였기 때문이다.

그저 멀리 있는 바위와 돌을 가져와 세워 둔 스톤헨지에 비하면, 이 태초의 신전은 제대로 된 건축물이었다.

돌을 다듬어 벽과 기둥을 세우고, 기둥에는 복잡한 문양의 부조까지 새겨져 있었다.

비록 지붕은 없었지만, 저 정도의 건축물이다.

기술이 없어서 지붕을 못 올린 게 아니라, 뭔가 종교적인 이유로 올리지 않은 것이리라.

그렇게 지어진 원형 건축물이 여섯 개. 그중에서 가장 큰 원의 중앙에 두 개의 큰 돌기둥이 하늘을 향해 솟아 있었다.

실제로 그러한지 아닌지는 알 수 없지만, 그것은 마치 드래곤을 위한 횃대처럼 보였다.

그리고 그 횃대의 아래, 사람이 하나 서 있었다.

아니, 저것은 사람이 아니다.

그 형체, 그 그림자는 마치 사람과 닮았으나 결정적으로 다른 점이 하나 있었다.

생명이, 맥동이 느껴지지 않았다는 점이 바로 그러했다.

"거기서 보고 있지 말고 여기로 오게."

놀랍게도 '그것'이 사람 말을 했다.

아니, 그저 내 귀에 사람 말로 들리도록 말한 것뿐일지도 모른다.

여기는 미궁이니까.

어쨌든 [망원]을 간파당한 이상, [지식]을 더 낭비할 것도 없었다.

나는 마법을 치우고 내 발로 걸어 신전 안으로 향했다.

[서브 퀘스트: 태초의 신전 기사 처치]

[태초의 신전을 파괴하기 위해서는 우선 수호자인 태초의 신전 기사를 처치해야 합니다. 결코 쉽지 않고 목숨이 위험한 일이나, 그만큼 큰 보상이 따를 것입니다.]

[퀘스트 성공 공통 보상: 특별 능력치]

[기여도에 따라 추가 보상이 주어집니다.]

신전 안에 발을 들이자마자 퀘스트가 떴다.

내가 본 횃대 아래의 인물이 아마 그 태초의 신전 기사겠지.

나는 가장 큰 건물로 향했다.

"왔군."

신전 기사가 말했다.

그는 아름다웠다.

아니, 그녀는 아름다웠다?

하기야, 성별 따위가 무에 중요한가.

이미 죽은 자이며, 번성할 이유도 여유도 능력도 없는 자이거늘.

머리카락은 황금과 같았고, 눈알은 보석 같았으며, 얼굴은 백옥 같았다고 하면 미인에 대한 적절한 비유겠지.

그러나 신전 기사의 머리카락은 황금, 눈알은 보석, 얼굴은 백옥이었다.

비유가 아니라, 실제로 그랬다.

황금은 금속, 보석과 백옥은 돌이었으니.

그저 당연한 사실의 나열일 뿐인 이 문장에서 위화감을 느끼게 되는 것은 저것이 말하며 움직이고 있기 때문이리라.

"놀란 표정이로군."

신전 기사가 말했다.

"신께서 내게 이 머리카락을, 이 눈알을, 이 얼굴을, …이 몸을 선물해 주셨다. 그 덕에 나는 죽지 않으며, 영원히 이 신전을 지키게 되었지."

백옥이 꾸드득 움직여 미소의 표정을 만들었다.

"신께서 이 세상을 떠난 이후에도 계속."

푸른 사파이어 눈이 깜박였다.

그럴 필요가 없음에도, 마치 산 자를 모방하듯.

"저주라곤 생각하지 않는다. 고통스럽지도 않아. 그저 신전의 수호자인 신전 기사로서, 오래도록 그 역할을 수행치 못해 왔던 것이 괴로울 뿐."

스르릉.

신전 기사가 은의 검을 뽑았다.

"네게 감사한다, 침입자. 너는 내 직무에 의미를 더해 주었으니. 신께서는 이 순간을 위해 나를 예비하셨으니. 나는 그저 의무를 다하리라."

그제야 나는 깨달았다.

이것은 대화 같은 게 아니었다.

그저 일방적인 고지에 지나지 않았다.

들을 사람이 필요한 혼잣말에 가까울까.

싸움은 피할 수 없다.

나 또한 검을 뽑아 들었다.

[전쟁검★★]을.

　　　　*　　　　　*　　　　　*

신전 기사가 말했다.

"태초에 백 개의 신전이 있었다."

"모든 신전은 각자의 신을 가졌다. 신들은 서로 반목했으며, 곧 전쟁이 일어났다."

"그러나 그 전쟁이 전면전이라는 뜻은 아니었다. 어차피 신 하나만 믿는 신도는 없었기 때문이지."

"설령 하나의 신만 믿더라도, 자신의 신을 위해 타인의 목을 날려 줄 정도의 광신도는 드물었다. 있다 해도 하나 정도뿐이었다."

"그 광신도가 바로 신전 기사다."

"나와, 나 외의 신전 기사들."

"신전 기사는 자신이 모시는 신을 위해 적, 그러니까 다른 신전 기사의 목을 날렸다. 그리고 그 목을 취해 신에게 바쳤지."

"신전 기사를 잃은 신은 그 목 잃은 몸에 힘을 불어넣고 다시 움직이게 했다."

"전쟁은 영원히 끝나지 않을 것만 같았지."

"그러나 전쟁은 끝났다."

"여러 신을 함께 모시던 신도들은 점차 패배한 신을 모시길 꺼려하기 시작했다."

"신들은 잊히고 힘을 잃어 바스러져 갔다."

"신이 되살린 머리 잘린 기사는 남았지만, 그보다 먼저 신이 바스러졌다는 기사(奇事)가 일어난 거지."

"눈치챘나? 네가 벤 머리 잘린 기사가 그들이다. 네가 파괴한 간이 신전이 그 기사의 주인집이고."

"그리고 내가 마지막 한 명이다. 마지막 승리자이자 아흔아홉 기사 머리의 주인이지."

"신께서는 나의 승리에 기뻐하시고 나를 삶과 죽음의 경계에 선 자로 만들어 주셨다."

"이제 모든 신도가 신을 섬기고, 승리의 영광이 영원토록 이어지리라 믿었지."

"하지만⋯ 보면 알겠지만, 그런 일은 일어나지 않았다."

"나만이 남았다."

"나만이⋯⋯."

*            *            *

신전 기사는 그리 강하지 않았다.

약하다는 의미는 아니다.

칼을 문 아흔아홉의 머리를 조종하고, 금강으로 이뤄진 팔다리는 자유자재로 늘어났으며, 마법과 검술도 뛰어났다.

그러나 피바라기 성좌의 시련에 비하면 어렵다는 말을 할 수 없었다.

비록 [전설적인 야만 영웅의 영혼 강령]을 써야 하긴 했지만, 어쨌든 한 번도 안 죽긴 했으니.

"훌륭, 훌륭하다. 이것이 후대의 검술인가."

신전 기사가 이렇게 감탄했을 때는 잠깐 죄책감이 들긴 했다.

이 검술은 내 것이 아니라 강령시킨 영웅의 검술이라고 말할까 말까 잠깐 고민될 정도였다.

그러나 어딘가 후련해 보이는 신전 기사의 표정을 보고 있으려니, 그런 고민도 날아가 버렸다.

"네가 나를 의미 있게 했다. 네가 내 최후를 의미 있게 했다. 이대로 계속 의미 없이 그저 존재하기만 하는 존재로, 끝맺지조차 못 할 줄 알았는데……."

기기기긱…….

백옥의 얼굴이 움직여 미소 지은 표정을 만들어 내었다.

눈물은 흐르지 않았다.

애초에 그런 기능은 없었던 건지도 모른다.

"고맙다……."

그것이 신전 기사의 마지막 한마디였다.

그리고 그는 움직이지 않게 되었다.

미소 지은 채로.

8장
—

제27층

[이철호]

레벨: 155

레벨이 올랐다!

생각했던 것만큼 대폭 오른 건 아니었다. 태초의 신전 파괴로 오른 것도 합산하면, 신전 기사 잡고 오른 레벨은 1뿐이었다.

뭐, 이건 어쩔 수 없지.

원래 100레벨을 넘기면 레벨이 잘 안 오른다던데, 나는 지금 150레벨대니 말이다.

[듀얼!] 보상은 금화 30개. [사업운] 효과로 60개였다.

목 잘린 기사가 두당 금화 5개였으니, 단순 계산으로 6배 더 많은 금화를 준 셈이 된다.

그럼 여섯 배 더 강한가?

그것까진 잘 모르겠다.

어차피 목 잘린 기사는 다 [빔!] 한 방으로 처리할 수 있었으니, 얼마나 강한지 감이 안 잡혔으니까.

신전 기사 처치의 퀘스트로 주어진 특별 능력치 보상은 다름 아닌 [명예]였다.

뭐, 그리 큰 기대를 한 건 아니었다.

원래 다 같이 몰려가 깨라고 있는 서브 퀘스트고, 특별 능력치 보상은 참가자 모두에게 주어지는 보상이었으니.

호화로운 게 나왔다면 그게 더 이상한 거겠지.

다만 내가 이미 [명예] 능력치를 갖고 있자, +10을 더 올려 주긴 했다.

아이고, 감사합니다!

그리고 기여도 보상은 [명예] +20이었다.

아이고, 더 감사합니다!

이로써 내 [명예]는 100이 되었다.

내 경우엔 [뼈★] 덕에 [명예]가 곧 추가 목숨이나 다름없으니 꽤 든든하다.

상반신 전체가 날아갔을 때 회복한 게 35니, 이걸로 두세 번쯤 은 살아날 수 있을 것 같다.

그리고 또 하나.

"…아무리 그래도 이걸 여기 매장하고 떠난다는 선택지는 없 겠지?"

지금은 세월에 바스러져 없어진 태초의 신이 만든 신전 기사.

…의 시체?

이것을 움직이는 영혼, 혹은 의지를 지닌 비슷한 무언가는 이미 떠나간 후였지만 그 껍데기는 그대로 남아 있는 상태였다.

나도 사람인지라 후련하게 최후를 맞이하고 간 신전 기사의 장례를 치러 주어야 하는 게 아닐까 하는 생각이 안 드는 것도 아니다.

그러니까 땅에 묻든가, 달리 뭘 하든 말이다.

하지만 몸은 금강이요, 안구는 사파이어, 머리칼은 황금에 얼굴은 백옥인, 전신의 무엇이든 전부 보물인 이 시체를 그냥 묻고 떠난다?

쓰읍.

이거 갈등이 안 될 수가 없단 말이지.

게다가 동체 대부분을 구성하고 있는 금강석은 보통 보물이 아니다.

지구에서 금강석하면 다이아몬드를 떠올리는 사람이 많지만, 미궁의 금강석은 다이아몬드과는 다른 물질이다.

믿을 수 없을 정도로 단단하다는 성질만큼은 똑같지만, 투명하지도 않고, 잘 깨지지도 않으며, 불에 타 재가 되지도 않으니까.

'금金'이고 '강剛'이긴 하지만 '석'이어서 금속의 특징도 거의 지니지 않는다.

열을 가해도 녹거나 부드러워지지도 않고 전기도 통하지 않으며 강산이나 강염기에 접촉시켜도 아무 반응이 없다.

이런 특성 탓에 일반적인 방법으로는 가공조차 불가능하다 보니, 원석을 발견하면 문자 그대로 그냥 돌덩이에 불과하다.

그러나 미궁 곳곳에 가공된 금강석 완제품이 나타나니, 모험가들은 이것을 신이 깎고 다듬었다고 믿기 시작했다.

그리고 신전 기사의 동체는 진짜로 신이 다듬은 물건이다.

감히 그 가격을 논할 수 없을 정도로 어마어마한 가치의 보물이라는 뜻이다.

그런데 이걸 땅에 파묻고 잊고 간다고?

그게… 맞나?

아니, 인도적으론 그게 맞긴 한데…….

도덕이냐, 이득이냐. 그것이 문제로다?

"그럼 이득이죠!"

고민은 끝났다.

나는 신전 기사의 넋이 떠난 시체 비슷한 것을 인벤토리 안에 잘 보관했다.

막상 넣고 보니, 이걸 부숴서 재료로 쓸 수 있을 것 같지는 않았다.

…뭐, 나중에 생각하자.

나는 복잡한 문제는 뒤로 미루기로 했다.

\*        \*        \*

26층에서도 별다른 비밀은 발견되지 않았다.

하긴 12개의 스톤헨지를 모두 파괴하면 연속 퀘스트가 열려서 보상을 쓸어 먹을 수 있다는 것 자체가 비밀 아닐까?

그렇게 나 자신을 달래며, 나는 드디어 커뮤니티를 열어 이렇게 공지했다.

[이철호]: 이제 내려오셔도 됩니다.

커뮤니티 점수에 집착해서 많이 모아놓긴 했는데, 막상 이거 쓰고 보니 공지 날리는 데에 제일 많이 쓰는 것 같다.

기분 탓인가?

26층에 뭐가 더 남은 것도 없었기에, 사람들은 여기서 허용된 시간 전부를 일반 기술 단련하는 데에 쓰고 가게 될 터였다.

뭐, 일반 기술 단련은 중요하지.

기본 능력치가 거기서 다 나오니까.

"그럼 먼저."

"수고하셨습니다!"

나는 곧장 27층으로 향했다.

다소 불안감을 떠안은 채.

*           *           *

미궁 27층은 내가 우려하던 것과 달리 멀쩡했다.

다 무너져 내린 잿빛 세상이나 아니면 색채 그 자체가 나를 맞이할 줄 알았는데…….

아무리 그래도 그건 너무 극단적인 상상이었나?

"휴."

안도의 한숨을 내쉰 나는 찬찬히 주변을 둘러보았다.

물론 [망원]으로.

저 멀리 평원에서 말이 달리고 있었다.

말…….

아니, 상반신이 사람이잖아?

"켄타우로스!?"

나는 놀라서 외쳤다.

"원, 원래 27층에 뭐가 나왔더라?"

개인 노트를 꺼내 얼른 살펴보니, 27층에는 원래 리자드맨이 나와야 했다.

말도 잘 안 통하고 무작정 모험가를 적대시하는 데다, 왕도마뱀을 타고 평원을 질주해 대며 삼지창을 던져 대는 골치 아픈 적이다.

그런데 그 리자드맨은 어디 가고 갑자기 켄타우로스가 튀어나온 이유가…….

"내 탓인가?"

나 25층 비밀 차원에서 아무것도 못 했는데? 그냥 도망만 다녔는데. 나 때문에 뭐가 바뀔 일이 있었나?

"…설마!"

그 운석이 나 때문에 떨어진 거…….

아니, 그럴 리 없지.

그럴 리가 없다.

그럴 리가 있어도 없다고 해야 한다.

리자드맨이 나 때문에 멸종했다면 죄책감이…….

…별로 느껴지지 않는군.

그놈들, 어지간히 개같았어야지.

어, 파충류 놈들이니 이건 욕이 아닌가?

아무튼 공략 영상으로 간접 경험만 했음에도 불구하고, 나는 리자드맨에게 결코 좋은 감정을 품을 수가 없었다.

그놈들은 사냥감, 그러니까 모험가를 잡으면 왕도마뱀에게 살짝 물게 한 후 그냥 놓아 보낸다.

왕도마뱀에게 물린 모험가는 독인지 감염인지 때문에 몇 날 며칠에 걸쳐 천천히 죽어 간다.

그 모습을 약간 떨어진 곳에서 관람하고 있다가 완전히 죽었다고 판단되면 왕도마뱀에게 그 시체를 먹이는 게 놈들의 관습이다.

그런 놈들이 멸종했다고 죄책감을 품는다?

나는 그런 범성애자가 못 된다.

그놈들보다는 차라리 털코뿔소가 멸종한 거에 죄책감을 품고 말지.

그런데 지구 기준으로 털코뿔소나 검치호는 원래 멸종하는 애들이니 뭐…….

"뭐, 됐나."

나는 복잡하게 생각하길 그만두기로 했다.

눈앞에 닥친 일부터 처리하자.

그 일이란 당연히 켄타우로스, 말 인간들과 어떻게, 어떤 식으로 접촉하느냐였다.

"아… 그냥 죽일까?"

켄타우로스를 잡아 본 적은 없지만, 여기 층수나 개체 수만 봐도 대충 각이 나온다.

경험치도 안 될 놈이다.

그렇다면 차라리 교류해서 뭐라도 얻어 가는 게 낫겠지.

하지만 이놈들이 리자드맨 같은 놈들이라면 어쩌지?

그 꼴 보느니 선제공격하는 게 나은데…….

그렇게 내가 고민하고 있는데, 저쪽 평원에서 충격적인 광경이 펼쳐졌다.

언덕 너머에서 갑자기 모습을 드러낸 리자드맨이 왕도마뱀을 타고 평화로이 평원 위를 뛰놀던 켄타우로스들을 습격하는 것 아닌가?!

기습을 받은 켄타우로스들은 놀라서 흩어지고, 리자드맨들은 기세등등하게 사냥감을 쫓았다.

어, 리자드맨들이 멸종한 게 아니었구나?

"그럼 멸종시켜야지."

진심은 아니다.

…아마도?


*           *           *


[철인의 강철 부스터 부츠]의 [부스터]를 켜고 단번에 평원까지 날아든 나는 일단 [빔!]부터 날렸다.

물론 공격 대상은 리자드맨이다.

"[빔!]"

겨우 리자드맨 잡는데 [비이임!!]까지 쓸 것도 없다.

나는 그렇게 판단했고, 내 판단이 맞았다.

리자드맨 한 무리를 전멸시키는 데에는 그저 몇 발의 [빔!]으로 충분했다.

이것도 왕도마뱀의 생명력이 너무 높아서 그랬던 거고, 리자드맨 자체는 [신비한 화살] 몇 발로도 처리할 수 있었다.

위에 탄 리자드맨이 죽으면 왕도마뱀은 그냥 도망친다는 걸 알게 된 후로는 그냥 [신비한 화살]을 통한 저격으로 리자드맨만 처리했다.

그 덕에 [신비] 소모를 최소화할 수 있었다.

경험치는 전혀 들어오지 않았다.

너무 당연한 일이라 이상하게 여겨지지도 않았다.

그렇게 전투를 마무리하고 [철인의 강철 부스터 부츠]를 끄고 내려서자, 흩어졌던 켄타우로스들이 다시 모여들었다.

그리고 켄타우로스어로 짐작되는 언어를 통해 서로 이야기를 나누더니, 나에게 무릎을 꿇었다.

그 광경을 보며, 이런 생각이 들었다.

와, 말도 무릎 꿇을 줄 아는구나.

*　　　　*　　　　*

왜 리자드맨 세력뿐만이 아니라 켄타우로스 세력도 있는 걸까?

변수라고는 역시 25층의 비밀 세계뿐이다.

내가 그 세계의 [색채]를 '관측' 함으로써 뭔가 변수가 생겼고, 그 덕인지, 그 탓인지 27층에 변화가 일어난 것이 아닐까?

가장 설득력이 있어 보이는 논리는 이것이었다.

뭐, 나 하나만의 생각일 뿐이지만 말이다.

어차피 증명할 방법도 없고 그럴 이유도 없기에 나는 그냥 내 생각이 맞다고 생각하고 넘어가기로 결정했다.

그거야 어쨌든, 일단 켄타우로스에게 은혜를 입힌다는 내 작전은 잘 들어맞았다.

사실 처음부터 그렇게 생각하고 저지른 건 아니었지만, 아무튼 내 작전이 성공했다.

나는 켄타우로스의 안내를 받아 그들의 오르두로 안내받을 수 있었다.

오르두란 켄타우로스의 거대한 천막 궁전으로, 켄타우로스의 그것은 아주 커서 서커스 천막처럼 보일 정도였다.

말도 안 통하는데 뭘 어쩌겠다고 여기까지 초대한 건지, 그리고 초대받은 나도 왜 여기까지 따라왔는지 슬슬 의아할 때쯤이었다.

[너, 모험가냐?]

목소리가 들렸다. 이제는 차라리 익숙하기까지 한 성좌의 음성이었다.

"예, 성좌님."

아, 이러려고 여기까지 부른 거였군.

성좌라면 굳이 언어로 소통 안 해도 되는 상대니.

[내 이름은 [태생부터 강한 자]다. 향후 강자님이라 부르도록.]

거, 되게 까칠하네.

"예, 강자님."

나는 내심 아니꼬움을 감추고 예의 바르게 고개를 숙여주었다.

[좋다. 퀘스트를 주지. 깨고 오도록.]

[성좌 퀘스트: 리자드맨 사냥]

[태생부터 강한 자는 자신의 종족을 사냥감으로 삼는 리자드맨을 구축하고자 한다. 도움을 준다면 보상이 따르리라.]

[10마리 사냥 시: 미궁 금화 1개(*1)]

[100마리 사냥 시: 미궁 금화 10개(*2)]

[그 이상 사냥 시: 직접 상담]

[*1. 90마리까지]

[*2. 1회만]

거, 되게 쿨하시네.

응? 아니꼬움? 누가 아니꼬워했지?

이렇게 은혜로운 성좌를 누가 아니꼬워했단 말이지?

"알겠습니다. 보상을 위해서라도 힘써 보죠."

[모험가라면 그래야지!]

거, 되게 화끈하시네!


\*          \*          \*


나는 일단 리자드맨 101마리를 잡았다.

쉬웠다.

놈들을 잡겠다고 굳이 위험하게 리자드맨 서식지에 갈 필요는 없었다.

리자드맨은 기본적으로 수렵 생활을 하고 있었다.

먹고 살려면 매일매일 사냥을 나와야 하는 놈들이라는 뜻이다.

따라서 나는 사냥 나오는 놈들을 역으로 사냥하면 됐다.

물론 서식지에 돌입하면 더 빠르게 사냥이 가능하긴 했지만, 혹시 모르잖는가?

켄타우로스에게도 성좌가 있듯이 리자드맨에게도 성좌가 있을지도 모르는 일이다.

원래는 고작 27층 정도에서 성좌들이 끼어들 일은 없어야 하건만 회귀 후에는 나 때문인지, 다른 원인 때문인지 이상해졌다.

…뭐, 변수라곤 나뿐이니 나 때문인 게 맞겠지.

여하튼 17층 오크 성채 공략 때처럼 갑자기 챔피언이 튀어나오면 곤란하다.

그러니 서식지에 직접 돌입하기 전에 적어도 정보라도 얻고 싶었다.

성좌의 유무, 챔피언의 유무, 챔피언의 능력 같은 것 정보 이야기다.

오크 챔피언 잡을 때, 계속해서 부활하는 놈을 보고 얼마나 당황했던가.

미리 알았더라면 더 잘 대처할 수 있었으리라.

25층의 비밀 세계에서 그냥 들이박았다가 낭패를 본 경험도 나를 신중하게 만드는 데에 일익을 담당했다.

그렇다면 그 정보는 어디서 얻을 수 있을까?

성좌한테 물어보는 게 제일 확실하지.

[태생부터 강한 자라면 리자드맨 서식지에 성좌의 손길이 드리워져 있는지, 챔피언은 있는지, 있다면 무슨 능력을 지녔는지, 다 알고 있을 것이다.

알고 있다고 해서 내게 알려 주리란 법은 없지만 말이다.

딱 한 번 이야기를 나눈 게 전부지만, [태생부터 강한 자]는 [고대 엘프 사냥꾼]이나 [고대 드워프 광부]처럼 만만한 상대가 아니다.

성좌 중에 만만한 상대는 없지만, 그렇게 막 퍼 줄 것같이 보이지는 않았다는 의미다.

고작 켄타우로스 몇 마리쯤 구해 준 걸로는 은인 취급조차 안 하는 걸 보라.

…하긴 엘프나 드워프는 내가 원시 고대 시대 때부터 도움을 준 거니 좀 특수한 경우긴 했지.

오히려 [강자] 성좌가 정상인 것이리라.

이런 성좌를 두고 내가 먼저 나서서 챔피언을 잡는다?

잘했다고 치하는 해줘도 보상은 안 줄 공산이 컸다.

잡을 거면 퀘스트 받고 보상을 확실히 한 다음에 잡아야지.

그러기 전에 무턱대고 리자드맨 서식지에 쳐들어갈 생각은 없다.

공짜로 일해 주면 안 된다.

성좌 버릇 나빠져.

                    *              *              *

[잘했다!]

―보상으로 미궁 금화 19개를 받으셨습니다.

[그런데 하필이면 101마리로군.]

"예, 헤헤."

보상이 확실해진 후에나 더 잡으려고 그랬다는 말을 솔직하게 뱉을 정도로 순진하지는 않았다.

[아무튼 좋다. 추가 보상을 주도록 하지.]

—추가 보상으로 미궁 금화 1개를 받으셨습니다.

와, 짜다.

아닌가? 리자드맨 한 마리로 금화 한 개를 더 받은 거니, 짜다고는 할 수 없나?

나는 좋게 좋게 생각하기로 했다.

"감사합니다."

[모험가치곤 예의가 바르군!]

말하는 걸 들어 보니 아무래도 이 성좌는 다른 모험가와도 여럿 접촉해 본 모양이다.

이 층계에 내려온 모험가는 내가 처음일 텐데?

그렇다면……

아니, 떠오르는 의문은 많지만 지금 생각할 건 아니다.

물어도 대답해 줄지도 의문이고.

그보다는 다음 퀘스트다.

[성좌 퀘스트: 리자드맨 서식지 타격]

[리자드맨에게 결정적인 타격을 주려면 서식지를 망쳐 놓는 것이 필수적이다. 서식지에 공격을 가해 놈들을 흔들어라. 가능하다면 놈들의 주거지, 식량 창고, 병영을 파괴하라.]

[공격 시도 시: 미궁 금화 10개(*1)]

[주거지 파괴: 미궁 금화 1개(*2)]

[식량 창고 파괴: 미궁 금화 10개]

[병영 파괴: 미궁 금화 20개]

[*1. 최초에 한한다]

[*2. 1가구당]

음, 나쁘진 않은데 뭔가 지지부진한데?

"성좌님."

[강자라고 불러라.]

아, 맞다.

"강자님."

[왜 그러느냐?]

"리자드맨에게 배후 성좌나 챔피언이 있습니까?"

내 질문을 들은 [태생부터 강한 자는 껄껄 웃었다.

[크게 나오는군! 치고 빠지는 것에는 관심이 없다는 거냐?]

나는 대답하지 않았다. 대답할 필요가 없었다.

[그렇다면 좋다. 이것도 받도록.]

왜냐하면 강자가 바로 다음 퀘스트를 내려 주었기 때문이다.

[성좌 퀘스트: 리자드맨 챔피언 처치]

[리자드맨에게 성좌가 있냐고? 있다! 그리고 놈 또한 챔피언을 통해 영향력을 발휘하지. 놈을 죽여라. 할 수 있다면.]

[챔피언 처치: 특별 능력치]

[기여도에 따라 추가 보상이 주어집니다.]

대답을 퀘스트로 대신할 줄이야.

"저, 강자님."

[왜 그러느냐?]

"혹시 챔피언의 능력이 뭔지도 알 수 있을까요?"

[초괴력, 초체력일 것이다. 근접전은 피하고, 자잘한 상처는 금방 나아 버리니 세게 쳐서 죽여라.]

"아, 감사합니다."

안 알려 줄지도 모른다고 생각했는데, 의외로 쉽게 말해주네.

하긴 [강자] 성좌 입장에서는 내가 챔피언을 죽이는 게 이득이니 말해주는 게 당연하긴 하다.

[그리고 놈이 챔피언에게 성검을 내렸을 텐데, 그것까지는 모르겠다. 알아서 조심하도록.]

이걸 모르네. 이게 제일 중요한데.

뭐, 모르는 건 어쩔 수 없지.

나는 빠르게 단념했다.

"알겠습니다. 최선을 다하겠습니다."

[그래야 할 것이다. 놈은 강하니, 위험하다 싶으면 네 목숨을 중히 여기도록.]

성좌가 말하는 걸 들어 보니 아직 나에 대한 신뢰가 완전히 쌓이진 않은 모양이다.

기껏해야 리자드맨 101마리를 처치했을 뿐이니 무리도 아니지.

결국 성과다. 성과를 보여 줘야 믿겠지.

"다녀오겠습니다."

[무운을!]

*       *       *

나는 리자드맨 서식지에서 조금 떨어진 언덕 위에 섰다.

그리고 이렇게 외쳤다.

"[타이거 비이이이임!!!!]"

원래 철호 빔이라고 했었는데, 빔이 영어니까 철호도 타이거로 바꿔 봤다.

생각할 땐 좋았는데 소리 내서 질러 보니 조금 구린 느낌이 없지 않아… 아니, 있다.

다른 걸 더 생각해 봐야겠다.

140이라는 충분히 초월적인 [신비]의 힘이 깃든 최대 출력의 [비이이이임!!!!]은 리자드맨 서식지의 조금 축축한 공기를 가르고 작렬했다.

콰콰콰쾅!!

닿은 곳마다 폭발이라도 일어난 듯 진흙이 터져 나가고, 수초와 진흙을 섞어 지은 집도 똑같이 터져 나갔다.

이걸로 타격 퀘스트의 공격 시도 조건을 만족시켰다.

공격 시도 조건에 직접 서식지에 발을 들이라는 게 없어서 다행이라고 해야 하나.

그리고… 파괴된 주거지는 7채인가.

이걸로 미궁 금화 17개는 이미 확보한 셈이지만, 이걸로 만족할 내가 아니다.

"[비이이이임!!!!]"

나는 재차 [비이이이임!!!!]을 날렸다.

오, 이번엔 식량 창고가 터진 모양이다.

주거지도 세 개가 더 터졌고.

그럼 저게 병영인가?

[망원]을 통해 보통 집보다 좀 크고 길쭉하게 지어진 건물을 발견한 나는 이번에는 그쪽을 집중적으로 겨냥해 세 발째의 [비이이이임!!!]을 날렸다.

"[비이이이임!!!]"

어이구, 목이야.

빔은 다 좋은데 꼭 목소리로 외쳐야 하는 점이 조금… 좋다.

이걸 안 좋다고 할 순 없지.

아무튼 내 예상대로 그 긴 건물이 병영이 맞았는지 퀘스트 완료가 떴다.

이대로 주거지를 몇 채 더 터트리는 것도 생각은 해 볼 만 하지만, 나는 [신비]를 아끼기로 했다.

왜냐하면 병영이 터지면서 다른 리자드맨보다 두 배 정도는 더 큰 거대 리자드맨이 나타났기 때문이다.

그뿐만이 아니라, 나를 발견한 듯 이쪽으로 똑바로 달려오고 있었다.

속도가 범상치 않다.

아마 저게 챔피언이겠지.

아니면 사기다.

나는 하이 엘프에서 인간+으로 종족 변경권을 사용함과 동시에 [전쟁검★★]을 뽑았다.

"맛만 보고 가야지."

성검의 능력을 확인하고 내뺀 후, 필요한 능력을 정비해서 다시 도전할 생각이다.

굳이 멀리서 [비이이이임!!!!]을 날려 공격한 것도 이러려고 한 거였다.

"샤앗—!"

챔피언으로 의심되는 리자드맨이 포효했다.

"자, 힘을 보여라!"

나도 포효했다.

*　　　　*　　　　*

"시—, 시—, 시……."

—리자드맨 챔피언을 처치하셨습니다.

이겼다.

어?

원래는 그냥 탐색전만 벌이고 바로 퇴각하려고 했는데, 살짝 간을 봤더니 잡으면 잡힐 것 같아서 좀 세게 때려 보자는 생각이 들었다.

그래서 [전설적인 야만 영웅의 영혼 강령]부터 쓴 후 [전쟁검★★]을 꺼내서 [신비한 칼날], [빔! 으로 베는!]을 걸고 때렸더니 죽었다.

으잉?

이게… 챔피언?

오크 챔피언을 상대로 고전… 아니, 그때도 잘 생각해 보니 별고생은 안 했네. 아무튼 그때 기억에 비하면 너무 쉽게 잡아서 얼떨떨하다.

하긴 내가 오크 챔피언 잡으면서 까다로웠다고 생각한 건 [뼈★]의 피해 회복 능력 때문이었지.

아무래도 리자드맨의 성좌는 이 챔피언에게는 그리 많은 투자를 하지 않은 모양이다.

자기 챔피언이 죽어가는데 [위대한 오크 투사]와는 달리 마지막까지 모습을 드러내지도 않았으니 말이다.

아무튼 이걸로 퀘스트는 모두 완료했다.

돌아가서 보상을 받아 볼까.

리자드맨 챔피언의 시체를 인벤토리에 넣은 나는 미련 없이 등을 돌렸다.

아직 서식지에 살아남은 리자드맨이 많았고 그들의 궁전 격이라 할 수 있는 구조물이 남았지만, 나는 그것들은 그대로 두고 퇴각했다.

저걸로 또 퀘스트를 받을 수 있겠지?

쏠쏠하겠군.

＊　　　　＊　　　　＊

[놀랍군! 챔피언 놈을 근접 전투로 쓰러뜨릴 줄이야! 너는 내가 생각했던 것보다 훨씬 강했던 모양이야!]

"아이고, 감사합니다!"

이 감사는 성좌의 칭찬에 감사한 게 아니다.

퀘스트 보상에 감사한 거였다.

일단 미궁 금화 50개에 더해, 특별 능력치로 [명예]를 받았다.

원래 [명예]를 갖고 있기 때문에 +10, 그리고 기여도 100% 보너스로 +30.

오크 챔피언보다 짜지만, 그건 내가 명예롭게 놈의 항복을 받아 주었기에 50이나 나온 거였다.

이번엔 [비이이이임!!!!]으로 선제공격을 날린 데다 그 후에 냅다 후려쳐서 죽여 버렸으니 뭐, 할 말이 없는 게 사실이다.

별로 명예롭지 않은 전투였음에도 40이나 나온 게 다행이라고 봐야지.

아무튼 이걸로 목숨 하나를 더 늘렸다.

[알고 보니 원래부터 명예로운 전사였군! 그런데 왜 미리 드러내지 않았지?]

"아, 그럴 수도 있습니까?"

[나의 종족도 명예를 중시하니, 미리 [명예]를 써서 귀족 작위 정도 달아 뒀더라면 우대했을 것이다.]

그럴 생각을 못 했다.

그럴 필요도 없었고.

하지만 다음에는 써먹을 수 있겠지.

나는 고개를 끄덕였다.

"알려 주셔서 감사합니다."

[아무튼 좋다! 챔피언 하나를 처치했으니 놈들의 힘이 크게 약화됐겠군.]

"챔피언 하나… 라고 말씀하셨습니까?"

[음? 아, 말하지 않았나? 그렇다. 놈은 챔피언을 여럿 두지.]

아하, 어쩐지.

너무 맥없이 죽어 넘어진다 했다.

성좌도 마지막까지 나타나지 않은 이유도 이제야 이해가 된다.

챔피언이 하나가 아니라 여럿이라서 한 놈쯤은 그냥 버린 거겠군.

[좋다! 다음 퀘스트를 주지.]

[성좌 퀘스트: 리자드맨 챔피언 처치 2]

[네가 놈들을 처치할 능력을 갖췄음을 이제야 알았다. 놈들을 죽여라. 너는 할 수 있으니.]

[챔피언 처치 1: 특별 능력치]

[챔피언 처치 2: 특별 능력치 보너스]

[기여도에 따라 추가 보상이 주어집니다.]

[성좌 퀘스트: 리자드맨 본성 임무]

[놈들의 서식지에 가 봤다면, 주변보다 높이 흙을 쌓고 원형으로 벽과 지붕을 올린 건축물을 보았을 것이다. 그것이 놈들의 본성이다. 그곳에 틀어박힌 놈들의 왕을 죽이고, 본성을 파괴하라.]

[리자드맨 킹 처치: 특별 능력치 보너스]

[본성 파괴: 특별 능력치 보너스]

[기여도에 따라 추가 보상이 주어집니다.]

퀘스트를 한 번에 두 개씩 쏴 주다니, 갈수록 마음에 드는 성좌다.

"그런데 이 특별 능력치란 건……."

[명예는 아니다. 다른 걸 주지. 자, 가라!]

바로 보내려는 걸 보니, 그 능력치가 뭔지까지는 미리 말해 줄 마음이 없나 보군.

뭐, 아무럼 어때.

"다녀오겠습니다."

어차피 곧 알게 될 일이다.


*           *           *


리자드맨 본성.

"우리 종족의 미래가 위태롭다."

분위기는 심각했다.

그도 그럴 만했다.

신상 불명의 습격자에 의해, 리자드맨 왕국의 유능한 사냥꾼 상당수가 죽었다.

처음에는 켄타우로스의 짓인 줄 알았다.

가장 동기가 명확한 놈들이었으니.

최근 들어 켄타우로스 고기를 물리도록 먹었으니, 슬슬 반격을 시도할 때가 됐다고는 생각했다.

그러나 놀랍게도 습격을 받아 죽은 사냥꾼의 주변에는 말발굽 자국이 전혀 없었다.

군대를 일으켜 켄타우로스 본진을 치려면 좀 더 확실한 명분이 필요했기에, 피해가 아직 크지 않던 무렵 왕은 아쉬움마저 느꼈었다.

왕의 식탁에마저 신선한 말고기가 올라오지 않게 된 이후로는 그런 생각도 휘발되어 없어졌지만.

대체 누구기에 이렇게 악랄하고 집요한 습격을 반복하나?

더욱이 이제껏 십수 번에 이른 습격을 가해 왔음에도, 놈은 여태 정체를 드러낼 만한 작은 흔적마저도 남기지 않았다.

살해당한 시체에는 분명 화살이 꿰뚫린 자국이 있음에도, 화살촉은커녕 화살 깃에서 떨어진 솜털 하나조차 남기지 않을 수 있다니.

터무니없는 난적이 나타났음을 깨닫게 된 왕의 시름이 깊어질 무렵.

홀연히 나타난 습격자는 멀리서 광선 같은 것을 쏘아 주민들의 집을 부수고 식량 창고를 파괴했으며, 간 크게도 왕국 정예들이 모인 병영마저 공격했다.

공격당한 병영에 남아 있던 챔피언 중 하나가 반격에 나섰음에도, 핏자국만을 남기고 증발했다.

챔피언을 순식간에 납치할 실력이라니! 그 자리에 있던 목격자들마저도 못 믿을 사건이었다.

"성좌다."

왕이 말했다.

"성좌 짓이야. [태생부터 강한 자가 무슨 짓을 벌였음이야."

틀림없다.

성좌 말고 누가 이런 짓을 하겠는가?

"챔피언 공들. 성좌께서는 응답이 없으십니까?"

성좌를 상대하려면 성좌가 나서야 한다.

이 정도는 서너 살 먹은 어린애도 안다.

그리고 [태생부터 강한 자보다는 [여신을 비웃는 자가 강하다.

그렇기에 지금까지 리자드맨과 켄타우로스의 싸움은 일방적으로 리자드맨 측의 우세였다.

그러나 종족에 절체절명의 위기가 닥친 상황임에도 리자드맨의 성좌는 응답이 없는 상태였다.

"없습니다."

"죄송합니다."

챔피언들은 송구한 듯 반질반질한 뒷머리의 비늘을 매만지며 대답했다.

"그렇군요. 알았습니다."

왕은 생각했다.

'아무리 놈이더라도 그만한 공세를 연이어 펼칠 리는 없다. 적어도 하루, 상식적으로 며칠 정도는 쉬었다가……'

그러나 그 생각은 길게 이어질 수 없었다.

번쩍!

눈앞이 온통 신비한 빛으로 물들었다.

왕이 생각할 수 있었던 건 거기까지였다.

시체는 생각할 수 없기 때문이다.


                    *           *           *


리자드맨 본성을 보자마자 일단 빔부터 쏴놓고 퀘스트 진행상태를 확인하던 나는 특이사항을 발견했다.

"오, 한 방에 왕을 잡았네."

이럴 땐 칭호 안 나오나?

[한 방에 왕을 잡은] 같은 거.

그러나 아쉽게도 그런 칭호는 존재하지 않았다.

퀘스트에는 왕을 잡았다고 나오긴 했지만, 아직 본성 파괴는 달성되지 않은 상태였다.

그래서 완전한 파괴를 위해 불꽃 폭발이라도 날려 볼까 생각할 때였다.

이번에는 두 마리의 리자드맨 챔피언이 본성의 벽을 부수며 튀어나왔다.

[빔!]으로 구멍을 뚫어줬음에도 불구하고 새삼 벽을 부수는 걸 보니, 내 빔 저격을 의식한 듯했다.

나름 생각은 한 것 같은데, 어차피 고출력 빔은 연사가 안 되는데?

뭐, 모르면 그럴 수도 있지.

나는 날리려던 불꽃 폭발을 마저 날렸다.

당연히 [내면의 불꽃]으로 강화한 12연발이다.

콰콰콰콰—쾅!

본성이 완전히 폭발 속에 잠겼고, 다시는 떠오르지 못했다.

본성 파괴 퀘스트도 완료됐다.

"시시시싯!"

"샤아—!"

하지만 챔피언 처치 퀘스트는 아직 남았다.

나를 보고 챔피언들이 파충류 특유의 기이한 쉿소리를 내며 달려들고 있었다.

[빔]과 [불꽃 폭발]을 보고도 전의를 잃지 않다니 훌륭하군.

[신비]에는 여유가 있었고, [혈기]는 남아돌았다.

싸움을 피할 이유가 없었다.

나는 [전쟁검★★]을 뽑아 들고 아직도 폭발의 열기가 채 가라 앉지 않은 전장을 향해 몸을 던졌다.

"덤벼라!"

\* \* \*

나는 두 명의 챔피언을 모두 해치웠다.

"이상한데."

이것으로 왕도 죽고, 챔피언 셋도 모조리 죽었다.

"마지막까지 성좌가 나타나지 않다니……."

그럼에도 불구하고 성좌는 모습을 드러내지 않았다.

더욱이 챔피언이라는 말이 무색하게, 놈들의 시체에서는 성검 비슷한 것도 없었다.

"리자드맨 종족 전체가 성좌에게 버려졌나?"

이것이 가장 설득력 있는 가설이었다.

뭐, 가설은 가설일 뿐이지만.

"나 혼자 생각하는 것보단 성좌한테 물어보는 게 빠르겠지."

어차피 보상도 받아 챙겨야 하고.

폐허 속에서 몸을 일으킨 나는 켄타우로스의 오르두를 향해 걷기 시작했다.

\* \* \*

켄타우로스 종족의 오르두가 불타고 있었다.

무슨 일이 생긴 건지, 생각할 필요도 없었다.

나는 곧장 달려갔다.

"왔나?"

아니나 다를까, 그곳에는 이제껏 내가 보아 왔던 그 어떤 리자
드맨보다도 거대한 리자드맨이 서 있었다.

지금까지 내가 상대해왔던 리자드맨 챔피언들도 일반 전사의
두세 배 정도의 크기에 그쳤는데, 눈앞의 이 녀석은 그 '일반적
인' 챔피언의 두세 배 정도는 되어 보였다.

그 키는 10m를 훌쩍 넘겨서, 어지간한 3~4층 건물 정도 높이
는 되리라.

갑자기 김이선이 그리워지네.

[급속 거대화] 받고 강령 켜면 나도 저 정도쯤 될 텐데…….

그렇다고 없는 사람을 불러올 순 없다.

"아주 깜찍한 짓을 해 줬더군. 그래서 나도 보복하러 왔다."

거대 리자드맨이 말했다.

지금 말하고 있는 건 아마 성좌겠지.

"뭐, 여기가 제 고향인 것도 아니고… 전 그냥 용병입니다."

그래서 나는 예의상 높임말부터 써주었다.

"켄타우로스에게 정이 든 것도 아니고, 그냥 퀘스트 받아서
수행한 건데……."

진짜로 예의를 차리려고 한 건 아니다.

그냥 높임말이 시간 끌기 더 좋으니까.

그렇게 변명을 주절주절 늘어놓으면서도, 나는 [태생부터 강한

자비 앞에서 까려고 닫아 두었던 퀘스트 창을 열어서 얼른 완료 버튼을 눌렀다.

"그래? 그렇다면 내 퀘스트도 받을 수 있겠군."

오, 퀘스트를?

"아, 그러믄요. 물론입죠. 헤헤헤헤!"

[성좌 퀘스트]

[여신을 비웃는 자는 네가 자결하길 원한다.]

[성공 시: 죽음]

[실패 시: 죽음]

아하, 그러시구나. 날 죽이실 생각이시구나.

하, 내가 성좌 상대로 쫄 줄 알고?

사실 좀 쫄긴 했다. 하지만 눈앞의 놈은 성좌 본체가 아니라 어디까지나 챔피언일 뿐이다.

그리고 나는 이미 챔피언 몇쯤 죽여 본 경험이 있고 말이다.

[성좌 퀘스트]

[태초부터 강한 자다. [여신을 비웃는 자]의 챔피언을 처치해라.]

[성좌가 깃든 챔피언 처치 시: 성검]

그리고 또 하나의 성좌 퀘스트가 됐다.

하하, 인기 많구만.

내가 어느 쪽을 택할지는 뭐, 빤하다.

나는 [전쟁검★★]을 뽑아 들었다.

"! 네놈이… 어떻게 그 검을?"

그런데 거대 리자드맨, 정확히는 [여신을 비웃는 자]가 [전쟁 검★★]에 반응했다.

"제가 대답해 드려야 할 의무라도?"

"…일단 죽어라!"

거대 리자드맨이 입에서 불을 뿜었다.

와우, 불도 뿜어? 이건 몰랐네.

나는 태연히 온몸으로 불을 받아 내며 강령 능력을 사용했다.

[전설적인 야만 영웅의 영혼 강령]

이거 편해서 자주 쓰는데 이러다가 자아 파먹히는 건 아니겠지?

하지만 처음 썼을 때와는 달리 상태 메시지도 조용한 걸 보니, 영혼 자체가 내게 별로 간섭하지 않는 것 같다.

그렇다고 방심까지 하면 안 되겠지만, 적어도 지금은 믿고 힘을 써도 될 듯했다.

"워어어어!"

[전설적인 야만 영웅의 호통]!

빠지지직!

적에게 전투력 페널티와 함께 전방 원뿔 범위에 번개 숨결을 내뿜는 능력인데, 뭔가 위력이 내가 예상했던 것보다 훨씬 강했다.

그러고 보니 이거 얻고 처음 쓰네.

하긴 그동안 쉬운 적만 상대하긴 해서 쓸 기회가 없긴 했지.

"크으윽, 네놈?!"

[여신을 비웃는 자는 치명적인 피해를 입은 것 같지는 않았지만, 내심 충격을 먹은 듯했다.

나는 불꽃 숨결에 아무렇지도 않았는데, 자신은 번개 숨결에 물러나야 했으니 그럴 법도 했다.

저 불꽃 숨결에는 성좌의 힘이 담겼을 텐데 그러든 말든 씹어 버리는 걸 보니, 생각할수록 [불꽃 초월] 잘 샀다 싶다.

뭐, 진짜 성좌가 직접 힘을 썼다면 또 모르겠지만, 지금 건 챔피언을 통해 쏘다 보니 이래저래 너프를 당했겠지.

솔직히 약간 쫄았는데, 잘 통해서 다행이다.

[불꽃 초월]도 그렇지만, 번개 숨결도 말이다.

이렇게 잘 통한다면 한 번 더 써 줘야지.

"워어어어!"

[전설적인 야만 영웅의 호령]!

빠지지직!

다시 한번 번개 숨결이 [여신을 비웃는 자]를 덮치고, 내게는 전투력 보너스가 더해졌다.

호통과 호령은 중복 발동이 안 되니 이제 쓸 수 없다.

이게 아쉬워질 거라고는 생각한 적은 없는데, 번개 숨결 위력이 생각했던 것보다 세서 좀 아쉽네.

[혈기 왕성]

[피투성이 깃발]

[피 끓이기]

[혈기] 능력 한 번 쫙 써 주고.

[신비한 칼날]

[빔! 으로 베는!]

[신비]와 [빔메이지] 능력도 발동하고.

이걸로 예의는 다 차린 거겠지?

"죽어라!"

나는 [전쟁검★★]을 거침없이 휘둘렀다.

퍽!

그러자 거대 리자드맨의 한쪽 무릎이 잘려 나가며 강제로 무릎을 꿇게 되었다.

"절 잘 받았다!"

퍽!

나는 재빨리 움직여 반대편 무릎도 잘라 놈의 키를 나와 비슷하게 맞춰 주었다.

이제 좀 목을 자를 만하네.

번뜩이는 칼날이 바로 놈의 목을 노렸다.

"지금이다!"

그때, 거대 리자드맨의 눈빛이 빛났다.

다음 순간, 내 양 무릎이 퍽 하는 소리와 함께 잘려 나갔다.

"큭!?"

"하하하! 실컷 했느냐!? 공격할 땐 좋았겠지!!"

반대로 거대 리자드맨은 처음부터 아무 피해도 입지 않은 것처럼 다시 멀쩡히 섰다.

"이제 내 차례다! 뭐에 당했는지도 모른 채 죽어라! 핫하하하!!"

거, 너무 통쾌하게 웃으시는 거 아닙니까?

나는 왼손으로 [뼈★]를 뽑아 잘려 나간 양 무릎을 되돌리고 다시 서서 놈의 공격을 받아 냈다.

카앙!

덩치에 비해 힘이 없네.

아, 내가 센 거였지.

"뭣?! 네놈, 대체 몇 명의 성좌에게 후원을……."

글쎄, 대답해 줄 이유가 있나 싶네.

"7명."

그럼에도 불구하고 나는 대답했다.

반응이 재미있을 것 같거든.

어, 대충 대답한 건데 7명이 맞나?

에이, 이런 건 나중에 생각하자.

"무슨!?"

아무렇게나 답한 내 대답에 벙찐 놈의 표정을 보아하니 할 필요 없는 대답을 굳이 한 보람이 느껴진다.

그 보람을 담아서!

픽! 픽!

나는 칼을 휘둘러 거대 리자드맨의 양 무릎을 또다시 베어 냈다.

"안 통한다!"

그러자 아까와 같은 일이 일어났다.

그러니까 리자드맨의 무릎은 재생되고, 내 무릎은 잘려 나갔고… 나는 무릎을 재생시켰다.

"글쎄, 내가 경험해 본 바에 따르면 그런 능력은 뭔가 소모하는 게 있더라고."

게다가 나는 그냥 무릎을 재생하는 것뿐이지만, 놈은 한 번 입은 피해를 나에게 반사시키고 있다.

누가 더 비싼 능력을 쓰고 있는지는 명확했다.

놈이 과연 얼마나 더 저 능력을 쓸 수 있을까?

참고로 나는 앞으로 12번 더 쓸 수 있다.

그러니까 11번 더 잘라 봐야지.

"또 간다!"

"자, 잠깐!"

퍽! 퍽!

<br>

*　　　　　*　　　　　*

<br>

그 후에 일어난 일은 의외로 시시했다.

[성좌 퀘스트: 항복한다!]

[[여신을 비웃는 자]의 챔피언이 당신에게 항복합니다. 당신은 명예로운 전사로서 자비롭게 항복을 받아들일지, 끝까지 싸울지 결정할 수 있습니다.]

[항복을 받아들이기: [명예]]

[[여신을 비웃는 자]는 네 번밖에 버티지 못하고 항복했으니까.

다음에는 목을 잘라 주겠다는 말에 항복한 걸 보니, 다섯 번이 한계였나 보다.

아, 앞서 두 번 반사했으니까 합치면 7번인가.

"항복도 퀘스트 완료로 쳐주십니까?"

당연하지만 이 말은 [여신을 비웃는 자]에게 던진 말이 아니다.

[받겠다!]

마침 [태생부터 강한 자]의 대답이 돌아왔다.

그와 동시에 성좌 퀘스트가 수정되어, 클리어 조건이 항복 받아 내기로 바뀌었다.

당연하지만 보상이 바뀌지는 않았다.

여전히 성검이었다.

"항복을 받아들이지요."

만족한 나는 고개를 끄덕이며 뒤늦게 항복요구를 받아들였다.

─거대 리자드맨 챔피언을 상대로 승리하셨습니다.

─레벨 업!

─레벨 업!

─레벨……

오, 어째 오늘 [휠 오브 포춘]에 경험치 2배가 뽑히더라니.

이것 때문이었구나.

나는 흐뭇하게 상태창을 바라보았다.

[이철호]

레벨: 160

한 번에 5레벨 상승인가. 아, 좋다.

여기에 성좌 챔피언의 항복을 받아 줘서 [명예] 50점이 올랐다.

[명예 190]

음? 그런데 레벨이 160인데 명예는 그보다 더 높이 올라가네?

하긴 미배분 능력치로도 안 올라가는 능력치인데. 사실 능력치인지조차 좀 의문이긴 하지.

아무튼 이걸로 목숨 하나를 더 벌었다 칠 수 있게 되었다.

그리고 [듀얼!] 효과와 [사업운] 효과로 200개의 금화를 입수했다.

이 녀석이 흡혈귀 귀족급이었나?

생각해 보면 사실 그런 느낌은 별로 안 들었지만, 그냥 내 레벨이 올라서 그런가 보다 하고 말았다.

"일곱 성좌의 후원을 받는 존재라니… 가볍게 본 내 실책이다. 패배를 인정하도록 하지."

[여신을 비웃는 자]는 허탈한 표정을 숨기지 않은 채 내게 이렇게 말했다.

아, 사실 그거 그냥 되는대로 아무렇게나 말한 거였는데.

지금 와서 사실을 밝히기도 좀 그렇다.

이참에 내가 후원받은 성좌 목록을 한번 나열해 보자면…….

[행운의 여신], [비의 계승자], [피투성이 피바라기], [고대 엘프 사냥꾼], [고대 드워프 광부], [위대한 오크 투사], [세 번 위대한 이]…….

어, 일곱 성좌 맞네.

여기에 굳이 직업 성좌를 추가하자면 [이름 붙여진 적 없는 이] 와 [빔!을 쏘는!]을 더해 총 아홉 성좌의 후원을 받는 셈이 된다.

이것도 [태생부터 강한 자]는 빼놓은 숫자다.

내가 허풍을 친 게 아니라 오히려 좀 축소해서 말한 거였군.

하지만 그냥 넘어가도록 하자.

여기서 굳이 분위기 초칠 이유가 없지.

"항복을 받아 줘서 고맙다. 그럼, 나는 이만 떠나도록 하겠다."

[여신을 비웃는 자]가 그렇게 말함과 동시에, 거대 리자드맨의 모습이 천천히 사라졌다.

그런데 바닥에 뭘 놓고 갔다.

오크 챔피언 때와 마찬가지로 성검을 두고 간 모양이다.

[여신을 비웃는 자의 성검이라…….

나는 성검을 들어보았다.

[여신을 비웃는 자의 가죽끈]

단일 대상으로부터 입은 상처를 모두 없었던 것으로 하는 동시에 그 상처를 가해자에게 전이한다. 활성화하면 가죽끈이 하나 끊어진다. 시간이 지나면 재생된다.

가죽끈은 줄 세 개가 이리저리 꼬인 모양새를 취하고 있었다.

이걸 보니, 아무래도 입은 상처를 최대 세 번 반사할 수 있는 모양이다.

거대 리자드맨은 내게 여섯 번 상처를 반사했는데, 이게 세 번으로 줄어들다니.

★은커녕 +도 없는 걸 보니 하위 버전 성검을 주고 간 모양이다.

하긴 뭘 주고 가든 성좌 맘이겠지.

새삼 [위대한 오크 투사]가 꽤 명예로운 성좌였다는 생각이 들었다.

그래도 이 성검… 응? 성검? 가죽끈이 왜 성검? 이걸 주먹에라도 감아서 때리는 건가?

그 뒤에야 나는 리자드맨 챔피언이 그러고 있었다는 걸 뒤늦게 알아차리고 납득했다.

아무튼 이 가죽끈은 꽤 쓸모 있다.

치명상을 여러 번 입어 [명예]가 완전히 소모됐을 때의 구명줄이 되어 줄 테니까.

나는 가죽끈을 손목에 이리저리 묶었다.

"이거 너무 길군."

거대 리자드맨은 이거 주먹에 감고 있었는데… 역시 사이즈 차이가 너무 심한가?

그래서 도로 풀어 버리고, 허리끈 대신 묶었더니 딱 좋다.

"자, 그럼."

나는 몸을 돌렸다.

[내 차례로군.]

강자가 말했다.

"그렇습니다."

나는 고개를 끄덕였다.

신나는 보상 타임이다.


＊　　　＊　　　＊


[폭주].

이것이 [태생부터 강한 자]로부터 새롭게 받은 능력치였다.

[태생부터 강한 자]는 성좌 퀘스트의 보상으로 이 능력치를 듬뿍듬뿍 퍼 주었다.

리자드맨 왕을 죽여서 일단 [폭주] 능력치를 얻고, 본성 파괴로 20, 기여도로 20, 챔피언 둘을 죽여서 20+20, 또 기여도로 20……

[폭주 100]

이렇게 100을 채웠다.

[폭주]의 사용법은 조금 특이했다.

어떤 능력이 주어지는 게 아니라, 다른 능력을 쓸 때 함께 소모해서 무슨 부스터처럼 사용할 수 있게 되어 있었다.

가장 기본적으로는 질주할 때 [폭주]를 소모하면서 속도를 더욱 높일 수 있었다.

물론 이런 식으로 한계 이상의 속도로 달리다 보면 방향이든 뭐든 제어하기가 매우 힘들어지므로 딱히 제어할 필요가 없을 때만 써야 했다.

그 외에도 [비이이이임!!!]이나 [빔 인간처럼 한계까지 위력을 끌어올려 쓰는 능력에 [폭주]를 더하면 투자한 만큼 위력이 증가했다.

이 경우에도 조준이 흐트러지거나 반동이 커지거나 하는 부작용이 따른다.

이런 식으로 쓰는 능력치라 그런지, 100 능력은 따로 주어지지 않았다.

아쉽다면 아쉽달까.

하지만 그 아쉬운 점을 이것이 대신 메워 주고 있었다.

[태생부터 강한 자의 말발굽★]

[폭주] 능력치의 제어가 손쉬워지며, [폭주] 능력치만큼 이동 속도, 돌격 위력, 킥 위력이 증가한다.

[폭주]를 '제어' 한다니 이게 무슨 말인가 싶지만 실제로 그랬다.

방향 전환이나 조준의 어려움이 크게 줄어드는 것은 물론, [폭주로 스피드를 한껏 올렸다가 급제동을 팍 걸어 버리는 것까지 가능하다.

이건 뭐 [폭주] 쓸 때 필수라 할 만한 템이었다.

이게 말발굽이라 인간인 나는 어떻게 착용해야 하냐는 문제가 있었는데, 그냥 [철인의 강철 부스터 부츠] 밑에 박아 넣는 걸로 해결했다.

이거 이렇게 되면 당분간 부스터 부츠는 욕망으로 못 되돌리겠구만.

그래도 [고대 드워프 광부]가 걸어 준 [무한 욕망] 축복 덕에 욕망이 천천히 회복되고 있으니까.

지난번에는 구상만 하고 실현은 못 해본 욕망 아이템 두 개 만들기도 해 볼 수 있겠다 싶긴 하다.

꿈이 부푼다!

9장
—
제28층

　[태생부터 강한 자]의 호의를 얻어, 나는 켄타우로스의 오르두에 머물 권리를 얻었다. 더불어 켄타우로스의 언어도 받았으며, 다른 모험가들이 바로 28층으로 내려갈 수 있도록 배려도 받았다.

　뭐, 쉽게 말해 7층, 17층에서 받았던 편의를 그대로 받은 거다.

　이렇게 오르두에 머물며 나는 새로운 일반 기술을 배울 기회를 맞이했다.

　그것은 바로 [목축], [낙농], [장제] 등이었다.

　[목축]은 소, 말, 양 등을 키워 내는 기술이다.

　[낙농]은 젖을 짜고 치즈나 버터 등의 유제품을 만드는 기술이다.

　[장제]는 말발굽을 만들고 붙이고 떼고 관리하는 기술이다.

　이런 기술들은 27층을 떠나면 또 언제 활용할 수 있을지 모르므로 열심히 배우고 단련했다.

그래도 랭크 보너스는 다 받고 가야지 않겠는가.

아, [도축] 랭크도 여기서 더 올릴 수 있었다.

더 높은 랭크의 몬스터를 잡아서 도축해야 올릴 수 있을 거라고만 생각했는데, 켄타우로스로부터 기술만 배워도 랭크가 오르더라. 역시 전문가는 다르더란 걸 실감할 수 있었던 시간이었다.

이렇게 새롭게 배운 기술도 있고 랭크를 올린 기술도 있어서, 기본 능력치를 쭉쭉 올릴 수 있었다.

기본 능력치 전부를 160까지 끌어올리고, 여기에 연동되어 [혈기]도 160으로 올랐으며, 여기에 연동되어서 [야성]도 155로 올랐다.

그런데 이게 전부가 아니다.

22층에서 얻은 데스웜의 체액으로 연금술 실험을 반복하면서, 나는 기어코 [연금술]의 랭크를 7까지 끌어올리는 것에 성공하고 말았다.

[신비 155]

이로써 랭크 보너스로 [신비]가 10 더 올랐다.

크어어, 좋다!

*            *            *

[고대 엘프 사냥꾼]이나 [고대 드워프 광부]와 달리, [태생부터 강한 자]와의 관계는 꽤 드라이하고 비즈니스적이었다.

하긴 뭐, 굳이 의도해서 성좌와 사적인 관계를 구축할 생각은 없지만 말이다.

[네게는 꽤 고마워하고 있다.]

나는 그렇게 생각하고 있었는데, [태생부터 강한 자는 또 달랐나 보다.

[다음에 다시 만나길 고대하지.]

오르두에 머물 때는 거의 방관하다시피 내버려두더니, 헤어질 때 되니 이런 인사말을 기습적으로 날리다니.

꽤 치사하다.

"예, 그동안 감사했습니다."

나는 다소 진심을 담아서 말했다.

새 일반 기술을 단련해 얻은 능력치만큼의 진심이었다.

[그래, 또 보자!]

나는 그렇게 27층을 뒤로 했다.


*          *          *


미궁 28층은 8층, 그리고 18층과 유사한, 정글과 레이드 보스로 이뤄진 층계였다. 이것도 세 번째쯤 되다 보니 이제 노는 인원은 거의 없고, 각자 알아서 정글을 돌며 레벨을 올리고 있었다.

8층에선 하도 놀기만 해서 아예 통제까지 걸어야 했던 걸 생각하면 장족의 발전이었다.

그래서 나는 이번에는 사람들을 믿고 통제 같은 거 안 걸고, 그냥 레이드 보스부터 잡고 그냥 다음 층으로 넘어가기로 했다.

결코 28층을 다 돌아봐도 비밀 같은 게 안 보여서 이러는 게 아니다.

비밀을 발견하지 못했던 건 사실이지만.

28층의 레이드 보스는 히드라다. 머리가 세 개인 거대 뱀 몬스터로, 맹독을 지녔다. 그런데 맹독은 저 몬스터의 진짜 무기가 아니다.

머리 하나를 자르면 그 자리에 두 개가 난다.

두 개를 자르면 네 개가 난다.

차라리 불사에 가깝다고까지 일컬어지는 초월적인 재생 능력에 더불어 큰 상처를 입을수록 강력해지는 능력이 더해져, 상당히 위협적인 몬스터다.

하지만 저래 봐야 150레벨.

160레벨인 내겐 아주 적은 양의 경험치만 줄 뿐인, 그리고 죽이는 방법이 조금 까다로울 뿐인 몬스터에 지나지 않는다.

그래서 나는 멀리서 [비이이이임!!!!]을 썼다.

"비이이이임!!!"

히드라 머리 두 개가 잘려 나갔다.

어휴, 세 개째가 잘려 나가지 않을지 걱정했는데, 다행히 위력 조절에 실패하지는 않은 모양이다.

약 2초에서 3초 정도 기다리니, 상처 부위에서 머리가 두 개씩 쭉쭉 면발처럼 뽑혀 나왔다.

그 모습을 보고, 나는 흐뭇하게 웃었다.

약한 몬스터라 경험치가 잘 안 나온다면?

강하게 만들어서 먹으면 된다. 이게 가능한 몬스터는 몇 없다.

그리고 히드라가 그중 하나였다.

"[비이이이임!!!!]"

조리는 지금 막 시작되었을 뿐이다.

얼마나 맛있는 요리로 완성될지 기대되는군.

                    *          *          *

　회귀 전 다른 모험가의 공략을 봤을 때, 나는 히드라의 머리가 무제한적으로 늘어나는 줄 알았다. 그러나 그렇지 않았다.

　"우와, 징그러워."

　36개가 한계였다. 더 늘어나지 않았다.

　대신이라고 하긴 좀 뭐하지만, 재생 능력은 여전해서 목을 잘라도 금방금방 다시 나는 건 여전했다.

　이제 36개의 목을 동시에 잘라야 목숨을 끊을 수 있는, 레이드 몬스터로 손색이 없는 존재가 됐다.

　경험치도 많이 주겠지! 아주 좋다!

　"[비이이이임!!!!]"

　나는 곧장 최대 출력의 [비이이이임!!!!]을 발사했다.

　그리고 그대로 [폭주]를 활성화시켰다.

　"하이퍼, 기가, [비이이이이이임!!!!]"

　그러자 내 심, 그러니까 샤프심이나 연필심을 말하는 그 심에서 무언가가 빠져나오는 것 같았다.

　그리고 그것이 바로 빔의 출력에 더해졌다.

　온몸이 덜컥거려 조준이 쉽지 않았지만, [태생부터 강한 자의 말발굽★]을 박은 발을 바닥에 콱 박자 곧 안정되었다.

　공간 그 자체를 찢어발길 듯 뿜어져 나간 빔 입자는 히드라의 서른여섯 개 머리를 모조리 잘라 버리는 것으로도 모자라 정글에까지 뻗어나갔다.

콰아아아앙!!

어, 저게 왜 폭발해?

[폭주]의 위력이 내가 예상했던 것보다 훨씬 강한 걸로도 모자라, 전에 없던 효과까지 더해진 탓인 것 같았다.

근데… 저쪽에 사람 없었겠지?


*　　　*　　　*


다행히 내 [비이이이임!!!]에 맞고 죽은 사람은 없었다.

죽을 뻔했던 사람은 있었지만. …뭐, 안 죽었으면 된 거 아닌가.

"안녕하십니까, 회귀자님!"

"즐거운 하루 되십시오, 회귀자님!"

"식사 맛있게 하셨습니까, 회귀자님!"

하지만 생각지도 못한 부작용이 생겼다.

상당수의 모험가들이 군필자가 되어 버렸다.

아니, 진짜로 군대를 다녀왔단 소린 아니다.

미궁에 군대가 어디 있어. 그저 나를 대하는 모험가들의 태도가 사단장을 영접한 중위(진) 같을 뿐이었다.

"오늘도 힘써 레벨을 올리고 있습니다!"

"최선을 다하겠습니다!!"

8층에서의 태도도 좀 그랬지만, 이런 태도도 좀 그렇네.

하지만 내가 입으로 소릴 내어서 '좀 그렇네'라고 하는 순간, 저 정글의 나무와 풀이 모조리 베이고 뿌리까지 뽑혀 평탄화 작업까지 마쳐질 것 같아 그러지 못했다.

뭐, 시간이 좀 지나면 괜찮아지겠지.

"아, 어르신."

"병장, 유! 상! 태!"

아니, 아저씨까지 왜 이래요.

나는 내 동년배, 정확히는 나보다 한 살 어린 4서폿의 최연장
자를 짜게 식은 눈으로 바라보았다.

그런 내 시선을 받은 유상태는 멋쩍은 듯 뒷덜미를 긁적이며
말했다.

"농담이 좀 심했습니까?"

"무슨 농담을 그렇게 뻑적지근하게 해요?"

"분위기가 좀 너무 딱딱한 거 같아서 말입니다."

그렇게 말하면서도 다, 나, 까를 빼먹지 않는 딱딱한 말투를 듣
자 하니, 완전히 농담만은 아닌 듯했다.

이건 답이 없다. 시간만이 답이다.

그렇게 생각을 하면서도 아직 28층을 떠나지 않은 이유는 간
단하다. 8층과 같은 일이 일어났기 때문이다. 히드라의 체내에 비
밀이 있더라고.

이걸 왜 죽인 다음에나 알았냐면, 히드라가 워낙 커서 [비밀 교
환++]의 유효 거리가 닿지 않았기 때문이다.

[비밀 교환++]의 유효 거리가 10m 전후인데, 머리가 36개까지
불어난 히드라의 크기가 30m다.

이건 안 닿을 수밖에 없지.

아무튼 그래서 나는 다른 사람들을 모두 29층으로 보낸 뒤에
나 히드라 시체를 뒤적거려 볼 생각이었다.

어차피 지금은 히드라 독이 너무 심해서 시체에 가까이 갈 수도 없고. 그래서 지금은 히드라의 시체를 뒤집어, 잘려 나간 목의 상처를 통해 체액이 바깥에 빠지도록 두었다.

이렇게 부자연스럽게 방혈 하면 시체가 금방 썩어 못 쓰게 되겠지만, 독투성이 시체를 어디다 쓸 수 있는 것도 아니다.

글쎄, 히드라 가죽으로 망토라도 만들어 죽이고 싶은 누군가에게 선물이라도 할 거면 모를까.

게다가 어차피 지금으로써는 가공도 힘들다.

그나마 [로우 드워프+]의 독 면역이 있어서 이 정도 조치라도 할 수 있었던 게 다행일 정도니.

체액이 흘러내려 히드라의 독이 밴 땅은 앞으로 수백 년간 못 쓰게 될 테지만, 그건 내가 알 바가 아니다.

정글 속에 리젠 되는 몬스터가 그득그득 들어찬 이 층계에 누가 살 것도 아니거니와, 어차피 제한 시간이 지나면 무너져 버릴 층계기도 하니.

"140레벨 채웠습니다!"

"저도 140레벨 채웠습니다!"

아무튼 그래서 나는 이번에는 도망도 못 간 채 통제를 안 걸었음에도 알아서 자진 납세 하는 모험가들을 상대해야 했다.

…뭐, 다른 모험가들 레벨이 높으면 좋지.

앞으로, 정확히는 30층에서 벌어질 일을 생각하면 절대 나쁜 일이 아니다.

"충! 성!!"

아무리 그래도 이건 선 넘었다.

"꼬맹이 너, 야!!"

근데 수아 쟨 왜 저렇게 경례하는 게 적절하냐.

짬 먹은 적도 없는 애한테서 짬에서 나오는 바이브가 느껴지니 당혹스러울 따름이다.

*　　　　*　　　　*

"ㅎㅎㅎㅎ……."

나는 낮은 웃음소리를 흘렸다.

[행운의 여신이 기분 나쁘다고 합니다.]

"어, 계셨습니까?"

27층에 머무는 내내 한마디도 안 해서 죽은 줄 알았다.

성좌도 죽냐고 묻는다면 당연히 성좌도 죽을 수 있다. 당장 행운의 여신부터가 스스로 말하길 성좌의 자격을 잃었었다 하지 않았었나.

아닌가? 아니면 말고.

[행운의 여신이 그럴 일이 있었다고 합니다.]

"혹시 [피투성이 피바라기]와 관계 있는 일입니까?"

[행운의 여신은 대답하지 않습니다.]

그게 대답 아니야?

하지만 난 굳이 따지고 들지 않았다.

워낙 뻔했기 때문이다.

27층에 성좌가 단둘뿐인데 하나는 내가 챔피언을 쓰러뜨려서 내쫓았으니 [태생부터 강한 자]밖에 안 남는다.

이 켄타우로스 성좌와 [피투성이 피바라기] 사이에 뭔가 관련이 있었던 것이리라.

뭐, 있든 말든 나랑 상관있나?

없다. 그래서 나는 금세 흥미를 잃었다.

"일단 지금 하던 거부터 마저 하겠습니다."

[행운의 여신이 기분 나쁘게 웃는 거 말하느냐고 묻습니다.]

그거 말고요.

거두절미하고 28층의 정산을 해 보자.

일단 36두 히드라를 죽임으로써 레벨이 2 올랐다.

생각보다 적긴 하지만 원래 경험치 찔끔 먹고 말 걸 여기까지 올렸다고 생각하면 위안이 된다.

그리고 이번에도 1:1 전투였으므로, [듀얼!]과 [사업운]의 효과로 금화 200개를 받았다.

[듀얼!] 이거 처음엔 너무 조건이 빡세다고 생각했는데, 틈틈이 벌어들이는 금화의 양이 장난 아니다.

미리 사길 잘했네!

그런데 얻은 건 이뿐만이 아니었다.

"흐히히힛!"

[행운의 여신이 기분 나쁘게 웃는 거 맞네, 라고 말합니다.]

아니, 좀.

하지만 행운의 여신이 이런 반응을 보이는 것도 무리는 아니다.

왜냐하면 성검이기 때문이다. 무엇이? 비밀이!

[굶주린 거대의 양단 도끼]

문자 그대로 퍽 거대한 도끼다.

하지만 '거대'는 도끼를 수식하는 문구가 아니다.

[굶주린 거대가 당신을 바라봅니다.]

'거대'는 성좌다.

나는 당당히 성좌의 시선을 받았다.

[굶주린 거대가 당신에게 도끼를 허락합니다.]

그래야지. 나는 미소 지었다.

[행운의 여신이 또 기분 나쁘게 웃을 거냐고 묻습니다.]

"아, 좀!"

하지만 나는 오래 버티지 못하고 또 웃었다. 왜냐고? 좋아서.

[굶주림]: 적을 죽일 때마다 [요기] 점수를 얻는다.

[거대]: [요기] 점수를 소모하여 양단 도끼와 소유자를 거대화시킨다. 거대화의 배율만큼 전투력이 상승한다.

심플하지만 강력한 능력이다.

전투력을 배율로 강화해 준다니!

전투력 옵션 자체가 들어가면 일단 사기 템이라고 봐도 되는데, 배율 옵션도 사기급이라 더블로 사기 치는 개사기 템이라 요약할 수 있겠다.

물론 배율의 특성상 기본 전투력이 낮으면 별 볼 일 없겠지만, 나는 이 미궁의 모험가 중 전투력이 높기로 한 손가락에 꼽힌다.

한 손이 아니라 한 손가락.

당연하지, 내가 원탑이다.

좋은 점은 이것 하나가 아니다.

사실 [전쟁검★★]은 그리 크지 않은 검이다.

원래부터가 한손검에 좀 짧은 검이니.

강령 등의 능력으로 거대화됐을 때는 이러한 [전쟁검★★]의 몇 안 되는 단점이 더욱 피부에 와닿는다.

그 상태에선 [전쟁검★★]이 그냥 작은 단도 같다 보니, 내가 있는 힘껏 휘두르고 싶어도 그러질 못한다.

그런데 문제는 내가 앞으로도 거대화돼서 싸울 일이 좀 많다는 거다. 그런 상황에서 이런 거대화 옵션이 붙은 무기는 내게 딱 걸맞은 옵션이 되어 줄 것이다.

거대화의 배율이 높을수록 전투력도 뻥튀기되니, 정말 나한테 딱 맞는 무기라 아니할 수가 없었다. 게다가 이 성검도 성장한다.

─[굶주린 거대의 양단 도끼]는 [배부름] 상태를 5회 만들면 성장한다.

[비밀 교환++]으로 알아본 바에 따르면 성장 조건은 이와 같다.

이게 무슨 뜻일까? [요기]를 끝까지 5번 채우면 된다는 뜻이겠지.

"자, 그럼! 정글 돌까!!"

[행운의 여신이 어째 이런 장면을 몇 번 본 것 같다고 말합니다.]

"기분 탓입니다!"

[행운의 여신이 아니라고 말합니다.]

아, 아무튼 기분 탓이라고!

10장
—
제29층

[굶주린 거대의 양단 도끼], 줄여서 [도끼]의 단점을 찾아냈다.

이놈은 수식어로 '굶주린'을 가지고 있으면서도 많이 먹질 못한다.

툭하면 [배부름]이 떠 버린다. 아니, 난 [요기]를 열 번도 못 채울 줄은 몰랐지. 열 번이 뭐냐, 다섯 번 먹고 체하더라.

그리고 사람이 밥을 먹었으면 소화를 시켜야 하는데, 애는 소화도 잘 못 시키는지 몇 시간을 방치해도 그냥 [배부름] 상태가 유지된다.

사람이 아니라 도끼긴 하지만, 아무튼 그래서 일일이 [거대]를 써서 [요기]를 빼 줘야 했다.

그런데 이거, 효과 시간이 무지 길다. [요기] 1스택에 1시간이나 유지된다.

즉, [배부름] 한 번 띄우고 완전히 [굶주림] 상태로 되돌리려면 다섯 시간을 보내야 한다.

그런데 또 [요기] 1스택만 빼고 다시 [배부름]을 띄우면?

안 된다. 정확히는 성장 조건을 채우지 못한다.

이거 확인한다고 다섯 시간을 허비했다.

뭐, 이럴 거 같긴 했다. 미궁이 그렇게 쉽게 꼼수를 용납할 리 없지. 게다가 인벤토리 안에선 [요기] 스택이 무한으로 유지되기까지 한다.

보통 이런 건 장점이라고 해야 할 텐데, 빨리 [배부름] 횟수 채우고 성장시켜야 하는 입장이다 보니 답답하게 느껴지는 건 어쩔 수 없다. 뭐, 대신 성능이야 확실하지만.

[요기] 5스택으로 50% 거대화되고 전투력 보너스도 50%니 말이다. 결국 나는 [배부름] 조건 두 번 채운 것으로 만족하고 28층을 뒤로해야 했다.

아무리 그래도 무너지는 층계와 운명을 함께 할 순 없으니까.

＊ ＊ ＊

29층은 이걸로 세 번째를 맞이하는 '아홉 개의 방'이었다.

이제는 익숙하기까지 한…….

아니, 익숙해야 할 구조였다.

"뭐야, 여긴."

당연하다시피 1번 방, 그러니까 입구 기준으로 왼쪽 문을 열고 들어온 방은 방이 아니었다.

그 풍경은 광활했다.

"아니, 방이 맞긴 하나?"

저 멀리 벽이 보이긴 했으니까.

그리고 한참 위에 천장이 있는 것 같기도 했다.

중요한 부분은 '저 멀리'에 있다는 점이다.

최소한 몇 km는 되어 보이는 곳에.

"하……."

입구에서 봤던 문과 문 사이의 거리는 그렇게 멀어 보이지 않았는데, 들어오자마자 본 풍경이 이런 걸 보니 공간 왜곡이라도 걸린 모양이다.

내가 당황하는 것만 봐도 알겠지만, 당연히 원래의 29층은 이렇지 않았다.

오히려 뻔뻔할 정도로 9층, 19층과 유사했지.

아마 다른 모험가들은 '원래 29층'에 잘 들어갔을 것이다.

나만 이런 곳에 오게 된 이유?

별거 있나? 내가 세서지.

아, 의심되는 구석이 하나 더 있긴 하군.

"여신님?"

이렇게 부른다고 내가 [행운의 여신]을 의심하는 건 아니다.

오히려 의심하는 건 다른 성좌다.

"대답이 없군."

[행운의 여신]이 자릴 비웠다?

그렇다면 역시 [피투성이 피바라기] 짓인가.

한동안 시련을 부여할 여유가 없다더니, 그건 그냥 내 경계를 풀기 위한 블러핑이었나 보다.

뭐가 나와도 이상하지 않은 상황이니만큼, 나는 긴장을 한껏 끌어올렸다. 그리고 [별의 지식] 마법을 활성화시켰다.

[망원], [투시], [영감].

"하, 어쩐지."

나는 발밑의 감촉을 새삼스레 느끼며 중얼거렸다.

"어쩐지 모래 바닥이더라."

충분히 깊은 모래 속에 숨은 자이언트 데스웜, 그것도 두 마리의 모습을 [투시]로 확인하며 나는 한숨을 내쉬었다.

이제 확실해졌다.

이건 시련이 맞다.

그것도 [피투성이 피바라기]가 부여한.

하이고, 또 뺑이 치겠네.

나는 그렇게 생각하며, [부스터 부츠]의 부스터를 켰다.

푸하악!

내 [욕망]이 가득 담긴 부스터가 내 몸을 허공으로 밀어 올리며, 동시에 내 발밑의 모래를 거칠게 휘저어 놓았다.

그러고 보니 [민첩] 뻥 없이도 이제 곧잘 쓰고 있네, 이거.

그렇게 다른 생각을 할 시간은 오래 주어지지 않았다.

내가 부스터로 휘저어 놓은 모래 밑의 데스웜이 거칠게 반응한 탓이다.

똑바로 이쪽을 향해 날듯이 오는 게 [투시]에 똑바로 보였다.

"감사합니다, [피투성이 피바라기]님!"

나는 굳이 성좌에게 하지 않아도 될 감사 인사를 올리며, [혈투창을 던졌다.

슈슉!

거의 지면까지 접근했던 데스윔의 입속에 [혈투창]이 쏙 들어가는 것이 아주 잘 보였다.

그리고… 쾅!

[혈투창]이 일으킨 피의 폭발을 바라보며, 나는 다음 [혈투창]을 준비했다.

"이거 한 방으로는 안 된다는 걸 이미 학습했지."

이게 다 [피투성이 피바라기]의 선행 학습 덕이다.

굳이 하고 싶진 않았던 선행 학습이지만, 도움이 되고 있다는 게 이상하게 자존심 상한다.

쾅!

*          *          *

이전과 달리, 자이언트 데스윔을 [혈투창]만으로 처리할 수 있었다. 첫 기습이 잘 먹힌 덕이기도 하겠지만, 켄타우로스 오르두에서 기본 기술을 단련하며 기본 능력치를 쭉쭉 올린 덕이 더 크게 작용했다고 본다.

[혈기]도 160을 찍었고, 그래서 원래 다섯 발도 못 던졌던 [혈투창]을 여섯 발이나 던질 수 있었으니 말이다.

대신 그렇게 신나게 쏴 댄 탓에 [혈기]가 바닥을 보이고 말았지만, 아무 걱정할 게 없었다.

[전쟁검★★]의 두 번째 옵션인 승리 시 [혈기] 완전 회복이 작

용한 덕택이다.

생각보다 수월한 승리에, 나는 다른 생각이 들기 시작했다.

"이거 시련 아닌 거 아냐?"

왜 이런 생각이 드느냐면, 레벨이 별로 안 올랐기 때문이다.

별로 안 올랐다는 말은 거짓말이다.

아예 안 올랐다. 물론 경험치 바가 50% 가까이 쭉 차오르긴 했다.

하지만 그간 내가 경험해 본 바에 따르면, [피투성이 피바라기]의 시련은 그동안 적어도 다섯 레벨은 올려 줬다.

하이 리스크 하이 리턴이었던 셈이다.

하지만 이번 데스웜은 누가 봐도 로우 리스크 로우 리턴, 지속 가능한 발전이었다.

"쓰읍, 아직 모르지……."

그러나 나는 경계를 늦추진 않았다.

이 층계는 '아홉 개의 방'.

다음 방에 뭐가 나올지는 아무도 모른다.

$$*\qquad\qquad *\qquad\qquad *$$

방이 넓다 보니 다음 방으로 가는 것만도 한참 걸렸다.

문 앞까지 도달한 나는 그렇다고 바로 문을 열지는 않았다.

왜냐하면 여기서 한숨 자고 갈 생각이었기 때문이다.

졸려서가 아니다.

…그것도 맞긴 한데, 다른 이유도 있다.

[휠 오브 포춘]을 새로 돌리기 위해서다.

원래는 그냥 랜덤한 효과를 부여해 주는 축복이지만, 최근에 이상한 쓰임새가 생겼다.

내가 레벨 올릴 때마다 행운을 재깍재깍 올리다 보니 워낙 운이 좋아져서, [휠]이 앞으로 나한테 필요할 법한 효과만 주고 있기 때문이다.

지금까지 예외는 없었다.

이 정도면 간이 예지처럼 써도 될 정도다.

일단 [경험치 2배]가 뜨면 나한테 경험치를 줄 만한 적이 나오지만, 위험하지는 않다.

[능력치 상승]이 뜨면 좀 긴장해야 한다. 그 능력치가 필요한 적이 나올 가능성이 크니.

그러나 그중에서도 [솜씨 상승]이 나오면 그 자리에 주저앉아서 일반 기술이나 단련하라는 뜻이라 긴장을 풀어도 된다.

이런 식으로 '그날의 운세' 처럼 활용하고 있다.

그리고 여기, 29층은 [피투성이 피바라기]의 시련인지 아닌지 조금 헷갈리는 층계다. 그러니 점이라도 쳐 봐야지 어쩌겠는가?

24시간 쿨타임을 채우려면 앞으로 다섯 시간 정도가 남은 상황.

한숨 푹 자면 금방 지나갈 시간이다.

그래서 나는 인벤토리에서 데스웜의 가죽으로 만든 텐트와 침낭을 꺼냈다.

당연히 지금 잡은 데스웜으로 만든 건 아니다. 예전에 잡은 데스웜의 가죽을 27층에서 가공해서 만든 물건이다.

누가 '아홉 개의 방' 이 아니랄까 봐, 방금 전에 잡은 데스웜의 시체는 증발해 버렸다.

따라서 전리품도 얻을 수 없었다.

나는 그 사실을 떠올리고는 잠시 투덜거렸지만, 그것도 길지는 않았다.

머리가 베개에 닿자마자 잠들었기 때문이다.

\* \* \*

한숨 푹 자고 일어나서 [휠 오브 포춘]을 돌려 본 결과는 다음과 같았다.

[경험치 2배]

"…뭐지?"

시련이 아닌 건가?

아닐 수도 있겠다 싶다. 1번방이 너무 쉽긴 했지?

"그렇다면 레벨 업이나 하고 내려가야겠네."

하긴 경험치를 주는 게 어디야?

나름 그렇게 사고방향을 긍정적으로 조정한 나는 다음 방으로 연결된 문을 열었다. 그러자 자이언트 데스웜 세 마리가 나를 반겼다.

"…이건 좀 곤란한데……"

[혈투창]을 다 쏟아부어서 데스웜 두 마리를 간신히 잡았는데, 세 마리라?

[혈기]가 다 떨어지면 어떻게 해야 하지?

나는 잠깐 끙끙 앓았지만, 곧 답을 찾아냈다.

"더 세게 때리면 되겠구나!"

슈슉! 퍼펑!

[폭주]가 걸린 [혈투창]이 두 배쯤 더 강력한 폭발을 일으켰고, 단 한 발로 데스웜이 너덜거렸다.

[폭주]를 안 썼을 땐 일곱 발이나 쏴야 했는데, 한 발만으로 처리가 가능하다니.

아니, 이론으로는 알고 있다.

자이언트 데스웜은 두꺼운 가죽으로 몸을 보호받고 있으며, [피보라]를 통해 투사체를 걷어 내기까지 한다.

일반적인 [혈투창]은 이 [피보라]와 가죽을 뚫느라 관통력이 떨어져, 효과적인 타격이 불가능했다.

반면 [폭주]를 통해 강력해진 [혈투창]은 충분히 강력한 위력을 통해 [피보라]와 가죽을 별 어려움 없이 뚫고 데스웜의 급소에서 폭발한다.

그래서 한 발만으로 잡히는 거였다.

하지만 언제나 그렇듯 이성과 감성은 다른 법.

어제 내가 왜 그런 고생을 했는지 이해가 안 될 정도다.

물론 [혈기]는 승리만 하면 곧장 다시 채워지고, [폭주]는 바로 회복되는 자원이 아니니 굳이 따지자면 어제는 내가 잘한 게 맞다.

아, 잘한 거 맞구나.

나는 그렇게 결론을 내리고 두 번째, 세 번째 놈도 [폭주]+[혈투창]으로 마무리했다.

싱거울 정도로 빠르게 정리된 것치곤 경험치가 고소하다.

[휠 오브 포춘]의 경험치 두 배 덕도 봐서, 경험치가 쭉 차올랐다.

그래도 레벨 업을 한 번밖에 못 한 건, 첫 놈 잡을 때 레벨 업을 해 얻는 경험치 양이 줄어들기도 했고, 다음 레벨 업까지의 요구 경험치가 증가했기 때문이기도 했다.

그래도 뭐, 아홉 개 방을 끝까지 다 돌면 5레벨 정도는 쉽게 올릴 수 있을 것 같다.

"좋구만!"

나는 만족스럽게 고개를 끄덕였다.

*      *      *

3번 방을 갔더니 데스웜 네 마리가 나왔다.

이거 어디서 본 패턴인데…….

아니겠지?

하지만 맞았다.

5번 방을 갔더니 데스웜 여섯 마리가 나왔다.

"…이거 안 되겠는데?"

내가 쏠 수 있는 [혈투창]은 일곱 발.

[폭주]를 걸어서 쏠 수 있는 건 다섯 발.

데스웜 한 마리를 잡는 데에 [폭주]+[혈투창] 한 발이 들어가니, 이 방법으로 쉽게 가는 건 다섯 마리가 한계다.

물론 내게는 다른 공격 수단도 있으니, 여섯 마리까지는 어떻게든 될 것이다.

하지만 일곱 마리는? 여덟 마리는? 만약 9번 방에서 데스웜 열 마리가 나온다면?

답이 없네!

"…없으면 만들어야지."

일단 이대로 6번 방을 통해서 그냥 출구로 나간다는 선택지가 있긴 하다. 그리고 그것이 아마 가장 쉽고, 편하고, 간단하며, 정답에 가까울 것이다.

그러나 나는 그러고 싶지 않았다.

논리나 이성의 영역이 아니다. 감정과 본능의 영역이다.

따라서 그리 냉철하지 못한 판단이며, 오답에 훨씬 더 가까울지도 모른다.

그럼에도 불구하고 나는 포기하고 싶지 않았다.

"답이 있을 거야."

그래서 나는 생각해 보기로 했다.

감정과 본능을 만족시키기 위해, 이성과 논리를 총동원해 보기로 했다.

그 결과, 나는……

"됐다."

답을 찾았다.


\*              \*              \*


5번 방의 데스웜을 전부 처치한 후, 나는 탐색에 나섰다.

성과는 있었다.

"이게 진짜 있을 줄은 몰랐네."

5층과 15층, 25층의 비밀은 층만 다를 뿐, 거의 같은 곳에서 발견할 수 있었다.

그러니 29층의 비밀도 19층과 비슷한 곳에서 발견할 수 있지 않을까?

사실 근거가 확실한 가설이라 볼 수는 없다.

당장 9층과 19층의 비밀이 달랐으니까.

그러나 이거 한 번 찾아보는 데에 목숨을 걸어야 하는 것도 아니고, 뭔가 중요한 것을 희생해야 하는 것도 아니다.

그렇다면 한 번 걸어 볼 만도 하지 않은가?

"5번 방의 정중앙… 그 지하."

문제가 있다면 이 방이 매우 넓고, 또 모래는 깊다는 점이었다.

"[비이임!!!]"

그리 큰 문제는 아니었다.

그동안 [혈기]와 [폭주]만 쓰느라 충분히 넘치는 [신비]를 [비이임!!!]으로 돌리면 되는 문제였으니까.

오히려 어려웠던 건 출력 조절이었다.

너무 강하게 빔을 쏘다가 비밀방까지 터져 버리면 본말전도니까.

그래서 나는 빔으로 70% 정도만 모래를 파내고 나머지는 그냥 인벤토리와 체력으로 떼우기로 했다.

그렇게 파면서 느낀 점은 이곳의 모래가 상당히 질이 좋다는 것이었다. 22층의 모래는 불순물이 많았지만, 이곳의 모래는 순수한 모래였다.

시멘트를 만들 때 섞거나 잘 녹여서 규소를 추출하여 유리를 만드는 데 사용하거나 그 외 등등 자재로 써먹기에 좋을 것 같았다.

하다못해 연금술 실험에라도 쓸 수 있겠지.

그래서 나는 어차피 파내야 하는 모래를 적당히 인벤토리 한 구석에 채워 놓기로 했다.

어쨌든 모래를 다 파내고 바닥까지 내려간 나는 진한 냄새를 맡을 수 있게 되었다.

"음~!"

그 냄새란 물론 비밀의 냄새였다.

19층과 마찬가지로 비밀 문을 열고 아래로 내려간 나는 인장 하나를 발견할 수 있었다.

"오우!?"

[비밀 교환++]을 통해 확인해 보자, 인장의 정체는 다음과 같았다.

[미궁 인장: 능력치 한계 상향 +5]

*              *              *

"능력치 한계 +5라……."

사실 모험가들 사이에서는 그리 좋은 평가를 받지는 못하는 인장이다.

왜냐하면 능력치를 올려 주는 인장이 아니라 한계만 올려 주기 때문에, 효과를 보려면 미배분 능력치든 뭐든 소모하는 걸 강제하기 때문이란다. 하지만 내 의견은 달랐다.

"딱 내게 필요한 물건이로군!"

미배분 능력치가 남아도는 내게는 이보다 더 좋은 인장이 드물… 지는 않지만, 아무튼 효과적이다.

더욱이 지금의 내게는 더더욱.

망설일 것 없이 나는 인장을 박았다. 고통스러워야 할 과정을 [불꽃 초월] 덕에 아무렇지도 않게 넘긴 나는 곧장 능력치를 올리기 시작했다.

[이철호]

레벨: 165

기본 능력치: [근력 170] [체력 170] [민첩 170] [솜씨 170]

특별 능력치: [행운 170] [욕망 170] [명예 190] [폭주 170]

직업 능력치: [야성 165] [지식 150] [혈기 170] [신비 170]

미배분 능력치: 77

아주 그냥, 거침없이 쭉쭉 올렸다.

그간 아끼고 아낀 걸 원 없이 펑펑 썼다.

심지어 [연금술] 랭크 보너스로 올릴 수 있는 [신비]마저 끝까지 올렸다. 하나 안 올리고 남긴 건 [지식]뿐인데, 이건 따로 올릴 방법이 있기 때문이다.

[신비한 명상]

나는 그 자리에 앉아 바로 명상을 질렀다.

그런데 올릴 수 있는 능력치가 고작 20이라 그런지, 아니면 내 레벨이 너무 높아져서 그런지 레벨은 오르지 않았다.

"아, 이건 좀 아쉬운데."

주변에 흩어진 ■■의 잔해를 똑바로 바라보며, 나는 혀를 쯧쯧 찼다. 이제는 이걸 봐도 어지럼증이 느껴지거나 하는 일도 없다.

그래도 이 불길한 물체를 그냥 방치하는 건 별로 좋은 생각 같지 않아서, 나는 곧장 비밀방에서 빠져나옴과 동시에 모래를 부어 묻어 버렸다.

아무튼 [명상]을 지른 결과, [명예]를 제외한 내 모든 능력치는 170이 되었다.

상태창이 예쁘다. 아름답다!

물론 이 상태창의 능력치는 단순히 보기에만 예쁜 것은 아니다.

내 능력이 상승함에 따라, 그만큼 나는 더욱 강해졌으니까.

일단 단적인 걸 하나 꼽자면, 나는 [폭주]+[혈투창]을 여덟 발 발사할 수 있게 되었다.

이 정도면 좀 힘들긴 해도 그나마 8번 방까지는 무난하게 뚫을 수 있을 것 같다.

그런데 파워 업은 이걸로 끝이 아니었다.

능력치를 올렸으니 당연히 새로운 능력도 따라오는 것이 미궁의 규칙이다.

[혈투사혈시血鬪士血時]: 지속 시간 동안 [혈투사] 능력에 소모되는 [혈기]가 0이 된다.

그런데 [혈기] 능력으로 이상한 게 나왔네.

누가 봐도 [혈투사] 능력으로 보이는 게 나와 버렸다.

[피투성이 피바라기]로부터 [혈투창] 하나 받은 것뿐인데, 미궁은 내가 [혈투사]가 된 걸로 인식한 모양이다.

하긴 직업 100 능력을 얻어 놨으니 미궁이 착각하는 것도 무리는 아니지.

하지만 마음에 든다!

다른 [혈기] 능력에 적용되지 않는 건 조금 아쉽지만, 애초에 [혈기]를 미군 군용기 석유 먹듯 잡아먹는 건 [혈투창] 정도다.

[혈투사혈시]를 선언하는 데에는 별다른 [혈기]가 소모되지 않

는다는 점도 마음에 든다.

능력 유지 시간 1분에 재사용 대기 시간이 1시간이라는 점도 그리 신경 쓰이지 않는다. 애초에 [혈투창]을 연사한다는 것 자체가 단기 결전을 뜻하니 말이다.

이 능력이 [혈기] 먹어서 괜히 [혈투창] 한 발 못 쏘게 되는 것보다야 훨씬 낫지.

얻은 능력은 이것 하나가 아니었다.

[빔 렌즈]: 투명하고 평범한 방법으로는 파괴할 수 없는 렌즈를 설치할 수 있다. 빔을 일점으로 집속시킬 수 있으며, 확산시켜 타격 범위를 확대할 수도 있다.

[신비] 170 달성으로 주력 능력인 [빔]을 강화할 수 있는 좋은 능력이 나왔다.

사실 최대 위력 [빔]은 인간형 타겟을 상대로 쓰기엔 지나치게 두껍게 나가는 면이 있다.

렌즈는 그걸 집속시킴으로써 버려지는 에너지 없이 경제적으로 적을 소멸시킬 수 있게 해 주는 능력이다.

이 렌즈를 반대로 뒤집으면 확산 빔이 120도로 펼쳐져 나가 대량 학살에 특화된 능력이 된다.

이번에 얻은 능력은 이 둘이 끝이다.

이걸 아쉬워하면 좀 도둑놈 심보겠지?

하지만 아쉽다.

뭐, 아쉬운 사람이 우물 파야지.

다른 방도 마저 돌면서 레벨을 더 올리고 능력치에도 투자를 하면 뭐가 더 나오긴 하리라.

미배분 능력치가 두 자릿수까지 빠져서, 당분간은 이대로 버틸 수 있다면 버틸 생각이긴 하다만.

원래는 5번 방의 비밀에서 뭐가 잘 안 나오고, 능력치 올려도 별 능력이 안 나왔다면 금화를 써서 [절대 회피] 같은 걸 살 생각이었지만…….

솔직히 그거 너무 비싸지.

목숨값이라고 생각하면 안 아까운데, 어지간하면 그냥 목숨이 위험하지 않을 상황을 만들고 안 사는 게 더 낫다.

그리고 운 좋게 비밀도 좋은 게 나왔고, 능력도 좋은 게 나와서 안 사도 될 것 같다.

"역시 행운."

나는 이렇게 한 번 중얼거려 준 후 반응을 살폈다.

[행운의 여신]의 반응이… 없네?

"흐음."

지금까지 나온 몬스터 구성을 보면 이 층계가 [피투성이 피바라기]의 시련이라는 설은 설득력을 많이 잃었지만, 아직 방심할 단계는 아니다.

9번 방에서 갑자기 이상한 게 나올 가능성도 아예 배제할 수는 없으니 말이다.

"…아, 9번 방 스킵하고 지나갈까?"

나는 이렇게 한 번 중얼거려 준 후 반응을 살폈다.

[피투성이 피바라기]의 반응은 없다.

쓰읍.

어떻게 성좌라고 있는 것들이 힌트 하나를 안 주냐.

나는 속으로만 성좌들을 욕하며, 4번 방으로 향하는 문을 열었다.

*     *     *

4번 방에서는 데스웜 5마리가 나와서 무난하게 클리어하고, 다음 7번 방에서는 8마리, 8번 방에서는 9마리를 무난하게 잡았다.

이게 다 [혈투사혈시] 덕이다. [혈기] 소모 걱정이 없어진 덕에 켜놓고 [혈투창]만 던지면 되니까.

여기 오는 도중에 잠깐이라도 품었던 긴장감이 증발해버렸다.

[이철호]

레벨: 169

레벨도 무난하게 올랐다.

능력치를 더 올릴까 하긴 했지만, 4 정도 더 투자해 봐야 별로 달라질 것도 없을 것 같아서 추가 투자는 일단 미루기로 했다.

다음 6번 방에서 7마리가 나와 대충 잡았고, 레벨 업도 추가로 했다. 이로써 나는 9번 방 하나만 남겨 둔 상황.

레벨은 170.

"자, 이제 어쩐다?"

나는 잠깐 고민했지만, 곧 결정을 내렸다.

"일단 자자."

[휠 오브 포춘]의 유사 예지를 기대해 보기로 말이다.

그리고 그 결과.

"…어?"

[랜덤한 능력치 하나 2배]

[폭주]: 340

보통이라면 좋은 게 떴다며 기뻐해야 할 일이나, 문제는 내가 9번 방을 바로 앞에 두고 하루를 보냈다는 것이다.

9번 방으로 통하는 문을 보며, 나는 직감했다.

저 안에, 엄청난 놈이 있다.

\*       \*       \*

나는 거의 반나절을 고민했다.

그러나 결국 내가 내린 결정은 하나였다.

"들어간다."

나는 모험가고, 이 또한 모험이니.

내 결정이 의외일지도 모르겠지만, 믿고 있는 구석이 하나 있기 때문에 내릴 수 있었던 결정이었다.

내가 믿는 건 [피투성이 피바라기]였다.

그 성질 더러운 성좌는 내가 아예 못 이길 정도의 시련은 내놓지 않는다는 믿음.

더욱이 그 보상이 생각보다 좋다.

물론 시련을 마주할 때마다 한 번씩 죽을 뻔했던 걸 생각하면 아직도 마음속에서 주저가 피어오르곤 한다.

그러나 내가 과감한 결정을 내릴 수 있었던 이유는 또 있다.

[인간+]의 종족 능력과 [뼈★], [가죽끈] 등, 목숨을 건질 만한 수단을 여럿 마련해 두었다는 점도 이 결정을 내리는 데에 영향을

끼치긴 했다.

그러나 그보다는 29층에서 파워 업을 꽤 했다는 것이 더욱 결정적이었다. 그것도 [피투성이 피바라기]가 예상했을 수준보다 훨씬 높은 폭으로.

이건 내 일방적인 예상에 불과하지만, 아마도 [피투성이 피바라기]는 29층 돌입 시점의 내가 목숨 걸고 아슬아슬하게 이길까 말까 할 정도로 시련을 설정했을 것이다.

이 예상이 맞는다면, 9번 방의 시련은 생각보다 적절한 난이도로 맞춰졌을 가능성이 컸다.

마지막으로 [휠 오브 포춘]으로 얻은 [폭주] 2배.

아무리 성좌라도 이것까지 예상하진 못했겠지.

"지금이라면 이길 수 있어."

나는 굳이 입을 열어 말함으로써, 위축되려던 자신감을 다시 부풀렸다.

"할 수 있어!"

그렇게 용기를 끌어 올린 나는 9번 방의 문을 열었다.

*　　　*　　　*

"…하."

나는 한숨을 내쉬었다.

왜냐하면 눈앞의 존재가 그만큼 절망적인 존재였기 때문이다.

수십 미터 깊이의 모래로도 그 거체를 미처 다 숨기지 못할 정도로 거대한 존재.

누군가는 저 존재를 보는 순간 자기도 모르게 이렇게 중얼거렸다고 한다.

'신' 이라고.

그리고 그 말은 그리 틀리지 않았다.

[웜 신(神)]

미궁조차도 저 존재를 그리 부르니.

그렇다고 저 거대한 웜이 진짜 신인 건 아니다.

진짜 신이면 미궁에 배치될 리 있겠는가.

하지만 미궁은 아무한테나 '신' 이라는 칭호를 붙이지 않는다.

그게 무엇이든 '신역神域' 에 이르지 않는 한 절대 '신' 이라는 칭호를 얻을 수 없으니. 저 [웜 신]은 어느 영역에서든 틀림없이 신적인 경지에 이르렀으리라.

"…미친 성좌."

나는 [피투성이 피바라기]를 욕했다.

아니, 욕할 대상이 틀렸다.

이상한 가설로 멋대로 9번 방의 적을 상정하려 한 내가 어리석었다. 그냥 6번 방을 통해 출구로 나가야 했다.

미궁이 내놓은 답은 상상 초월이었고, 예상 이상이었으며, 예측 불허였다.

"나더러 신을 이기라고?"

신을 죽이려면 신이 되어야 한다. 내가 신역에 이르지 않은 한, [웜 신]을 죽이는 일은 일어날 수 없다.

적을 쓰러뜨리지 않으면 다시 나갈 수 없는 '아홉 개의 방' 의 규칙.

이것이 가리키는 바는 명확했다.

죽음.

나는 여기서 죽는다.

으득!

이를 꽉 물었다. 약해지려는 마음을 다잡았다.

"설령 그렇다 한들, 그냥 죽어 줄 수는 없는 노릇이지."

설령 그 결말이 같은 곳으로 이른다 한들, 나는 앉아서 죽느니 일어서서 싸우기로 결의했다.

*       *       *

사실 [웜 신]은 그 이름과 달리 그다지 지렁이처럼 생기지 않았다.

전신을 덮은 갑각부터가 평범한 샌드웜이나 데스웜과는 구별된다.

그 갑각을 끼고 움직이는 꼴은 오히려 지렁이보다는 아르마딜로 따위를 먼저 연상케 했다.

그러나 다리가 달려 있지 않고, 12개의 눈이 갑각 위에 달린 모양새는 이 거대한 몬스터가 결국은 벌레, 그것도 애벌레에 더 가까움을 알려 준다.

뭐, 애벌레라고는 해도 길이가 300m, 동체의 가장 두꺼운 부분 지름이 60m에 달하니 도저히 '애'로는 보이지 않지만 말이다.

이걸 사람이 잡을 수는 있는 건가?

보고 있노라면 그저 막막하기만 하다.

다행인지 불행인지는 모르겠지만, [웜 신]은 나를 아직 인지하지 못한 듯했다.

아니, 워낙 거대한 탓에 내 존재를 개미 한 마리 정도로 인지하는 것에 불과할지도 모르겠다.

아무튼 그 덕에, 나는 좀 더 발버둥 쳐 볼 여지를 손에 넣었다.

일단 나는 모든 능력치를 175로 올렸다.

[신비한 명상]을 썼다가 [웜 신]을 자극할 수도 있었기 때문에, [지식]도 그냥 미배분 능력치를 써서 올렸다.

순식간에 남은 미배분 능력치가 반토막이 났지만, 별로 아까운 마음은 들지 않았다.

마음 같아선 싹 다 밀어 넣고 싶었으니까.

그리고 이번에 한꺼번에 70 가까이 올려 여유가 생긴 [욕망]도 이번에 쓰기로 했다.

[무한 욕망]을 통해 30 정도가 회복됐었으니, 합쳐서 100 정도는 쓸 수 있다.

그러니까 [철인의 강철 부스터 부츠] 같은 물건을 하나 더 만들수 있다는 뜻이다.

자, 무엇을 만들까?

흡혈귀 귀족을 때려잡기 위해 흡혈귀에 한정해 큰 피해를 입히는 [복사목 가시 말뚝 목검]을 만들었을 때처럼, 그냥 [웜 신] 대상으로 추가 피해를 입히는 무기를 만드는 것이 가장 적절한 선택일지도 모른다.

그러나 결론부터 말해 그것은 불가능했다.

"…[욕망]이 부족하다고?"

아니, 정확하게 말하면 아예 불가능하지는 않았다.

그러나 100의 [욕망]을 동원해서 만들 수 있는 건 [웜] 신에게 고작 10% 정도의 추가 피해를 입히는 게 전부인 바늘 하나가 다였다.

"[웜] 신의 격이 너무 높은 탓인가?"

물론 이것은 그저 추측일 뿐, 진실은 알 수 없다.

내 의문에 대답해 줄 여신도 나타나지 않는다.

내가 알 수 있는 거라곤, 이 방법은 틀려먹었다는 것 하나뿐이었다.

"[웜] 신에게 특효인 무기를 만드는 게 무리라면, 역시 내 전력을 끌어올리는 게 답이겠지."

[웜] 신과 싸우기에 적합한 무언가.

그 무언가를 만들어야 한다.

*             *             *

의외로 22층에서의 기억이 결정을 내리는 데에 도움을 주었다.

그러니까 자이언트 데스웜과 혈전을 벌였던 그때 이야기다.

물론 조금 전까지 [혈투창] 몇 방으로 때려잡던 놈들이지만, 22층에서 싸울 땐 또 달랐다.

그때 얻은 교훈은 이거였다.

"단순히 깔리기만 해도 죽는다."

근접해서 싸운다는 선택지가 봉인된 순간, 내가 취할 수 있던 수단은 그리 많지 않았다.

[색채 초환] 같은 극단적인 수단을 떠올려야 했을 정도니까.

그런데 [웜 신]은 자이언트 데스웜보다도 몇 배나 크다.

그렇다고 근접전투를 처음부터 포기하고 들어가야 할까?

만약 그렇다면 [신비]와 [혈투창]을 다 쓰고나면 그냥 죽어야 한다는 소리다.

그럴 수는 없었다.

그러면 어떻게 해야 하는가?

"나비처럼 날아서, 벌처럼 쏜다."

나는 오래된 명언을 떠올렸다.

누구의 명언이었더라?

무하마드 알리였던가?

잘 기억은 안 나지만, 어쨌든 유명한 복서의 명언이다.

그것이 힌트가 됐다.

"기동력."

이것이 내가 내린 결론이었다.


*          *          *


[욕망 구현]을 어떻게 쓸지 결정했으니, 다음은 아껴 두었던 미궁 금화다.

"…그런데 뭘 사지?"

나는 이제껏 금화 상점에서 뭘 살 때마다 [행운의 여신]의 조언을 받았음을 떠올렸다.

아, 그래도 [번개 초월]은 내가 생각해서 샀군.

근데 그때도 여신의 조언을 받은 거나 다름없다.

'초월'이라는 키워드 자체를 여신에게 듣고서야 알게 되었으니 말이다.

하지만 지금은 여신이 입을 다문 상태니, 온전히 내가 혼자 생각해서 스스로 결정해야 한다.

나는 고민에만 한 시간 남짓을 썼다.

그렇다고 주저앉아서 망설이고만 있었다는 뜻은 아니다.

금화 상점의 검색에 그 시간을 썼다는 뜻이지.

온갖 검색어를 넣어 보며 갖은 상품을 불러내 그 성능을 비교해 보던 나는 결국 이것을 골랐다.

[듀얼!★]

내가 원래 갖고 있던 [듀얼!]에 별을 추가한 것으로, 업그레이드에만 금화 600개를 써야 했다.

이것도 +로 업그레이드에 100개, ++로 업그레이드에 200개, ★로 업그레이드에 300개를 쓴 거였다.

그 결과, 좀 치사한 능력이 됐다.

—1:1의 상황에서만 발동 가능. 시전자와 대상 모두 도망을 선택할 수 없게 된다.

—시전자의 전투 중 행동/이동/공격 속도 +100%, 대상의 전투 중 행동/이동/공격 속도 −50%.

—승리하면 금화를 잔뜩 얻을 수 있다. 대상이 강할수록 훨씬 더 많은 금화를 얻을 수 있다. 패배하면 금화를 전부 잃는다.

기존의 [듀얼!]과 사용 조건과 사용 효과는 동일하지만, 두 번째 효과부터가 좀 치사하다는 소릴 들을 능력이 됐다.

행동 속도는 모든 행동에 영향을 끼친다.

뒷머리를 긁으려고 손을 드는 것도 '행동'이다.

따라서 행동 속도는 모든 속도 관련 옵션 중 가장 높은 가치를 지녔다.

다만 미궁은 평시 행동 속도와 전투 중 행동 속도로 항목을 세분화해 놔서, 그냥 행동 속도라는 문구만 보고 선택하면 땅을 치고 후회하게 된다.

내가 새로운 능력을 사는 대신 [듀얼!]을 업그레이드하기로 마음먹은 것도 이 때문이고.

지금 살 수 있는 능력 중에선 전투 중 행동 속도를 가장 많이 올려 줬거든.

그런데 여기에 전투 중 이동 속도와 공격 속도까지 올려 주면서 동시에 적에게 디버프까지 거니 안 살 수가 없더라.

이로써 나는 신급 몬스터 중에선 느린 편에 속하는 [웜 신]의 공격을 회피할 여지를 얻게 되었다.

매번 얻어맞으면서 [뼈★]나 [가죽띠]를 소모하다간 몇 분도 못 버틸 테니까, 적어도 일반 공격 정도는 회피해야지.

당연하지만 구매한 건 이게 끝이 아니다.

[기사회생]: 1회 부활한다. 이 능력으로 부활했을 때 생명력과 소모된 능력치를 완전히 회복한다. 그 후, 이 능력은 소멸한다.

1회용 능력이지만 금화를 500개나 처먹는 능력이다.

분명 비싸지만 그 정도 값을 한다.

종족 조건도, 다른 조건도 없이 무조건 부활시켜 주며, 부활 후 만전 상태로 되돌려 준다는 게 크다.

이미 부활 수단을 몇 개 갖춰 두긴 했지만, 그것들은 부활에

특정 조건을 요구하는 데다, [인간의 가능성]은 확률에 걸어야 하기까지 하다.

그리고 [뼈★]나 [가죽띠]는 엄밀히 말해서 부활 수단이 아니다.

[가죽띠]는 내가 살아서 사용을 판단할 수 있어야 유효하고, [뼈★]는 죽기 전에 먼저 자동적으로 사용된다.

무슨 뜻이냐면, 두 수단을 써서 부활할 수 있을 때는 [기사회생]이 소모되지 않는다.

이래저래 보험용으로 구비해 두기 좋다는 뜻이다.

[절대 회피] 같은 건 내가 쓰려고 생각하지 않아도 자동으로 소모되어 버리기 때문에 보험용으로 사 놓기 좀 애매하지만, [기사회생]은 모든 수단을 소모한 뒤 사용되기에 보험용으로 보다 안정적이었다.

그냥 [기사회생]만 두 개 사 둘까 싶기도 했지만, 고민 끝에 나는 고개를 저었다.

아무리 부활 수단과 생존 수단이 많더라도 승리할 수단이 없다면 그저 확정된 죽음을 유예하는 것에 불과하니까.

[꿰뚫는 맛 드롭스]: 복용 시 30분간 방어 관통 +50%. 중복 적용 가능(2개까지).

그래서 나는 사탕을 2개 샀다.

무지막지하게 두꺼울 게 틀림없는 [웜 신]의 가죽을 꿰뚫으려면 필수나 다름없기에 구매했다.

사탕은 개당 금화 200개라, 합쳐서 400개를 소모했다.

남은 금화는 170개.

이건 일단 남겨 두기로 했다.

저 [웜 신]이 어떤 종류의 공격을 하느냐에 따라 달라질 것이다.

속성 초월을 살 건지, 아니면 다른 걸 살 건지는 일단 붙어 봐야 결론이 날 것 같다.

미궁 금화는 이걸로 됐고… 마지막 수단 하나만이 남았다.

이 [권한]을 사용하는 건 솔직히 꺼려졌으나, 지금이 아니면 언제 쓰겠는가?

쓸 수 있는 건 전부 쓰겠다고 다짐한 이상, 나는 모든 수단을 아낌없이 동원하기로 했다.

그 수단이란 바로 이것이었다.

[고대 엘프 사냥꾼 초환]

지금 시점에서 보자면 아득한 옛날 일로 여겨지는 미궁 5층의 비밀 세계와 미궁 7층에서의 인연.

그때, 나는 [고대 엘프 사냥꾼]을 한 번 불러낼 권한을 얻었었다.

그 권한을 지금 쓰기로 했다.

물론 성좌가 직접 전투에 참여해 싸워 주지는 않을 것이다.

그러나 어떤 식으로든 도움을 얻을 순 있으리라.

다른 준비를 먼저 다 끝내고 마지막에 성좌를 불러낸 데에는 이유가 있다.

이제까지는 [웜 신]이 나를 개미 같은 존재라 여겨서 내가 뭘 하든 반응하지 않았을지 몰라도, 성좌가 튀어나오면 어떻게 반응할지 몰랐기 때문이다.

아마 높은 확률로 반응하지 않을까?

그런 내 예상은 살짝 틀렸다.

왜냐하면 [고대 엘프 사냥꾼]이 여기 나타나는 대신, 나를 자신의 알현실로 불렀기 때문이다.

정확히는 [고대 엘프 사냥꾼]이 잠깐 나타났다가 바로 사라지고, 그 직후에 날 알현실로 불러들인 것이다.

따라서 [웜 신]은 이미 반응했고, 알현실에서 나가자마자 공격이 날아올 거라고 봐도 되리라.

아닐 가능성도 있지만, 목숨이 걸린 일에는 항상 최악의 경우를 떠올리고 움직여야 한다.

"저거 벌레 신 아닌가?! 왜 저런 놈이랑 대치하고 있는가?!"

[고대 엘프 사냥꾼]은 나를 보자마자 대뜸 이런 말부터 했다.

처음 듣는 단어가 나왔지만 알아듣는 데에는 문제가 없었다.

벌레 신은 곧 [웜 신]을 가리키는 거겠지.

"나를 왜 불렀는지는 알겠다."

내가 대답하지 못하고 있자, [고대 엘프 사냥꾼]이 이어서 말했다.

"대체 누구의 음모에 당한 건지 모르겠지만, 이대로라면 그대는 십중팔구는 죽게 되리라."

음모? 시련이 아니라?

게다가 죽을 확률이 적어도 80% 이상?

[고대 엘프 사냥꾼]에게서 내가 생각했던 것보다도 더 절망적인 견해를 듣고, 나는 눈을 질끈 감았다.

"우리 아이들의 은인인 그대를 이런 곳에서 죽게 둘 수야 없지. 다소 무리를 해서라도 그대를 도우리라."

[고대 엘프 사냥꾼]은 주먹을 쥐고 붕붕 휘두르면서 힘주어 말했다.

일단 [고대 엘프 사냥꾼]은 나를 [하이 엘프★]로 만들어 주었다.
별이 붙음으로써 기존의 종족 능력에 큰 상향이 덧대어졌다.

[신비 마법 친화★]는 [신비 마법] 위력 +50%, [정령 지배력★]은
정령을 통한 공격 위력 +50%가 추가로 붙었다.

이로써 [하이 엘프의 영육★]은 [신비] +100%, [근력]과 [체력] 페
널티 -50%으로 보다 극단적인 옵션이 됐다.

[질병 면역 강화★]는 9랭크 미만의 질병에는 완전 면역, 9랭크
의 질병에는 99.99% 면역을 얻는다.

일단 [신비] 마법과 [빔]의 위력이 어마어마해졌다. 이 정도면 [혈
투창] 위주로 구상했던 택틱을 [신비] 쪽으로 좀 틀어도 될 법했다.
그런데 [고대 엘프 사냥꾼]이 준 도움은 이것이 끝이 아니었다.

"그대도 알고 있겠지만, 벌레 신은 등장한 지역 환경의 영향을
많이 받지."

"그런데 숲만큼은 녀석이 적응하지 못하더군"

"그러니 주변 환경을 숲으로 만들어 주겠네. 이것만으로도 벌
레 신의 힘을 상당히 줄일 수 있을걸세."

이런 [고대 엘프 사냥꾼]의 배려에, 내가 할 말은 하나뿐이었다.

"감사합니다."

*          *          *

[고대 엘프 사냥꾼]의 알현실에서 나오자마자, 나는 일단 [부스터 부츠]를 최대 출력으로 사용해 회피 행동부터 취했다.

그 직후, 12줄기의 빔이 내가 있던 자리를 스치고 지나갔다.

빔. 그렇다. 빔이다.

만약 [웜 신]이 3층에서 나와 조우했던 돌연변이 지옥 개처럼 단순한 광선을 썼다면 [불꽃 초월]의 부가 효과로 아무 피해 없이 넘길 수 있었으리라.

그러나 [웜 신]이 쏘아 대는 것은 19층의 오닉스 골렘이 쏴대는 것과 비슷한 빔이다.

내가 쏴 대는 [빔]과 완전히 같지는 않겠지만, 무언가의 입자를 쏴서 타격을 주는 것은 같다.

즉, 내게도 타격을 줄 수 있었다.

시작하자마자 한 번 죽고 시작할 뻔했다.

지금은 [하이 엘프★]인지라, [인간의 끈기] 같은 건 꿈도 못 꾸고 [기사회생]부터 빠졌으리라.

그런데 안도의 한숨을 내쉬기엔 아직 이르다.

나는 재빨리 부스터를 반대쪽 방향으로 전환하며 최대 출력으로 내뿜었다.

펑!

폭발음과 비슷한 소리를 내며 내 몸이 거인에게 집어 던져지기라도 한 듯 반대편으로 날았고.

쾅!

원래대로라면 내가 착지했어야 할 곳에 거대한 폭발이 일어났다.

기껏 [고대 엘프 사냥꾼]이 깔아 준 숲의 나무들이 한꺼번에 중

발해 버렸다.

그렇다.

꺾이거나 부러진 게 아니라, 증발했다.

저런 터무니 없는 위력의 폭발이라니!

저 폭발도 [불꽃 초월]로 무시할 수 있을지, 내 몸으로 실험해 볼 생각은 도저히 들지 않았다.

나는 이를 가는 대신 다시금 부스터를 켜서 이번엔 정면으로 돌진했다.

잠시나마 주어진 틈을 활용해 조금이라도 거리를 좁히지 않으면 끝까지 빔과 폭발만 피해야 할 수도 있었다.

그리고 여기서 말하는 '끝'은 당연히 내 죽음일 테고 말이다.

"후!"

[부스터 부츠]는 정말 잘 만든 아이템이다.

이게 없었더라면 설령 [웜 신]의 기습을 알았더라도 피하지 못했을 것이다.

자화자찬이지만, 지금은 해도 된다.

번쩍!

12줄기의 빔이 다시금 내가 뛰어들던 궤도를 꿰뚫고.

쾅!

폭발이 등 뒤로 날아들었다.

하지만 생존을 기뻐할 시간은 없다.

그럴 틈이 있다면 한 걸음이라도 더 전진해야 했으니까.

그렇게 세 번에 걸쳐 [웜 신]의 공격을 회피하면서 접근한 결과.

피식.

[부스터 부츠]의 추진력이 다 떨어졌다.

"후."

하지만 괜찮다.

"테이크 다운이다, 이 벌레 자식아."

[웜 신]에게 달린 12개의 눈알, 지금까지 빔을 뿜어내던 기관의 색이 바뀌었으니까.

푸학!

[웜 신]의 두텁기 짝이 없는 껍데기 사이에서 마치 내가 쓰던 [피보라]와도 같은 찐득한 것이 뿜어져 나왔다.

저것은 [웜 신]이 가까이 온 적을 물리치기 위해 내뿜는 액체로, 독과 질병을 유발하고 강력한 산성 피해를 입힌다.

나는 바로 [전쟁검★★]을 뽑아, [피바람] 능력을 활성화시켰다.

그동안 쓸 일이 없었는데, 이렇게 쓰게 되는군.

[웜 신]의 녹색 안개와 내 [피바람]이 세력 싸움을 벌인다.

당연히 [피바람]의 압도적인 패배지만, 적어도 내 주변 10㎝ 정도는 막아 낼 수 있었다.

이로써 [웜 신]과 근접전을 벌이기 위한 최소한도의 필요조건을 충족시킨 셈이다.

당연한 이야기지만 [피바람]은 공짜가 아니다.

[혈기]를 소모한다.

이 말은 곧, [혈기]가 다 떨어지면 근접전을 이어 갈 수 없게 된다는 뜻이다.

하지만 뭐, 이건 큰 문제가 아니다.

시간제한은 이거 하나만 걸린 게 아니니까.

하나든 둘이든 별 차이가 없다.

나는 곧장 [꿰뚫는 맛 드롭스]를 두 개 전부 입안에 밀어 넣었다.

드롭스의 맛은 레몬 맛과 비슷했다.

더 정확하게 묘사하자면 신선한 공룡 피에 갓 짠 레몬주스를 섞고 몸에 안 좋을 듯한 무언가의 가루를 섞은 맛이었다.

그 맛을 견뎌낸 보람은 다음과 같았다.

—방어 관통 +100% (30분)

이게 없다면 [웜 신]이 두르고 있는 저 두껍고 딱딱한 껍데기를 뚫고 [웜 신]에게 피해를 줄 방법은 사실상 없다.

그럼? 패배지.

그리고 패배는 곧 죽음을 뜻한다.

앞으로 남은 시간은 30분.

이 시간이 지나면 내 사망이 확정된다.

\*                      \*                      \*

근접전을 벌여야 한다고는 했지만, 그렇다고 바로 무기부터 휘두를 생각은 없었다.

접근한 것은 그저 [웜 신]의 빔 연사와 폭발 패턴에서 벗어나기 위험이었을 뿐이니까.

정확히는 근접전과 사격전의 경계에서 줄타기할 생각이다.

"곽시마디아!"

일단 나는 정령부터 불러냈다.

이제까지 불러내지 않은 이유는 얘가 빔에 맞아 죽을까 싶어서였다.

하지만 웜 신이 빔을 쏘기에 애매한 근접 상태에 이른 지금이라면 상대적으로 안전하다.

정령이 괜히 정령인 게 아니라서, 일반적인 물리 공격에는 면역이기 때문이다.

—뭐, 뭐야?! 왜 벌레 신을 상대하고 있어?!

"그게 지금 중요해?"

—안 중요하지! 내가 뭘 하면 돼?

오, 이건 좀 감동적이다.

그렇다고 지금이 감동의 마음을 털어놓을 때는 아니다.

"[웜 신]의 움직임을 막고 싶어. 물 좀 뿌려 줄래?"

[웜 신]은 괜히 사막 태생이 아닌지라, 물을 싫어한다.

그렇다고 물로 피해를 입힐 수 있는 건 또 아니다.

인간으로 치면 허리까지 들어가는 늪 속에 몸을 집어넣기 꺼리는 것과 비슷한 정도로 싫어할 뿐이다.

그 정도만 되어도 좋다.

현재까지는 [웜 신] 입장에서 볼 때 내가 벌레처럼 보일 테니.

눈에 거슬리는 벌레 좀 잡자고 늪 안에 들어가는 인간은 없듯, [웜 신] 또한 마찬가지리라.

—알았어!

촤아악!

[하이 엘프★]의 [정령 지배력★]이 주는 정령 공격 +50%가 어디 가진 않았던지, 평소보다 물줄기가 시원하다.

곡사포처럼 허공을 향해 뿜어 [웜 신]의 주변에 물줄기를 두르는 게 목표다.

그런데 이 와중에 자신의 몸에 튀는 물방울이 싫었던지 [웜 신]이 반응했다.

―우우웅……!

갑각 사이에서 촉수 12개가 튀어나와, 팍시마디아를 노렸다.

물론 팍시마디아는 정령이라 일반적인 물리 공격에 면역이다.

하지만 과연 저게 일반적인 물리 공격일까?

확신이 없었기에, 일단 막아설 수밖에 없었다.

투다다다!

번쩍!

방어행동을 취했음에도 불구하고 충격 때문에 눈앞이 하얗게 번졌다.

"큭!"

이렇게까지 빠를 줄이야!

직접 맞닥뜨려보니 영상으로 분석할 때와는 확실히 다르다.

두들겨 맞은 부위의 뼈가 부러지고 근육이 파열되어 피부 바깥으로 튀어나온 광경이 끔찍하다.

―주인!

"계속해! 어서!"

―아, 알았어!

나는 [뼈★]를 꺼내 입은 상처를 얼른 회복했다.

그 사이에 팍시마디아는 전력을 다해 [웜 신]의 주변에 물로 이뤄진 작은 트랙을 만드는 데에 성공했다.

[웜 신]이 진심으로 나를 상대하기 전까지는 이 타원 밖으로 빠

져나가지 않으리라.

영상에서 본 [웜 신]의 스피드를 감안하면, 이 한 수는 내 승률을 무려 5% 가까이 상승시킨 신의 한 수가 될 것이 자명했다.

[웜 신]의 독 안개를 견뎌 내며 온 힘을 다해 물을 뿜은 탓인지, 곽시마디아는 벌써 그 형태가 뭉그러지고 있었다.

―죽으면 안 돼, 주인!

곽시마디아가 간절하게 외쳤다.

아, 당연하지. 이게 다 안 죽으려고 하는 짓인데.

그런 말을 하지는 않았다. 그럴 여유가 없었다.

"빨리 돌아가!"

나중을 생각하면 여기서 곽시마디아를 잃을 수는 없다.

이 전투에서 곽시마디아가 해 줘야 할 일은 끝났지만, 다음 전투에서 또 일해줘야지.

물론 그것도 내가 살아남아야 가능하겠지만.

곽시마디아를 서둘러 역소환시킨 나는 곧장 다음 행동에 나섰다.

"하이퍼… 기가……!"

[신비]의 힘을 한껏 모아서…….

"[비이이이이임!!!!]"

쏜다!

[폭주]까지 실린 최대 출력 [비이이이이임!!!!]이 [웜 신]의 거체를 꿰뚫었다.

좋아! [드롭스]의 방어 관통 +100%가 제대로 작용하고 있는 모양이다.

그럼 다음 콤비네이션으로 연결시킬 수 있겠다 싶다.

그저 순간적으로 뿜어져 나가고 끝이라는 인상인 보통 [빔]과 달리 [빔]에 [폭주]를 걸었을 때는 아주 약간이지만 빔이 발사 중이라는 것을 인지할 수 있을 정도의 시간이 주어진다.

그 말인즉, 그만큼 뿜어져 나가는 시간이 길어진다는 뜻이다.

[폭주]로 인해 위력이 더해지면서 사출되는 신비한 입자의 양자체가 많아지다 보니 어쩔 수 없이 생기는 딜레이라고 할 수 있겠다.

나는 그 짧은 딜레이를 역으로 이용하는 방법을 찾아냈다.

"으, 아, 압!!"

[빔]으로 벤다.

아니, [빔! 으로 베는!]이 아니다.

마치 고깃덩이 속에 이미 밀어 넣은 칼을 움직이듯 사출 중인 [빔]을 움직여 썰어 내는 것.

보통이라면 이럴 필요가 없다.

어지간하면 [빔]의 위력을 일점에 집중시키는 것이 낫기 때문이다. 그러나 지금은 [드롭스] 2개로 방어 관통 100%를 확보한 상태다.

그 탓에 [빔]이 [웜 신]을 관통해 버렸다. 그렇게 꿰뚫고 나간 분량의 에너지는 그냥 버려지는 것이나 다름없다.

더군다나 지금은 초거대 몬스터인 [웜 신]을 상대하고 있다.

시야가 놈의 고깃덩이로 꽉 차 있다는 것은 곧 이 [빔]을 좀 크게 움직여도 그게 딜로스로 이어질 가능성이 낮다는 뜻.

즉, [빔]을 움직여 피해를 확대하는 것이 낫다.

이것이 내 결론이었고, 정답이었다.

치지지직…….

[빔]이 베고 나간 부분이 모두 시뻘겋게 달아올라 단백질이 탄화되는 매캐한 냄새가 주변을 뒤덮었다.

─오오오오웅……!

신이라도 고통을 느끼는 걸까, [웜 신]이 마치 고출력 우퍼를 수백 개 깔아놓은 듯한 저주파 음을 내며 몸을 뒤틀었다.

사실 안 느끼길 바랐는데.

어느새 [웜 신]의 갑각 아래서 뻗어져 나온 촉수가 나를 때렸다.

촉수는 하나가 아니었고, 따라서 공격 또한 한 번으로 끝나지 않았다.

퍼버버벅!

"크학!?"

두들겨 맞은 나는 멀리 나가떨어졌다.

그렇게 거리가 벌어지자마자 12줄기의 빔이 나를 쫓듯 날아왔다.

퍼퍼퍼펑!

온몸에 축구공만 한 구멍이 여러 개 뚫렸다.

"으압!"

나는 목구멍을 비집고 튀어나오려는 비명을 억지로 삼키고 [가죽끈]의 능력을 발동시켰다.

그러자 내 몸에 났던 구멍이 전부 사라지고, 대신 그 상처가 [웜 신]에게 반사됐다.

잘 보이진 않지만, 갑각에 구멍이 뚫리긴 한 것 같다.

내 몸에 났던 것과 같은, 축구공만 한 크기의 구멍이 말이다.

당연하지만 내게는 치명상이었던 그 상처가 [웜 신]에게는 아주 작은 흠집 정도에 불과하다.

저런 걸로 유의미한 피해를 기대하기엔, 나와 [웜 신]의 체적 차이가 너무 크다.

"…이럴 줄 알긴 했지만 말이지!"

나는 최대한 자세를 낮춰, [부스터 부츠]의 부스터를 켰다.

푸학!

분명히 추진제가 다 떨어졌던 [부스터 부츠]에선 출력이 뿜어져, 나를 앞으로 던져 주었다.

[강철 부스터 태양열 발전기]: [철인의 강철 부스터 부츠]의 부스터가 소진되었을 경우, 시간을 들여 이를 재충전시킨다. 태양열 발전에 적합한 환경이 제공될 경우, 완전히 충전시키는 데에 1시간이 소요된다.

남은 [욕망]으로 [발전기] 사길 잘했다!

여기가 사막이고 사방이 다 뙤약볕이라는 것을 감안한 구매였는데, 구매평에 별 다섯 개라도 달아 줘야 할성 싶다.

불과 1분도 안 되는 짧은 시간의 충전이었음에도 적어도 내 몸을 띄워 앞으로 던져 줄 정도의 출력은 나와주지 않았던가.

그 덕에 내가 방금 전까지 서 있던 곳에 [웜 신]이 일으킨 폭발을 피하는 것은 물론이고, 그 여파로 오히려 더욱 전방으로 밀어 넣어 주기까지 했다.

이것이야말로 내가 바라던 바였다.

나는 공중에 내던져진 채로 입을 벌렸다.

그리고 외쳤다.

"[비이이이이임!!!!]"

다시 한 번 [빔! 으로 베기]가 아닌 [폭주]+[빔!] 으로 베기.

이번에는 세로로 '베었다'.

어지간한 생명체는 십자로 베이면 죽는다.

하지만 [웜 신]은 어지간한 생명체가 아니다.

아니, 저게 생명체이기나 할까?

그런 의문은 뒤로 미뤄 두고, 나는 [해의 지식] 마법을 발동했다.

사용할 마법은 [불꽃 폭발].

폭발 위치는… 내 등 뒤!

쾅!

[불꽃 폭발]의 여파가 내 몸을 강하게 바닥으로 내팽개쳤다.

그와 거의 동시에 내 머리 위로 12줄기의 빔이 스치고 지나 갔다.

다 써 버린 부스터 대신 [불꽃 초월]을 믿고 나 자신에게 [불꽃 폭발]을 쏜 보람이 있었다.

하지만 이게 끝이 아니다.

나는 땅을 깔고 댄 내 배 쪽에다 대고 [불꽃 폭발]을 쐈다.

폭발에 의해 내 몸이 허공에 떠올랐고, [웜 신]이 발동시킨 폭 발 공격이 다시금 나를 전방으로 내던졌다.

"캭!"

[웜 신]이 일으킨 폭발은 순수한 불꽃에 의한 폭발이 아닌지, 폭발에 휘말린 내 두 다리가 날아가 버렸다.

하지만 손에 든 [뼈★]가 어디 가진 않았다.

[명예]를 소모해 즉시 다리를 되찾은 나는 앞을 향해 달리기 시작했다.

이대로 죽기 싫으면 앞으로 나아가야 한다.

붙어야 빔을 쏘지 않을 테니까.

높은 [민첩] 덕에 제법 빠른 속도가 나왔지만, 다리 좀 버둥댄다고 빔을, 빛을 피할 수 있을 리 만무했다.

"이런 상황에서 쓰고 싶지 않았는데!"

나도 어디서 들은 건 있다.

사실은 속도 관련 버프와 디버프는 중요한 순간에 느닷없이 걸어야 좋다.

그래야 버프는 기습의 묘리를 살릴 수 있고, 디버프 쪽은 적의 당황을 이끌어 낼 수 있다.

하지만 지금은 그런 걸 따지고 있을 상황이 아니었다.

아직 전투를 시작한 지 얼마 지나지 않았는데 벌써 [가죽끈]을 추가로 소모하고 싶진 않았다.

"[듀얼!★]"

나는 [듀얼!★]을 선언했다.

내게는 속도 버프, 적에게는 속도 디버프!

능력의 효과에 의해 내 스피드는 확 올라갔지만, 빔의 속도는 별로 변하지 않았다.

뭐, 당연하다.

이미 발사된 빔이 갑자기 느려지는 게 더 이상하겠지.

그럼에도 불구하고 나는 빔을 피할 수 있었다.

[웜 신]이 내 움직임을 예측하고 쏜 빔이기 때문이다.

기습적으로 확 빨라진 내 움직임은 놈의 예상을 벗어났을 테니까.

"그래도 한 번 써먹긴 했네!"

파바바박!

빔을 피한 건 피한 거고, 나는 계속해서 달렸다.

아니나 다를까, 폭발이 날아들었다.

등판이 찢어지는 것 같은 고통이 나를 자극했지만, 나는 섣불리 [가죽끈]을 쓰지 않았다.

"[비이이이이임!!!!]"

이번에는 사선으로 긋는 [폭주]+[빔]! 으로 베기!!

제발 죽어라.

하지만 안 죽겠지.

이 정도로 죽으면 [웜 신]이 아니지.

나는 체념의 시선을 [웜 신]에게 보냈다.

확인해 보니, 놈을 가로로 갈랐던 상처가 이미 아물고 있었다.

그럼 그렇지. 젠장.

그러나 내 시도가 아예 무위로 돌아간 것은 아니었다.

어쨌든 이렇게 또, 놈의 앞에 서게 되었으니 말이다.

이미 근접 상태에서 [비이이이이임!!!!]을 얻어맞아 본 적이 있는 녀석이다.

곧장 촉수부터 꺼내 나를 다시 날려 보내려 하는 것이 보였다.

하지만 아깐 아까고, 지금은 지금이다.

[듀얼!★]의 효과로 내 스피드는 두 배로 늘었고, 녀석의 스피드는 절반으로 토막 났다.

그래서 나는 12개의 촉수로 이뤄진 공격을 피하고, 흘려 내고, 받아내려다… 실패했다.

"컥!"

한 대 크게 얻어맞고 나니 깨달음이 찾아왔다.

느려지기만 했지, 위력은 그대로구나.

내가 이걸 몰랐네.

그래도 근접 판정 범위에서 벗어나진 않았으니 절반의 성공이라 치자.

"[비이이이이임!!!!]"

나는 네 번째의 [폭주]+[빔]!으로 베는! 을 썼다.

이번에는 이전 것과 합쳐 X자로 그었다.

세로로 그었던 상처가 이미 아물고 있었지만, 나는 쉽게 좌절하지 않기로 했다.

"그 초월적인 재생력이 언제까지 이어지나, 한 번 보자고!"

*      *      *

"헉, 헉, 허억……"

싸움은 진창으로 향하고 있었다.

이 표현은 그저 비유이기만 한 것은 아니었다.

[웜 신]의 몸에서 흘러나온 체액과 내 몸에서 나온 피로 인해 지면이 진창이나 다름없게 변해 버렸으니 말이다.

이거 참 [고대 엘프 사냥꾼]이 깔아 주고 간 숲의 식물들이 좋아하겠군.

양분이 아주 그득그득일 테니.

하지만 그것도 싸움이 끝나고서나 생각할 일이다.

쿠드등!

[웜 신]이 아주 조금 몸을 뒤척인 것만으로도 주변의 나무가 모두 부러지고, 으깨지고, 짓눌려 형체를 알아볼 수 없게 됐다.

저게 뭐더라?

아, 녹즙.

그래, 녹즙이 됐다.

그리고 나도 녹즙이 될 위기였다.

푸학!

[발전기] 덕에 아주 약간 채워진 [부스터 부츠]의 부스터를 다 써서 피하자, 그 위로 딱딱한 갑질로 둘러싸인 [웜 신]의 거체가 떨어졌다.

쿠웅!


*        *        *


[웜 신]이 뒹군 질량만으로 작은 지진이 일어나 몸 가누기가 힘들었으나, 나는 높아진 [민첩]으로 어떻게든 버텨 냈다.

여기서 넘어지면 바로 녹즙이다.

아니, 내 몸엔 붉은 피가 들어차 있으니 적즙인가?

이상한 생각이나 할 때가 아니다.

[명예]가 벌써 바닥을 보이기 시작한다.

그렇다고 지금 [기사회생]을 빼고 싶진 않다.

그 전에 최대한 피해를 많이 쌓아놓아야 했다.

그러기 위해선 일단 이 공격으로부터 살아남기부터 해야한다.

파바바박!

또다시 날아드는 촉수 공격을 쳐내며 나는 뒤로 나뒹굴었다.

그리고 곧장 앞으로 뛰어 다시 거리를 좁혔다.

푸학!

[부스터 부츠]의 부스터가 채워질 일이 없다.

채워질 때마다 쓰고 있으니 말이다.

그나마 이거라도 없었으면 나는 진작 녹즙 상태가 됐을 것이다.

쿠웅!

단순한 패턴 공격인데 한 번 깔리면 곧 죽음이다 보니 긴장감
이 줄어들질 않는다.

"[비이이이이임!!!!]"

이게 마지막 [폭주]+[빔]! 으로 베는! 이다.

이것으로 [신비] 능력치를 전부 소모하고 말았다.

"…그럼 이제 다른 방법을 동원해서 공격해야지."

나는 하이 엘프에서 [인간+]으로 돌아왔다.

그러자마자 곧장 [전설적인 야만 영웅 영혼 강령]을 사용했다.

[강령] 효과가 발휘되며 내 몸이 커지는 것을 느낄 수 있었다.

그러나 고작 이 정도 크기로 [웜 신]에 대항하기엔 부족하다.

그래서 나는 [굶주린 거대의 양단도끼]를 꺼냈다.

[양단도끼]의 효과에 의해 내 몸이 즉각적으로 거대화됐다.

[요기] 점수를 꽉 채워둔 터라, 이대로 다섯 시간은 갈 터였다.

그렇게 체적과 체중을 증강한 나는 [폭주]를 써서 질주했다.

땅을 박차고 뛰어오르자, [양단도끼]를 든 야만 영웅의 거체가 허공에 떠올랐다.

"키이이이익!!"

[부스터 부츠]의 밑창에 박은 [태생부터 강한 자의 말발굽★].

사용 효과는 [폭주]의 제어 능력 상승, 그리고 이동 속도와 돌격력, 마지막으로 킥 위력 상승.

빡!

[웜 신]의 갑각에 발자국이 새겨졌다.

이 정도밖에 안 되나.

하긴 그럴 테지.

[혈기 왕성]

[피 끓이기]

[피투성이 깃발]

나는 전투력 관련 버프 능력을 하나씩 꺼내 더하기 시작했다.

당연히 [웜 신]이 이런 내 행동을 그냥 못 본 체 해 줄 리는 없었다.

곧장 12개의 촉수가 튀어나와 견제를 가했다.

"워어어어어!"

[전설적인 야만 영웅의 호령]

"워어어어어!!"

[전설적인 야만 영웅의 호통]

그러나 그러한 견제는 [호령]과 [호통]의 2연타 번개 숨결에 의해 무위로 돌아갔다.

번개에 당한 촉수가 쪼그라드는 모습은 아주 잠시간의 통쾌

함을 선사해 주었으나, 곧 다시 쭉 펴지는 모습은 내 감정을 다시 0으로 돌려놓았다.

그 와중에도 [피바람]으로 [웜 신]의 독 안개를 견제하는 것을 잊으면 안 된다.

파박!

나는 다시금 질주했다.

[폭주]했다.

질주의 속도는 음속을 넘어, 소닉 붐을 일으키기 시작했으며 내 몸은 공기 저항으로 인해 달궈져 새빨갛게 물들기 시작했으나 상관없었다.

[불꽃 초월] 덕이냐고?

그것도 맞다.

그러나 두 번째의 킥으로 내가 얻을 것을 생각하자면, 설령 [불꽃 초월]이 없었더라도 나는 이 공격을 감행했을 것이다.

"키이이이익!!"

조금 전과는 확실히 다른 위력.

[웜 신]도 그것을 느꼈는지, 열두 개의 촉수를 내게 집중시켜 막으려 들었다.

드드드드득!

그러나 이번 공격은 달랐다.

내 킥은 열둘의 촉수를 부러뜨리고 찢고 날려 버리며 적의 대가리를 향해 직행했고.

쾅!

폭발음에 가까운 소리와 함께 작렬했다.

쿠드드드득!!

그리고 그것은 의외의 효과를 가져왔다.

지금껏 내가 그 어떤 공격을 가해도 밀려나지 않았던 [웜 신]의 거체가 뒤로 밀려 나간 것이다.

그것도 1m나.

내 킥에 의해 가장 튼튼할 터인 정면 갑각이 깨지고 부드러운 내부의 고깃덩이까지 찢고서 파고든 것은 그에 비하면 그리 중요하지 않았다.

나는 곧장 [혈투사혈시]를 켜고 [혈투창]을 집어던졌다.

당연히 [폭주]를 실어서, 갑각 안쪽의 속살을 노려서, 그것도 연사로!

펑! 펑! 펑! 펑!

[웜 신]의 속살 깊숙이 파고든 [혈투창]이 연이어 피의 폭발을 일으켰다.

이거다. 이걸 위해서 갑각 파괴가 선행되어야 했다.

[꿰뚫는 맛 드롭스] 2개 동시 복용으로 방어 관통 +100%를 얻긴 했지만, 이것의 효과는 어디까지나 '피해를 온전히 입힌다' 는 것뿐이다.

그 피해를 갑각으로 받아 내든, 근육으로 받아 내든, 살로 받아 내든, 내장으로 받아 내든, '피해' 라는 점에 있어서는 변함이 없다.

그러나 나는 이번 공격을 통해 최대한 치명적인 상처를 입히길 바랐다.

그러기 위해서는 [웜 신]이 갑각이나 외부 근육으로 피해를 받아 내는 걸 최대한 못하게 만들 필요가 있었다.

그래서 감각을 파괴한 후 최대한 살 안쪽으로 파고들도록 [혈투창]을 투척해야 했던 거다.

—치명타!

—치명타!

—치명……

그리고 이러한 내 계산은 맞아들었다.

직접 해 본 것은 처음이나, 이 첫 시도부터 이론을 실제로 실현해 내는 것에 성공했다.

비록 [웜 신]의 몸이 워낙 거대한 탓에 감각 바깥까지 폭발이 드러나진 않았지만, 그게 오히려 좋았다.

폭발의 에너지가 온전히 [웜 신] 내부를 파괴하고 있는 데에만 쓰이고 있다는 뜻이니 말이다.

나는 총 일곱 발의 [혈투창]을 던졌다.

그래도 다른 [혈기] 능력을 유지할 만큼은 남겨 둬야 했으니 어쩔 수 없는 선택이었다.

그렇게 정신없이 공격을 퍼붓던 나는 느닷없이 느껴진 불길한 예감에 주저 없이 [부스터]를 켜 뒤로 물러났다.

아니나 다를까, [웜 신]에게서 이변이 일어나기 시작했다.

아니, 다시 잘 보니 이변이 일어난 게 아니라, [웜 신]이 일어났다.

마치 뱀이 사냥감을 노리듯 그 거체를 수직으로 세웠다.

"후……."

그 모습을 보며, 나는 긴 한숨을 내쉬었다.

"2페이즈인가."

그렇다. 2페이즈였다.

*　　　　*　　　　*

그동안 내가 [웜 신]과 거리를 좁히려 했던 이유는 간단하다.

[웜 신]은 지나치게 가까이 붙은 대상에게는 빔과 폭발 공격을 사용하지 않았기 때문이다.

정확한 이유는 모르지만, 어쨌든 그래서였다.

이 정보는 다른 모험가의 공략 영상을 보고 분석해서 얻은 내용이다.

하지만 이 정보는 방금 쓸모없는 것이 됐다.

왜냐하면 이것은 어디까지나 1페이즈에나 유효한 정보니까.

[웜 신]이 몸을 일으키는 2페이즈부터는 아무리 가까이 붙은들 빔과 폭발을 마구 쏴 대기 때문에, 오히려 뒤로 물러나는 것이 낫다.

그래야 그나마 촉수 공격과 독 안개 공격이라도 피할 수 있게 되기 때문에.

푸하학!

[웜 신]이 몸을 일으킴과 동시에 독 안개는 더욱 짙은 농도로 방사됐고, 12개에 불과했던 촉수는 36개까지 늘어나 내 몸을 소낙비처럼 두들겨 댔다.

퍼버버벅!

"크윽!"

나는 굳이 촉수 공격을 피하려 하지 않고 그냥 막았다.

발을 살짝 떼는 것도 잊지 않고.

그 결과, 촉수의 타격력은 반감되고 그 대신 내 몸이 뒤로 휙 날려졌다.

그럼에도 내 몸에는 설탕 과자를 손가락으로 꾹꾹 눌러 파낸 듯한 상처가 남았지만 말이다.

어쨌든 이로써 [웜 신]과 거리를 벌리는 것에는 성공했……

"오, 갓."

번쩍!

36발의 빔 다발이 날아오는 것이 보였다.

정확히는 빔 다발이 날아온다고 생각했을 때 이미 내 몸이 꿰뚫리고 있었다.

"끄악!"

아무것도 쓰지 않은 상태였다면 빔 다발에 의해 내 존재 자체가 이미 지워져 있었으리라.

나는 이미 [전설적인 야만 영웅의 영혼 강령]과 [굶주린 거대의 양단도끼]를 함께 쓰고 있는 상태였다.

그 덕에 내 키는 6m를 넘어 7m에 가까운 괴물이 되어 버렸다.

이렇게 거대화를 시켜서 좋은 점이 무엇이냐?

그것은 36발의 빔 다발을 고스란히 온몸으로 맞을 수 있다는 거였다.

이게 뭐 좋은 거냐고?

좋은 거 맞다.

툭.

그간 아끼고 아꼈던 [가죽끈]을 쓸 때였으니까.

투투투퉁!

경쾌한 소리와 함께 몸을 일으킨 [웜 신]의 훤히 드러난 배에 36개의 구멍이 뚫렸다.

"뭐… 별 의미는 없는 것 같지만."

[웜 신]이 워낙 거대한 탓에 치명상으로는 연결되지 않았다.

상관없다.

이건 그저 준비에 지나지 않았으니.

배구로 치면 토스 정도일까?

"으라!"

나는 곧장 질주하기 시작했다.

거대화의 장점, 하나. 보폭이 길어진다.

같은 동작을 취해도 훨씬 더 많이 나아갈 수 있으며, 이것은 곧 속도의 향상을 의미한다.

거대화의 장점, 둘. 체중이 늘어난다.

사실 엄밀히 말해 이것은 장점이자 단점이라고 말해야 할 것이다.

만약 내 뼈대가 평범한 인간의 그것인 채로 거대화되었다면 이한 걸음을 걷는 것만으로 뼈가 모조리 부러지고 근육도 전부 파열됐을 테니까.

단순히 이 체중을 못 이겨 생길 일이었다.

그러나 내 [체력]은 초월 수준인 100을 이미 한참 넘겼으며, 온갖 버프로 뻥튀기까지 된 상태다.

이 육체는 내 전력 질주를 너끈히 버텨 냈다.

아직까지는.

하지만 여기에 [폭주]를 걸면?

으지직, 으직.

몸 안에서부터 파열음이 들리는 경험은 꽤나 끔찍했다.

몸이 부서지는 고통 또한 그랬다.

"흡!"

그 상태에서 나는 숨을 참으며 전방으로 도약했다.

당연히 이전보다 훨씬 더 큰 부하가 발목에 걸렸다.

용케 내 발목은 곧장 분질러지지 않았지만, 아마 근육은 못 쓰
게 되었으리라.

상관없다.

킥은 다른 발로 하면 되니까.

여기까지 1초도 걸리지 않았으나, [웜 신]은 곧장 내 움직임에
반응해 냈다.

서른여섯 개의 촉수가 날아드는 모습이 보였다.

상관없다.

"흐라아압!"

거대화하기 전에도 촉수는 내 움직임을 멈추지 못했다.

물론 그때는 촉수가 12개였고, 지금은 36개라는 차이가 있긴
하다.

그런데 그게 뭐 어쨌다는 건가?

드드드드득!

각 촉수의 강도가 세 배가 된 것도 아니고, 휘두르는 힘이 세
배가 된 것도 아니다.

두 배의 체중이 두 배의 스피드로 날아들었을 때 내 육체에 실

린 운동 에너지는 고작 서너 배의 숫자로 막아 낼 수 있는 것이
아니었다.

뻐엉!

고기를 잔뜩 채운 공이 터지는 소리와 함께, [웜 신]의 배가 꿰
뚫렸다.

[가죽끈]으로 36개의 구멍이 뚫린 바로 그 부위를 킥으로 가격
한 탓이다.

됐다.

나는 커다랗게 뚫린 그 구멍을 향해 [혈투창]을 집어 던졌다.

당연히 [폭주]를 실어서.

푸학!

그러자 내가 낸 구멍으로 피가 왈칵 쏟아져 나왔다.

[웜 신]의 체액이 아니라 [혈투창]의 [피 폭발]이 뿜어져 나온 탓
이다.

그 혈액에 [피바람]의 제어 능력을 밀어 넣은 나는 [웜 신]의 내
부를 갈기갈기 찢어 놓기 시작했다.

"흐흐흐훗!"

드디어 [웜 신]의 체액이 울컥거리며 쏟아지기 시작했다.

뭐든지 녹이고도 남을 극독이기에, 피해를 줄이고 싶으면 물러
나야 했다.

하지만 나는 그러지 않았다.

오히려 [혈투창]을 한 방 더 찔러 박고, 더욱 풍부해진 혈액을
거칠게 움직여 [웜 신]의 상처를 크게 벌려 놓는 것에 주력했다.

"죽어라!"

이 일격으로 죽지 않을 걸 알면서도, 나는 악을 써 가며 외쳤다.

[내면의 불꽃]

[불꽃 방사]

[폭주]

화아아아악!

나는 내 [지식]을 전부 불꽃으로 바꿔다 [웜 신]의 몸속에 밀어다 넣었다.

[지식]을 소모함으로써 끔찍한 고통이 피부 바깥뿐만 아니라 내 뇌에도 가해졌으나 나는 상관하지 않았다.

"아아아아아아!!"

뇌가 녹아내리든, 몸이 녹아내리든, 나는 마지막 한 줌의 [지식]까지도 전부 불꽃으로 바꿔 뿜어냈다.

그러한 무모한 행동 때문에 내 몸이 한계를 맞이하는 데까지는 얼마 걸리지 않았다.

3초? 4초?

정확히는 셀 수 있었던 게 그 정도였다.

"크… 헉!"

나는 정신을 잃었다.

추측에 불과하지만, 아마 거의 동시에 내 몸이 완전히 녹아내렸을 것이다.

"푸"

그럼에도 내가 멀쩡히 숨을 내뿜을 수 있는 이유는 간단하다.

되살아났기 때문이다.

[기사회생]으로.

되살아나는 데까지 그렇게까지 시간이 오래 걸리지 않았다는 것을, 나는 [웜 신]의 배에 난 상처를 보고 알아차렸다.

좋아, 타이밍 딱 좋다.

[기사회생]의 효과로 바닥났던 [신비], [혈기], [명예], 그리고 [지식]이 다시 꽉 차오른 상태였다.

굳이 상태창을 확인할 것도 없었다.

온몸에서 힘이 솟아오르고 있었으니.

생명력은 물론이고, 모르긴 몰라도 꽤 소모했던 체력도 다시 차오른 모양이었다.

그리고 이것으로 내야 해야 할 일은?

"내가 빔이다."

[빔 인간]이다!

*　　　　　*　　　　　*

보통 [빔]은 하이 엘프 상태에서 쏘는 게 더 세다.

종족 능력으로 [신비] 능력이 이래저래 향상되기 때문이다.

그럼에도 불구하고 내가 인간인 상태에서 [빔 인간]을 쏘는 이유는 간단하다.

[전설적인 야만 영웅 영혼 강령]에 [굶주린 거대의 양단도끼]까지 쓴 지금의 육체로 [빔 인간]을 쏘는 게 훨씬 더 강력하기 때문이다.

원래대로라면 효율 따위는 개나 주라는 느낌의 [빔 인간]이지만, 내 몸의 크기 자체가 서너 배씩은 더 거대해진 지금은 다르다.

전신에서 [빔]을 쏟아 내는 이 능력에, 효율을 논할 수 있는 수준까지 올라오게 된다.

게다가 이렇게 거대화된 나보다도 훨씬 거대한 [웜 신]의 크기 또한 그렇다.

내 전신에서 뿜어져 나오는 [빔] 에너지 전부를 투사할 수 있게 해주는 요소이다.

더욱이 지금은 [웜 신]과 바짝 붙은 상황.

[빔 인간]을 이동에 쓰는 건 그리 현명한 짓이 아니지만, 이런 초근접 상황이라면?

모든 화력을 [웜 신]에 집중시킬 수 있게 된다!

그래서 나는 즉각 능력을 사용했다.

그 결과.

"…윽!"

[신비]가 고갈될 때 특유의 두통과 함께, 나는 내 몸이 전방으로 300m 이동했음을 알 수 있었다.

그리고 그 300m란, [웜 신]의 몸을 종단한 거리이기도 했다.

내가 뚫고 나온 [웜 신]의 몸에 새겨진 [빔]의 궤적은 문자 그대로 처참하기 짝이 없었다.

[빔]으로 지져진 상처에서 피어오른 매캐한 연기가 하늘까지 닿을 정도였다.

"흐으, 흐흐흐……!"

신음성이 뒤섞인 기묘한 웃음소리가 내 입술을 비집고 튀어나왔다.

좋다. 아주 좋아.

다른 게 좋다는 게 아니다.

이제껏 [웜 신]의 거체에다 십자도 새겨 주고 x자도 새겨 줬는데, 한 방 더 먹였다고 내가 좋아하겠느냔 말이다.

그럼에도 내가 좋아하는 이유는 하나뿐이다.

[웜 신]의 재생 속도가 느려졌다.

"…드디어."

승기가 보였다.

*      *      *

"…크악!?"

그러나 오래 기뻐하고 있을 순 없었다.

어느새 뻗어진 [웜 신]의 촉수가 허공에 머문 내 오른쪽 발목을 붙잡고 빙빙 돌려 댔으니까.

그것만으로 오른 다리 전체의 뼈와 근육이 끊어지고 전신의 핏줄이 다 터져 나갔다.

그런데 그걸로 끝이 아니었다.

쾅!

나를 바닥에 처박기까지 했다.

그 일격으로 두개골이 박살 났고, 뇌에 치명적인 손상을 입었으며, 전신의 뼈가 이탈하고, 내장이 뒤틀려 자리를 벗어남과 동시에 터져 버렸다.

두세 번쯤 죽어도 이상하지 않을 상처.

[인간의 끈기]

그러나 나는 살아남았다.

그리고 곧장 원래의 모습으로 회복했다.

파각!

대신 [웜 신]의 몸 일부가 무너져 내렸다.

마지막 [가죽끈]을 끊은 덕이다.

이 또한 별 치명적인 피해는 아닐 것이나, [웜 신]의 재생력이 저하된 지금은 유효한 피해가 아닐 수 없었다.

그래서 그런 걸까?

[웜 신]의 거체가 움직이기 시작했다.

움직인다고 해도, 이동한 것은 아니었다.

오히려 그 반대였다.

[웜 신]은 마치 공벌레처럼 몸을 둥글게 말았다.

이렇게 말하면 하찮게 느껴질지 모른다.

그러나 그 공의 지름이 500m에 달한다면?

그리고 그 공이 자유자재로 굴러다닌다면?

그렇게 굴러다니면서 사방에 빔을 뿌린다면?

"하."

나는 짧게 웃었다.

"지옥이 시작됐군."

그렇다.

이것이 [웜 신]의 3페이즈였다.

\*       \*       \*

펑!

아까부터 [불꽃 폭발]을 회피 용도로만 쓰고 있다.

어쩔 수 없었다.

이게 아니면 나만 따라오는 거대 공벌레의 공격을 피할 수가 없기 때문이다.

콱!

나는 바닥에 부츠를 박고 섰다.

나를 노리고 빔이 날아오지만, 상관하지 않았다.

이미 깨달았기 때문이다.

이대로 피하기만 해서는 놈을 잡을 수 없다는 것을.

퍼퍼퍽!

내 몸에 빔이 박혀 구멍이 뚫렸다.

그나마 다행인 것은 명중률이 그리 좋은 편은 아니라는 점, 딱 이것 하나였다.

그렇게 한 번 공격을 버틴 나는 충격에 대비했다.

쿠드드등!

[웜 신]의 거체가 나를 깔아뭉갤 기세로 굴러오고 있었다.

"하아… 흐읍!"

심호흡을 한 번 해서 마음을 가다듬고, 각오를 세운 나는 양손을 앞으로 내밀었다.

콰앙!

충돌의 순간, 어마어마한 충격에 순간적으로 정신을 잃을 뻔했다.

그러나 나는 버텨 냈다.

정신력이나 기합 같은 게 아니었다.

[절대 불굴]: 공격 한 번을 반드시 버텨 낸다.

미궁의 불굴은 유료다.

심지어 1회용이다.

그래도 아깝지 않다.

목숨값으로 금화 100개는 싸디싸니.

그렇다고 위기가 완전히 넘어간 건 아니었다.

파각!

축으로 삼은 뒷발이 땅속에 처박히는 소리가 서늘했다.

당황할 일은 아니었다.

이미 예견한 일이었으니까.

나는 그간 [불꽃 폭발]만으로 회피 행동을 취하면서까지 [발전기]로 알뜰하게 모아온 [부스터 부츠]의 추진력을 아낌없이 뿜었다.

푸하악!

지면 속으로 파고들고 있던 부츠가 불을 뿜고, 내 몸을 밀어 올리기 시작했다.

됐나?

아니, 모자라다.

그그그그……!

다시 발이 가라앉고 있으니까.

그뿐만이 아니다.

전신의 뼈가 비명을 지르고 있다.

이대로는 못 버틴다고 말이다.

"아아아!"

나는 기합성인지 신음성인지 모를 외침을 지르며, 한 손을 [웜 신]으로부터 떼었다.

[혈투사혈시]

[혈투창]

[폭주]

픽!

[꿰뚫는 맛 드롭스]의 방어 관통 +100%는 아직 유효하다.

그러나 이번에 [혈투창]이 입힌 피해는 [웜 신]의 갑각 쪽에 집중되고 말았다.

이전까지 필사적으로 갑각부터 깨고 [혈투창]을 던졌던 게 이 때문이었다.

공 형태인 [웜 신]은 자신의 육체에서 가장 단단한 갑각을 두르고 있는 형태라 쉬이 뚫을 수 있을 리 없었다.

평!

그 탓에 피의 폭발은 제대로 [웜 신] 안에 파고들지 못하고 갑각 표면에서 터지고 말았다.

대신 그 위력은 [웜 신]의 거구를 밀어내는 데에 쓰였다.

가… 가… 가… 가……!

[웜 신]이 밀어붙이는 힘이 확실히 줄어들었다.

그리고 마침내.

쿠웅!

[웜 신]이 넘어졌다.

이 사태에 [웜 신]은 빠르게 대처했다.

재빨리 몸을 펴고 다시 일어나려고 한 것이 그것이었다.

적절한 대처였다.

1초, 아니 0.1초만 더 있었다면 말이다.

"키이이이익!"

쾅!

그 잠깐의 틈을 노려, 내 킥이 처박히지 않았다면 그랬을 것이었다는 뜻이다.

아직 재생이 완전하지 않은 부위에 내 킥이 틀어박히며 효과적으로 감각을 파괴했다.

그리고 그 너머에 [빔 인간]으로 변해 지져 놓았던 상처가 그대로 드러나 있었다.

"하아!"

나는 거칠게 숨을 쉬었다.

그리고 다시 숨을 참았다.

[폭주]

[혈투창]

[폭주]

[혈투창]

[폭주]

[혈투창]

나는 생각 같은 것은 하지 않았다.

어떤 감정 비슷한 것도 느끼지 않았다.

그저 기계적으로, 해야만 하는 일을 반복했다.

[폭주]

[혈투창]

무의식에 가깝게, 내 모든 것을 다하여 던진다.

[폭주]

[혈투창]

[폭주]

[혈투창]

내가 가진 [폭주]를 모두 소모했다는 것을 알아챈 것은 [혈투창]을 던진 이후였다.

그 사실에 나는 어떤 감상을 떠올리지 않았다.

그저 담담히 다음 [혈투창]을 던질 뿐이었다.

[혈투창]

[혈투창]

[혈투창]

이윽고 [혈투사혈시]도 끝났다.

상관하지 않았다.

[혈투창]

[혈투창]

[혈투창]

[혈투…

[혈기가 물처럼 빠져나갔고, 끝에 다다르는 것은 금방이었다.

더 이상 [혈투창]이 손에 잡히지 않는다는 것을 깨달은 나는 다급하게 다음 공격을 준비했다.

다음 공격, 다음 공격은 뭘로 하지?

"으… 아?"

그제야 나는 이성을 되찾았다.

생각할 수 있는 능력을 회복했다.

"으하, 하……"

웃음이 새어 나왔다.

이번에야말로, 기뻐서 나온 웃음이었다.

─ [윔 신]을 처치하셨습니다.

이 상태 메시지가 뜻하는 바는 심플했다.

나는 살아남았다.

이번에도, 기어코.

＊　　　＊　　　＊

─레벨 업!

─레벨 업!

─레벨…….

상태 메시지는 정신 나간 것처럼 레벨 업 소릴 반복했다.

"으……!"

그러나 나는 상태창을 열지 못했다.

목이 말랐다.

피가 차갑다.

─[불변의 정신++]이 [흡혈 충동]에 저항합니다!

─저항 성공!

드디어 레벨 업 외의 다른 메시지를 출력하는 상태 메시지창
을 멍하니 바라보았다.

그제야 나는 내게 무슨 일이 일어나고 있는지 알게 되었다.

─[불변의 정신++]이 [흡혈 충동]에 저항합니다!

─저항 성공!

"이런 일이… 없었는데……!"

이제까지는 이런 적이 한 번도 없었다.

그래, 이제까지는…….

[전쟁검★★]의 두 번째 능력을 연속적으로 활용할 일도 없었고, [혈투창]을 이렇게 많이 던져 본 적도 없었다.

전투 중에 [기사회생] 같은 능력으로 [혈기]를 회복해서 다시 능력을 물 쓰듯 써 본 적도 없었고.

─[불변의 정신++]이 [흡혈 충동]에 저항합니다!

─저항 성공!

"크으……!"

방심했다.

그동안 아무 일도 없었다고, 앞으로도 아무 일도 없을 거라고 믿어 버린 결과가 이것이다.

아니, 방심 따위가 아니다.

이건 필연이다.

어차피 [혈투사혈시]와 [혈투창]이 없었더라면, 그 외의 [혈기] 능력이 없었더라면 나는 이미 [웜 신]에 의해 죽어 나자빠졌을 테니까.

그저 한 가지 내가 잘못한 게 있다면, [휠 오브 포춘]의 불길한 결과를 보고도 자신만만하게 9번 방의 문을 연 것 정도일까.

─[불변의 정신++]이 [흡혈 충동]에 저항합니다!

─저항 성공!

"끄억!"

여기 다른 사람이 없어서 다행이다.

다른 사람이 있었더라면 나는 도저히 참지 못했을 것이다.

순식간에 달려들어 그 목을 찢고 그 피로 내 입술을 적셨을 테지.

상태 메시지는 내가 저항에 성공했다는 문구를 계속해서 출력하고 있지만, [흡혈 충동]은 내 정신을 계속해서 좀먹고 있었다.

더 큰 문제는 [흡혈 충동]이 정신에만 작용하고 있다는 게 아니라는 점이다.

피가 차가워지고 있었다.

혈액의 양이 적어지고 있었다.

심장의 고동이 점점 느려지고 있었다.

얼굴에 핏기가 가셨고, 피부는 창백해졌다.

그래, 그거였다.

내 몸 자체가 흡혈귀로 변이하고 있었다.

"으아아악!"

햇살 아래에서, 피부가 타기 시작했다.

지금은 피부가 타는 정도지만, 흡혈귀화가 더 많이 진행된다면 어떻게 될까?

나는 서둘러 숲속으로, 해가 닿지 않을 정도로 나무가 우거진 안쪽으로 향했다.

[고대 엘프 사냥꾼]이 이 사태를 예상하고 여기 숲을 만들어 준 걸까?

그건 아니리라.

그러나 그 조치 덕에 목숨을 건졌으니, 빚을 한 번 진 거나 다름없다.

나중에라도 보답하리라.

하지만 과연 지금의 내게 나중이란 게 있을까?

[불변의 정신++]이 언제까지 버텨 줄까?

[흡혈 충동]은 언제까지 이어지는 걸까?

아니, [불변의 정신++]이 버텨 정신이 인간으로 남아도, 몸이 흡혈귀라면 무슨 의미가 있을까?

―[불변의 정신++]이 [흡혈 충동]에 저항합니다!

―저항 실패!

그러나 나는 그런 의문조차 사치였음을 뒤늦게 깨달았다.

"끄아아아아!!"

숲의 어둠 속에서, 나는 비명을 질렀다.

나는 무언가 다른 존재가 되어 가고 있었다.

육체는 물론 정신까지.

빼곡한 숲의 나뭇잎 사이로 새어 나온 한 줄기 빛이 두렵고 증오스러웠다.

그보다 피 한 모금이 간절했다.

결국 갈증을 참지 못해 나 자신의 피와 살점이라도 씹어 먹기 위해 내 팔을 입에 집어넣으려던 그 순간.

―[황금 열쇠: 우대권]이 자동으로 사용됩니다.

―[행운]이 높습니다!

―[흡혈 충동]이 가라앉습니다.

―[변이:흡혈귀가 가라앉습니다.

[행운의 여신]이 예전에 준비해 놓은 안배가, 그 존재조차 잊고 있던 가호가 나를 구했다.

*      *      *

[이철호]

레벨: 185

종족: [인간+]

살았다.

나는 안도의 한숨을 내쉬었다.

아직도 실감이 안 나서 상태창을 몇 번씩이나 들여다보고 있다.

그렇게 주저주저하다가, 숲 바깥의 햇살 아래로 왼손 약지를 꺼내 봤다.

타지 않는다.

하긴 타는 게 더 이상하지. [불꽃 초월]이 있는데.

뭐, [불꽃 초월]이고 뭐고 흡혈귀가 되었다면 그냥 탔겠지만 말이다.

"휴우우……."

나는 다시금 안도의 한숨을 길게 내뿜었다.

이제야 좀 진짜 살았다는 실감이 났다.

그렇게 한숨 돌리려던 그때, 나는 피투성이 세계에 들어와 있었다.

와 본 적이 있는 세계다.

정확히는, 알현실이다.

"[피투성이 피바라기] 님."

"그래."

김민수의 모습을 취한 성좌, [피투성이 피바라기]가 내 부름에
대답했다.

"나다."

성좌가 웃었다.

*      *      *

이상하다.

나는 [피투성이 피바라기]의 함정에 휘말려 하마터면 흡혈귀가
되어 버릴 뻔했다.

하지만 과거 [행운의 여신]의 안배 덕에 불상사는 피할 수 있었다.

즉, [피투성이 피바라기]의 안배에서는 벗어난 셈이다.

그럼에도 불구하고 [피투성이 피바라기]는 나를 보며 흐뭇하게
웃고만 있었다.

저 양반이 저렇게 기분 좋아 보이는 건 이번이 처음이었다.

"왜, 왜 부르셨습니까?"

미소 띤 성좌 앞에서 먼저 입을 여는 것도 꽤나 심력이 소모되
는 일이었다.

하지만 상대가 말을 안 하는데 어쩌란 말인가?

"너를 알현실로 불러들이는 것도 공짜가 아니다. 이유가 없다
면 부르지도 않았겠지."

역시 유료였나.

성좌의 알현실 소환이 유료라고 아무도 말해 주지 않았지만, 심지어 저번 회차의 모험가들조차 그런 말을 하진 않았지만 대충 낌새는 눈치챘다.

하지만 성좌의 입에서 확실한 증언을 듣는 건 또 다르다.

[웜 신]과의 본격적인 전투 전, 굳이 나를 알현실로 불러 안전을 담보해 준 [고대 엘프 사냥꾼]에 대한 감사가 한층 더 진하게 느껴졌다.

그거야 뭐 여하튼.

[피투성이 피바라기]가 뭔가 말할 낌새다.

나는 성좌의 입에 집중했다.

"잘했다."

사전에 각오를 다지고 귀를 세심하게 기울였음에도 불구하고, 성좌의 말을 직접 듣고 나니 잠깐 뇌 정지가 왔다.

"뭐, 뭐라고요?"

방금 [피투성이 피바라기]가 뭐라고 했지?

분명히 집중해서 듣고 있었는데, 그 내용이 이해가 되질 않았다.

내 반응에 성좌의 미간이 구겨졌다.

"쯧, 칭찬도 제대로 못 듣는 놈이로군."

"절 칭찬하려고 부르신 겁니까?"

너무 의외라서 되묻지 않을 수가 없었다.

"이거나 받거라."

[피투성이 피바라기]는 내 말을 듣지도 않고 보상부터 내놓았다.

[피투성이 피바라기의 와인병★]: 1.5ℓ 용량의 와인병. 액체를 넣

으면 한 시간 내에 와인으로 바꿔 준다. 7잔 분량이며, 한 잔 분량을 마실 때마다 30분간 [혈기]가 25 상승한다. 이 보너스는 중첩 가능하며, 능력치 한계에 구애받지 않는다.

"이, 이건······!"

"내 [성배]다."

[성배(Star grail)]!

성좌에게 하사받을 수 있는 귀중한 보물이며, 그런 만큼 강력한 효과를 지닌 물건이다.

이 와인병만 하더라도 그렇다.

한 병을 모조리 비우면 무려 30분이나 되는 긴 시간 동안 [혈기]가 175나 상승하는 말도 안 되는 효과를 지녔으니.

물론 이 [성배]를 통해 [혈기]를 남용하면 또 흡혈귀가 될 위험이 있긴 하지만, 그걸 너무 두려워할 필요는 없다.

가호: [황금 열쇠: 우대권]

내게는 [행운의 여신]의 가호가 깃들어 있기 때문이다.

이거 운 나쁘면 1회성으로 소모되는 가호였는데, 내 행운이 높아서 그런지 그대로 남아 있더라.

흡혈귀화가 좀 힘들고, 아프고, 정신적으로도 타격이 크긴 했는데, 그게 또 죽는 것보다는 나으니까.

가호도 남아 있겠다, 앞으로 한 번 정도는 더 버텨 봄 직하다.

화장실 갈 때랑 올 때 기분이 다르다는 게 이럴 때 쓰는 말인가 싶긴 하지만, 아무튼 좋다.

하지만 신경 쓰이는 건 따로 있다.

"제게 이런 걸 주셔도 괜찮습니까?"

보통 [성배] 같은 보물은 성좌의 사도에게나 주는 것이 일반적이다.

그런데 나는 성좌와의 계약은커녕, 다른 성좌의 후원도 문어발 수준으로 받고 있다.

"상관없다. 너는 나를 만족시켰으니."

이러지 저러니 해도 [피투성이 피바라기]가 잘 퍼 주는 건 사실이다.

물론 시련이 너무 가혹한 건 문제다만.

보상이 빵빵하면 용서되는 거 아닐까?

냉정하게 생각하면 결코 그렇지 않겠다만, 나는 굳이 지금 냉정해야 할 필요를 느끼지 못했다.

"감사합니다."

내 태도가 마음에 든 듯 [피투성이 피바라기]의 웃음소리가 들렸다.

"눈치챘는지 모르겠다만, 벌레 신은 내가 내린 시련이 아니다. 너를 위한 새로운 시련은 준비하고 있으니 기대하며 기다리도록 해라."

어, 예? 뭐라고요?

감사의 마음이 싹 가서서 고개를 확 들었더니, 이미 나는 알현실에서 쫓겨나 29층의 9번 방으로 돌아와 있었다.

거참, 병 주고 약 주고 병 주는 성좌로세.

\*　　　　　\*　　　　　\*

하지만 [피투성이 피바라기]의 마지막 말은 꽤나 충격적이었다.

[웜 신]이 피바라기 성좌의 시련이 아니라면… 굳이 [와인병]을 주고 간 이유가 뭐지?

이 의문에 대한 해답은 별로 어렵지 않았다.

예전에 [피투성이 피바라기] 성좌가 내게 인간으로 남아 보라고 말을 한 적이 있었다.

"그게 협박이나 반어법인 줄 알았는데… 진짜로 내가 흡혈귀가 안 되길 바랐나 보네."

그러니까 [와인병]은 내가 [흡혈 충동]을 이겨 낸 것에 대한 상 비슷한 거라고 받아들여도 무방할 것이다.

그러나 이걸로 모든 의문이 해결된 것은 아니다.

[웜 신]은 그럼 뭐였던 거지?

29층의 9번 방은 원래 [웜 신]이 나오는 거였나? 그럴 리가 없을 텐데?

나는 뭔가 힌트가 있나 싶어, [흡혈 충동] 때문에 미처 읽지 못했던 상태 메시지를 다시 읽기 시작했다.

그런데 놀라운 게 눈에 띄었다.

[히든 퀘스트: 웜 신 처치]

[성좌조차 아닌 주제에 신역에 다다른 생명체, 웜 신은 필멸자가 쉬이 처치할 수 있는 몬스터가 아닙니다. 웜 신과 마주하고도 살아남아 이 메시지를 보고 있는 당신은 달성 불가능한 위업을 이룬 것이니, 이에 걸맞은 보상을 받아야 마땅합니다.]

[퀘스트 성공 보상: 성좌의 파편 다섯 개]

[웜 신]을 처치한 후 시점에 이런 퀘스트가 나타나 있었다.

히든 퀘스트? 이런 게 있었나?

이건 나도 모르는데?

정황상 퀘스트가 모험가에게는 비밀로 주어지고, 모험가가 자기도 모르게 성공 조건을 만족시키면 보상이 나오는 형식인 것 같은데…….

회귀 전의 공략에는 이런 게 나온 적이 없다.

물론 이걸 받은 모험가가 그 내용을 편집하거나 열람 불가로 만들었을 가능성도 있지만…….

김민수는 그럴 놈이 아니니, 아마 그건 아닐 것이다.

그런데 더 놀라운 건 그 내용이었다.

함정에 빠졌느니, 죽었을 것이니 하는 내용은 별로 놀라운 내용도 아닐뿐더러, 이미 지나간 내용이기까지 하다.

진짜 놀라운 것은 퀘스트의 성공 보상이었다.

[성좌의 파편]

이것은 성좌나 성좌급의 몬스터를 처치했을 때 희박한 확률로 얻을 수 있는 전리품이다.

그런데 [웜 신]은 신은커녕 성좌급조차 아니므로 원래대로라면 이런 물건이 나올 이유가 없다.

성좌들조차 탐내는 아이템이니만큼 퀘스트 보상으로 얻기도 힘든데, 이걸 준다고?

이 귀물이 퀘스트 보상으로 주어질 경우는 성좌를 처치하거나 파멸로 몰아넣었을 때밖에 없다.

즉, 내가 [웜 신]을 처치함으로써 어떤 성좌가 파멸에 이르렀다는 결론 밖에 안 나온다.

"…에이, 설마. 아니겠지? 무슨 성좌가 어디서 갑자기 나도 모르는 새 파멸을……."

그냥 나도 모르게 내 입에서 새어 나온 혼잣말이었는데, 뜻밖에도 대답이 돌아왔다.

[세 번 위대한 이가 당신의 추측을 긍정합니다.]

아니, 이 성좌가 왜 여기서 나오지?

[세 번 위대한 이].

나에게 [연금술]을 가르쳐 주고, [비의 계승자]의 왜곡된 [지식]의 위험을 경고한 성좌.

덤으로, [행운의 여신]의 아버지.

내가 알고 있는 건 여기까지다.

아무리 정보를 되새김질해 봐도, 이 성좌가 지금 이 순간 튀어나올 이유가 없다.

"그런데 제 추측이라뇨? 제가 모르는 다른 경우인 게 맞는다는 겁니까?"

[세 번 위대한 이는 이 질문에 대답하는 대신 이렇게 말했다.]

[세 번 위대한 이가 당신의 위업을 칭송합니다.]

"위, 위업이요? 그게 무슨 뜻… 입니까?"

[세 번 위대한 이는 당신이 비의 계승자를 파멸로 이끌었음을 알려 줍니다.]

"아……."

[비의 계승자].

당연히 아는 이름이다.

미궁 3층에서 처음 만나, 그 뒤로 줄곧 악연만을 맺어 왔던 성좌다.

그런데 뜬금없이 29층에서 그 성좌가 파멸했다고?

그것도 나로 인해?

그리 실감이 나지 않는 이야기다.

[피투성이 피바라기]는 물론, [세 번 위대한 이]보다도 뜬금없는 이름이니까.

그놈이 여기서 왜 나와?

이 의문이 훨씬 더 컸다.

[세 번 위대한 이는 당신이 마지막까지 색채 초환을 사용하지 않은 것을 높이 삽니다.]

[세 번 위대한 이는 내 의문을 풀어 주기는커녕 자기 할 말만 계속했다.

이전에도 이랬었지. 제대로 된 답변을 기대하지 말자.

내가 그렇게 마음을 비우고 설명에나 귀를 기울이자, 이번에는 놀라운 이야기가 나왔다.

[당신의 색채 초환이야말로 비의 계승자가 노린 바였으며, 마지막 희망이었고, 당신이 그것을 완벽하게 깨부숴 주었다고 다시금 칭찬합니다.]

"…아."

23층에서 나는 자이언트 데스웜을 맞닥뜨리고 승기가 잘 보이지 않자 [색채 초환]의 사용을 결의한 적이 있었다.

비록 제대로 쓰기 전에 [피투성이 피바라기]가 개입해 막아서고, 그 능력을 회수한 후 내게는 [혈투창]을 대신 내어 주었지만 말이다.

[세 번 위대한 이]의 이야기에 따르면, [비의 계승자]는 내가 이번에도 같은 선택을 하길 바라고 이번 일을 저지른 거라고 할 수 있었다.

그러나 내가 정면 승부를 택하며 [비의 계승자]의 도박은 실패했고, 그 결과 놈은 파멸했다.

왜 그런 시도를 했는지, 어떻게 파멸한 건지는 모르지만, 지금의 내겐 답을 알아낼 방법이 없었다.

"제 추측이 맞습니까?"

[세 번 위대한 이가 당신의 추측을 긍정합니다.]

이건 또 대답해 주네.

[세 번 위대한 이는 비의 계승자가 이번 일을 위해 자신의 모든 것을 소모했다고 말합니다.]

[29층을 다른 성좌와 분리하고, 신위에 닿은 강력한 몬스터인 벌레 신을 불러내고……]

[이 모든 것을 계획하고 실행하기 위해, 비의 계승자는 성좌로서 파산했으며, 그것은 곧 파멸을 뜻한다고 알려 줍니다.]

아, [행운의 여신]이 갑자기 말이 없었던 게 그런 이유였군.

그런데 나는 [고대 엘프 사냥꾼]을 불러냈었는데?

"…[비의 계승자]도 성좌가 내게 접촉하는 걸 막을 수 있었을 뿐이고, 내가 성좌를 불러내는 것까지는 막을 수 없었나 보네."

나는 이런 추측을 늘어놓고 [세 번 위대한 이]에게 질문을 던졌다.

"제 추측이 맞습니까?"

[세 번 위대한 이가 당신의 추측을 긍정합니다.]

아무래도 [세 번 위대한 이]는 내가 스스로 생각하고 답을 추측해 내길 바라나 보다.

설명하는 건 좋아하면서 이런 걸 바라다니, 성격이 이상하게 비틀려 있네.

대학원생 후보를 찾아다니는 교수라도 되나 보지?

하지만 나는 [세 번 위대한 이] 교수의 대학원생이 될 생각이 없으므로, 이 이상 추측하지 않기로 했다.

"절 높이 산다고 하셨죠? 그럼 제게 뭔가 주시겠습니까?"

그보단 보상이다.

내 이 질문에는 답이 돌아왔다.

[세 번 위대한 이는 임무를 주겠다고 합니다.]

이상한 답이.

[성좌 퀘스트: 성좌의 파편 처분]

[세 번 위대한 이는 당신이 성좌의 파편을 행운의 여신과의 거래에 지불할 것을 원하고 있습니다.]

[수락 보상: 성좌의 파편 2개]

[완료 보상: 행운의 여신에게 지불한 성좌의 파편]

수락하기만 해도 [성좌의 파편] 2개를 주고, 그 후에 내가 [행운의 여신]과의 거래에 쓴 만큼 파편을 다시 지급해 주겠다는 이상한 퀘스트였다.

역시 딸을 챙기고 싶긴 한 모양이지?

"알겠습니다."

어쨌든 내가 손해 볼 것은 없었기에, 나는 바로 고개를 끄덕여 퀘스트를 수락했다.

그러자 수락 보상으로 [성좌의 파편] 2개가 내 손 안에 굴러 들어왔다.

별빛을 띤 검은 보석처럼 보이는 물체. 크기는 갓난아기의 주먹만 하다.

내 관심이 다시 [성좌의 파편] 쪽으로 쏠렸다.

이 물건의 쓰임새는 크게 세 가지다.

첫째, 이것을 충분히 수집한 후 성좌가 되기 위한 길을 걷는다.

둘째, 이것을 소모하여 능력, 시간 등에 제한이 있는 임시 성좌에 잠시 오른다.

셋째, 성좌와의 거래로 다른 아이템, 능력, 축복이나 가호 등으로 교환한다.

[세 번 위대한 이]의 퀘스트를 수락함으로써, 이번에는 셋째 방법을 사용하게 될 듯했다.

물론 캐시백이 돌아오겠지만, 그거야 뭐 어쨌든.

굳이 이런 이상한 퀘스트까지 발주하는 걸 보니, [행운의 여신]이 [세 번 위대한 이]가 직접 주는 용돈은 안 받는 모양이다.

뭐, 그런 부녀 사이 있지 않은가?

정확히는 문명 멸망 전에나 있었지. 그 이후에는 부모가 있다는 것 자체가 사치가 됐으니…….

나는 잡념을 밀어냈다.

"아무튼 감사합니다."

[세 번 위대한 이는 네 행동에 대한 대가일 뿐이니 굳이 감사할 필요는 없다고 말합니다.]

[딸을 잘 부탁한다고 말합니다.]

이 대화를 마지막으로, [세 번 위대한 이]의 말이 없어졌다.

떠난 모양이다.

[세 번 위대한 이]가 떠난 후에도 나는 잠깐 대기했다.

[행운의 여신]이 오길 기다린 거였다.

"…여신님?"

그러나 내 부름에도 여신의 대답은 돌아오지 않았다.

하긴 뭐 방금 전까지 [피투성이 피바라기]가 여기 있었으니, [행운의 여신]도 바로 나오기는 껄끄러울 것이다.

그래서 나는 그냥 전리품이나 마저 정산하기로 했다.

일단 유적 금화.

이번에 금화가 보상으로 나오는 퀘스트 같은 건 걸려 있지 않았지만, 내게는 [듀얼!★]이 있다.

기존보다 세 단계나 업그레이드 된 [듀얼!★]의 성능은 확실했다. [웜 신]에게 [듀얼!★]을 걸고 쓰러뜨려서 나온 금화 1000개나 되었으니 말이다.

그런데 이게 또 [사업운] 효과를 받아 2000개로 불어났다.

"이게 이렇게 되네."

결과적으로는 흑자가 됐다.

아니, 사실 처음부터 흑자였다.

[듀얼!★], [기사회생], [꿰뚫는 맛 드롭스] 2개와 [절대 불굴].

이 중에 하나라도 없었으면 나는 죽었을 것이다.

물론 이 중에 소모품이 아닌 건 [듀얼!★] 밖에 없지만 그래도 상관없다.

목숨보다 비싼 게 어디 있겠는가?

그러니까 흑자다.

금화 2000개의 수입은 그냥 흑자 폭이 커진 것이라 보는 게 옳았다.

아, 하나 더.

[강철 부스터 태양열 발전기]를 만드느라 바닥까지 싹싹 긁어다 써 버렸던 [욕망]도 [기사회생]의 효과로 175까지 다시 꽉 찼다.

흐뭇하게 한 번 웃은 나는 바로 [욕망 구현]을 사용해, 이번에는 [철인의 강철 부스터 건틀릿]을 만들었다.

이거 만드는 데에 [욕망] 100이 들었지만, 이번에 [부스터 부츠] 덕에 목숨 몇 번을 건졌는지 생각하면 하나도 아깝지 않았다.

남은 70은 잘 묻어 놨다가 [무한 욕망]으로 [욕망]이 100까지 회복되면 다른 파츠를 만들까 생각 중이다.

뭘 만들지? 흉갑? 아니면 [살아 있는 욕망]을 이용해 투구를 만들어 날 보조할 A.I를 넣을 수도 있겠다.

꿈이 부풀어 오른다!

그 외의 전리품은…….

"이게 그냥 남을 줄은 몰랐군."

나는 거대한 [웜 신]의 시체를 바라보았다.

29층의 '아홉 개의 방'도 9층이나 19층과 마찬가지로 몬스터의 시체가 증발하는 구조였지만, 이 [웜 신]의 시체만은 그대로 남았다.

아무래도 원래 9번 방의 몬스터가 아니라, [비의 계승자]가 불러낸 몬스터라 그런가 보다.

뭐, 이것도 내 추측에 불과하지만.

어쨌든 내게는 좋은 일이다.

데스윌의 시체도 그렇게 유용하게 쓰였는데, [웜 신]이면 얼마나 쓸모 있을지 감도 안 잡힐 정도다.

다만 문제가 있다.

아무리 온갖 일반 기술의 단련으로 인벤토리를 잔뜩 늘려 놓은 나라 한들, 그 크기만 300m에 달하는 [웜 신]의 사체를 통째로 넣고 다닐 순 없다.

"여기서 갈무리를 다 해야겠네."

이 시체의 가장 가치 있는 부분을 최대한 많이 챙겨가려면 갈무리가 필수적이다.

하는 김에 인벤토리 정리도 하고.

해야 할 일이 많다.

다행히 29층에 허용된 시간은 아직 많이 남았다.

먹을 시간, 잘 시간을 아끼면 어떻게든 되겠지.

"시작할까."

나는 [웜 신]의 시체에 달려들었다.

우리들의 싸움은 이제부터다!

*           *           *

결과.

─일반 기술 [무두질] 10랭크 달성!

─랭크 보너스, [무두질 효과]를 얻습니다.

딱 [웜 신] 하나만 무두질했음에도 무두질의 랭크가 오르는 성과를 거두었다.

이로써 무두질 결과물로 [황금 가죽]을 얻을 수 있게 됐다.

가죽 제품의 품질을 한껏 끌어올릴 수 있게 된 중요한 보너스다.

게다가 이걸로 [웜 신]의 무두질이 다 끝난 것도 아니었으므로, [웜 신 황금 가죽]을 벗겨 낼 여지도 생겼다.

"하!"

나는 인벤토리 안에 쌓아 놨던 [웜 신 가죽]을 전부 버려 버렸다.

이제부터 내 인벤토리에 입성할 수 있는 건 황금 가죽뿐이다!

"아, 그 전에."

한창 일하다 보니 24시간이 지나 있었다.

어느새 [휠 오브 포춘]을 돌릴 시간이 됐다.

"돌려돌려 돌림판!"

드르르륵.

[생산품 품질 상승 확률 2배]

지금의 내게 딱 필요한 게 떴다.

하긴 다른 게 뜨기엔 내 행운이 너무 높다.

"예상은 했지!"

밤을 샌 탓에 묘하게 하이 텐션이 된 나는 아무도 없는 9번 방의 숲속에서 혼자 고래고래 소리 질렀다.

"힘써 일하라, 힘써 일하라~!"

나는 노래를 부르며 작업을 마저 끝냈다.

그 결과, [웜 신 황금 가죽]이 인벤토리에 다 못 넣을 정도로 생산되고 말았다.

"실화냐……."

황금 가죽을 버리고 가게 될 줄이야.

아까워서 손이 부들부들 떨리지만 어쩔 수 없다.

그러나 그때였다.

[행운의 여신이 도움을 줄 수 있다고 합니다.]

11장
—

제30층 (1)

"여신님!"

여신님께서 오셨다. 뭔가 주러 오셨다.

당연히 앞의 문장보다 뒤의 문장이 중요하다.

"이제야 오셨군요."

[행운의 여신이 어르신들 다 가셨냐고 물어봅니다.]

어르신들? 왜 '들' 이지? 아니, 그보다.

"저번에는 아버님 만나시지 않으셨나요?"

[행운의 여신이 이렇게 자주 만날 필요는 없다고 말합니다.]

아… 어느 집 딸래미처럼 말하네.

성좌가… 사춘기?

[행운의 여신]이 이렇게 나온다면 [세 번 위대한 이]가 내려줬던 퀘스트에 대한 언급은 하지 않는 편이 낫겠다.

괜한 불똥은 피하는 게 맞지.

그래서 나는 [웜 신]을 잡았고, 여차저차해서 [성좌의 파편]을 얻었다고만 설명했다.

[행운의 여신이 알아들었다고 말합니다.]

[행운의 여신이 뭐 필요하냐고 묻습니다.]

역시 행운의 여신은 거래에 임할 생각인 모양이다.

그렇다면…….

"뭐 하나 빠지지 않았어요?"

[행운의 여신이 고객님이라고 말합니다.]

옳지, 그래야지.


                    *              *              *


[행운의 여신의 청동 동전]: 충분한 가치의 물건을 청동 동전과 교환할 수 있다. 교환한 물건은 청동 동전을 지불해 다시 사들일 수 있다.

이 동전이 행운의 여신의 [성배]였다.

아니, 동전이 성배라니?

하지만 뭘 담을 수 있다는 점에 있어서는 뭐, 그릇이나 잔이랑 비슷하긴 하다. 동전에는 물이나 음료 대신 가치를 담으니까 말이다.

여하튼 아이템 설명이 좀 알아듣기 힘든데, 쉽게 말하면 추가 인벤토리라 할 수 있다.

인벤토리가 부족해 다 안 들어가는 대량의 [웜 신 황금 가죽]을 청동 동전으로 교환하면?

짠!

저 부담스럽게 부피만 큰 가죽 한 더미가 동전 몇 개로 변해 버렸다.

다시 가죽을 꺼내고 싶으면?

가죽을 생각하며 청동 동전을 허공에 튕기기만 하면 된다.

이걸로 인벤토리의 용량을 획기적으로 절약할 수 있다.

"마치 이사 갈 때 세간살이를 적당히 다 팔아 버리고, 그 돈으로 새집에서 쓸 물건을 사다 집어넣는 것 같네요."

[행운의 여신이 그렇다고 말합니다.]

[행운의 여신이 아니라고 말합니다.]

하나만 하세요, 하나만.

[행운의 여신은 이 동전이 그거보다 좋은 거라고 말합니다.]

"…뭐, 그건 그렇지만요."

청동 동전이 훨씬 더 좋은 거야 당연하다.

물건을 판 다음 다시 살 때는 돈이 더 많이 드는 게 보통이니까.

성배라기보다는 능력에 더 가까운 느낌이긴 하지만, 아무튼 좋은 걸 받았다.

청동 동전 덕에 그 컸던 [웜 신]의 사체가 인벤토리 안에 고스란히 들어갔다.

쓸 만하네!

아무튼 이 성배를 사는 데에 [성좌의 파편] 2개를 지불했다.

남은 5개는 어디다 쓸까?

어차피 [세 번 위대한 이]가 100% 캐시백해 줄 파편이다.

기왕이면 지금 여기서 다 써 버리고 싶은데…….

"여신님."

[행운의 여신이 왜 부르냐고 합니다.]

"이 성배, 업그레이드하면 어떻게 돼요?"

[업그레이드된 동전의 가치가 더 크다고 합니다.]

아, 인벤토리의 압축률이 더 높아지나 보다.

그럼 살 필요 없겠군.

"또 업그레이드하면요?"

그렇게 생각하면서도, 나는 호기심을 참지 못해 계속해서 질문을 던졌다.

[행운의 여신이 그 대답은 유료라고 합니다.]

아, 그러시군요.

"그럼 업그레이드해 주시죠."

나는 다소 충동적으로 말했다.

"이걸로 어디까지 되나요?"

[성좌의 파편] 다섯 개를 내밀며.

*　　　*　　　*

처음부터 호기롭게 파편 다섯 개를 내밀었었지만, 마지막에 이성을 되찾고 가격을 다시 물어봤다.

어휴, 큰일날 뻔했네.

[행운의 여신]은 입맛을 다시며 가격을 말해 줬다.

+++까지 업그레이드 하는 가격이 파편 하나, 그리고 ★ 다는데에 파편 하나.

나는 파편 두 개를 지불했다.

[행운의 여신의 청동 동전★]

그 결과 동전은 별을 달았다.

그렇게까지 해서 바뀐 점이라고는 딱 하나뿐이다.

—충분한 가치의 물건을 청동 동전과 교환할 수 있다. 교환한 물건은 청동 동전을 지불해 두 배까지 다시 사들일 수 있다.

'두 배까지.'

이게 무슨 뜻일까?

"허."

나는 끼고 있던 [부스터 건틀릿]을 팔아 봤다.

그러자 청동 동전 100개가 차르륵 떨어졌다.

[웜 신] 사체로 바꾼 나머지 동전 100개를 박박 긁어모아 [부스터 건틀릿] 2개를 사 봤다.

"!"

사졌다.

"지, 진짜로 되잖아……!"

아이템이 복사가 된다고?!

"흐아—!"

나는 너무 흥분한 나머지 소리를 지르고 말았다.

[행운의 여신이 진정하라고 말합니다.]

"★★!"

[행운의 여신]의 말에, 나는 별로 답했다.

[그게 무슨 말이냐고 행운의 여신이 묻습니다.]

"★★ 달겠습니다!"

[행운의 여신이 파편 두 개를 부릅니다.]

흐엑?

"상관없어! 산다!"

그 결과.

—충분한 가치의 물건을 청동 동전과 교환할 수 있다. 교환한 물건은 청동 동전을 지불해 세 배까지 다시 사들일 수 있다.

—[행운] 능력치 1을 청동 동전 한 닢과 교환할 수 있다.

드디어 한 줄이 추가됐다.

[행운] 능력치로 동전을 살 수 있게 된 거다.

나는 마른침을 삼켰다.

★★이 이렇다면, 과연 ★★★는 어떨까?

"여신님."

[행운의 여신이 유료라고 말합니다.]

눈치 빠르긴!

[동전★★★]에 대한 설명을 미리 듣는 것도 유료인 모양이다.

[행운의 여신이 ★★★은 파편 3개라고 말합니다.]

이런 폭거가 있나?! 나는 고민했다.

고민은 찰나였고, 지름은 순간이었다.

[행운의 여신의 청동 동전★★★]: 충분한 가치의 물건을 청동 동전과 교환할 수 있다. 교환한 물건은 청동 동전을 지불해 다섯 배까지 다시 사들일 수 있다.

[행운] 능력치 1을 청동 동전 한 닢과 교환할 수 있다. 이렇게 소모된 [행운]은 천천히 회복된다.

그리고 후회는 없었다.

                    *                *                *

차르르륵.

나는 185닢의 청동 동전을 손에 쥐었다.

[행운 0/185]

대신 행운이 0이 되어 버렸지만, 별 후회는 들지 않았다.

영원히 0이 된 것도 아니고, [지식]이나 [혈기]처럼 단순히 소모되었을 뿐이니.

시간이 지나면 회복되기까지 하니, 아까워할 이유가 없었다.

"여신님?"

[행운의 여신이 왜 부르냐고 합니다.]

아, 대답해주는 거 보니 행운을 다 써도 여신과의 우호도가 초기화되지는 않는 모양이다.

진짜로 우호도가 초기화됐다면 내가 부르는 순간 대답 대신 저주가 날아왔겠지.

첫 만남 때, 그러니까 내가 행운 2였을 때 그랬었으니까.

지금에 이르러선 좋은 추억이다.

옛 추억에 잠기는 것도 이쯤 해두고, 지금은 업그레이드시킨 [동전★★★]을 써먹는 것부터 하자.

나는 원본 [철인의 강철 부스터 부츠]와 [철인의 강철 부스터 건틀릿]에 [욕망 반환]을 써서 [욕망]으로 되돌려 받았다.

물론 이 작업 중에 [욕망] 능력치가 꽉 차지 않도록 조절하는 것도 잊지 않았다.

복사본에도 [욕망 반환]을 사용해 보긴 했는데, 이런 건 또 귀신같이 안 되더라.

미궁 놈! 쪼잔하긴!

[욕망 구현] 아이템을 대량으로 복제해서 [욕망]을 무한으로 즐긴다는 내 꿈은 물 건너갔다.

그리고 [동전★★★]을 지불해 얻은 복사본을 대신 착용했다.

원본 부츠 밑의 [말발굽★]을 빼내서 복사본에 갈아 끼우는 것도 잊지 않았다.

아, 사실 성검류도 복제해 볼 생각이 있긴 했다.

하지만 [행운의 여신]이 말리더라.

성좌한테 안 먹어도 될 욕 먹을 일 있냐고.

하긴 선물로 준 거 팔아서 돈으로 바꾸면 누구라도 화가 날 법했다.

아무튼 이렇게 반환받은 욕망으로 뭘 만들었느냐.

원래는 아예 철인의 전신 갑주를 재현해 볼까 했지만, 지불해야 하는 [욕망]에 비해 별로 효율이 나지 않을 것 같아서 그만두었다.

그래서 내가 선택한 건 이거였다.

[철인의 에너지 부스터 백팩]: 부스터 에너지를 소모해 비행할 수 있다. 필요할 때 접이식 날개를 펼쳐 [활공]할 수 있다. 하루에 세 번, 백팩을 포함한 철인 파츠의 부스터 에너지를 완전히 재충전시킬 수 있다.

지구 문명이 살아 있던 21세기에 실존했던 제트팩을 미궁에서 쓸 수 있도록 변경해서 만든 물건이다.

등에 메고 부스터 에너지를 소모하면 하늘을 날 수 있다.

로망 그 자체다.

이 기능에만 [욕망] 100이 들었다.

나머지 100은 날개를 펼치는 기능과 재충전 기능을 넣는 데에 쓰였다.

내 [욕망] 능력치가 175였기 때문에, 총 기능 200 짜리인 이 욕망템을 만드는 데에는 아까 실험해서 확인한 꼼수를 써야 했다.

일단 부스터만 만들어서 동전으로 교환해 복사하고 두 개를 사다가 원본만 [욕망 반환]으로 팔아버린 후 날개 부분을 따로 만들어서 합치는 방식을 말하는 거 맞다.

다소 실험적인 시도였지만, 결과는 보다시피 대성공이다.

이제 부스터 에너지 부족하다고 깔짝깔짝 분사할 일도… 없어지진 않겠지만. 어지간하면 일어나지 않겠지.

이제 쓰지 않을 [발전기]는 팔아 버리기로 했다.

동굴 속 같은 해가 비치지 않는 곳에서는 쓰지 못할 물건일뿐더러 이제 [백팩]도 있거니와, 필요해지면 도로 사면 그만이니까.

"여신님."

[행운의 여신이 왜 부르냐고 묻습니다.]

"동전 좋아요."

[행운의 여신이 나도 좋다고 대답합니다.]

어째 부끄러워하는 기색인데… 왜지?

아무튼 욕망 템은 이 정도에서 마무리하기로 했다.

더 복사하려고 해도 이젠 [동전★★★]이 부족하다.

뭐, 큰 문제는 아니다.

시간이 지나 행운이 회복되면 동전으로 바꾸면 되기도 하고, 그 외에도 몬스터를 사냥해서 동전으로 바꾸다 보면 금방 모일 테니까.

물론 [웜 신]만큼 대량의 동전이 단번에 벌리지는 않겠지만… 그런 몬스터를 자주 상대하고 싶지도 않았다.

적당히 내 수준에 맞는 몬스터를 잡아 가며 레벨 업도 하고 동전도 벌고 그랬으면 좋겠다.

이것이 내 소박한 바람이었다.


                    *              *              *


나는 [세 번 위대한 이]가 내어 준 [성좌 퀘스트]의 완료 버튼을 눌렀다.

그러자 [성좌의 파편] 일곱 개가 내 인벤토리에 차곡차곡 쌓였다.

이건 또 따로 쓸 일이 있으리라.

마침 다음 층이 30층이기도 하니까.

미궁 30층은 일종의 집결지라고 할 수 있었다.

그러나 단순한 모험가의 집결지라면 내가 이렇게 대비할 이유가 없었다.

30층에 집결하는 건 '우리 미궁'의 모험가만이 아니기 때문이다.

'다른 미궁'의 모험가도 집결한다.

사람이란 게 늘 그렇듯 외부 세력이 나타나면 일단 적대하게 마련이며, 이 과정에서 다양한 갈등에 시달리게 된다.

이러한 세력 간의 갈등에서 자유로워지는 방법은 간단하다.

힘이 세면 된다.

힘이 세면 쓸데없이 머리 굴릴 이유가 없어진다.

내가 '우리 미궁'의 모험가들 수준을 올리려고 발악한 게 이때문이다.

전력에서 우위를 차지하면 일어나야 할 싸움도 일어나지 않는 경우가 대부분이니까.

뭐, 말은 이렇게 해도 아마 다른 미궁의 모험가들을 상대하는 건 그리 어렵지 않을 것이다.

일단 내가 세고, 우리 미궁 모험가들도 강하니까.

그럼에도 불구하고 방심해서는 안 되는 이유가 하나 더 있다.

30층에는 성좌들도 모이기 때문이다.

신좌를 목전에 둔 초고위성좌부터 저 아래에서 노는 하위 성좌에 이르기까지, 그야말로 온갖 성좌가 집결한다.

그래서 11층에서 하위 성좌와 계약하지 않았던 모험가는 여기서 성좌와 계약하게 된다.

그런데 30층에 나타나는 성좌들은 11층의 성좌들처럼 얌전하게 접견을 받아 주지 않는다.

일단 퀘스트부터 던져 놓고 간을 보는 축은 오히려 온건하다고 볼 수 있다.

어떤 성좌 놈은 다른 모험가를 살해하라고 종용하기까지 한다.

그것도 퀘스트가 아니라 그냥 말로.

당연하지만 미궁이 중재하지도 않는, 그냥 말로만 떠든 약속에 강제성은 없다.

유혹에 말려든 모험가는 필사적으로 같은 모험가를 죽여 놓고도 아무 보상도 받지 못한 채 성좌의 비웃음만을 받는 경우가 허다하다.

이런 비극을 막기 위해, 이미 30층의 공략을 커뮤니티에 올려놓긴 했다.

하지만 그 커뮤니티는 우리 미궁의 커뮤니티다.

다른 미궁의 모험가는 내 공략을 읽지 못할 것이고, 따라서 성좌들이 치는 사기에 대해 잘 모를 것이다.

그런 그들이 뒤틀린 성좌의 뒤틀린 유혹에 넘어가 이상한 짓을 벌일 가능성이 결코 낮을 수가 없었다.

이렇다 보니 미궁 30층은 몬스터도 등장하지 않고 별다른 함정이나 극복해야 할 현지 세력도 없음에도 불구하고.

여러모로 긴장을 안 할 수가 없는 층이라 할 수 있었다.

"내가 좀 더 빨리 내려올 걸 그랬나."

별일 없을 거라고 예상은 했지만, 예상은 예상일 뿐이다.

변수가 생길 가능성은 결코 낮지 않았다.

일단 우리 쪽 모험가의 평균 레벨이 지난번과 천양지차라 일컬을 수준이었다.

그렇다면 이제껏 보아 왔던 미궁의 사양상, 저쪽 모험가의 수준도 그만큼 올라갈 가능성을 생각해야 했다.

"조금만 더 빨리 올걸."

나는 후회했다.

하지만 그 후회도 30층의 입구를 통과할 때까지로 한정되었다.

"차렷! 앞으로 누워! 뒤로 누워! 좌로 굴러! 우로 굴러! 기상!!"

30층에 이제 막 내려온 내 눈앞에서 모험가들이 데굴데굴 굴러다니고 있었다.

하나 같이 다 못 보던 모험가들이다.

"아, 선생님. 오셨습니까?"

그리고 그 모험가들을 문자 그대로 땅바닥에다 굴리고 있던 모험가의 정체는 어디서 구했는지 모를 빨간 모자를 쓴 유상태였다.

"자, 차렷! 회귀자님께 대하여— 경례!!"

"충! 성!!"

이게 대체 뭐다냐.

*　　　　*　　　　*

'회귀자의 아이들 중 첫째 아이' 답게, 유상태는 모든 것을 잘 처리했다.

사실 나는 세간에 일반적으로 통용되는 유상태의 이 칭호가 싫다.

이렇게 말하면 내가 유상태보다 나이가 많은 것 같으니까.

그 오해가 사실은 진실이라는 점 때문에 더더욱 최악이다.

좌우지간, 다른 미궁에서 온 다른 모험가들은 양과 질 양면에 있어서 우리 미궁에 밀렸다.

무엇보다 가장 차이가 큰 점은 바로 에이스의 유무였다.

내 존재를 제외하더라도, 4서폿은 레벨과 직업 능력, 그리고 일반 기술로 올린 든든한 능력치로 에이스 역할을 담당하기에 충분했다.

고유 능력은 서포터 계열 능력인데 본신의 전투 능력이 이렇게 높은 것도 이질적이리라.

각 개인의 능력만 봐도 그러한데, 이들의 진면목은 서로가 서로를 지원하여 집단 전투력을 끌어올리는 팀워크에 있다는 점이 화룡정점이었다.

이 넷이 한꺼번에 모여 있을 때, 동수로 이길 수 있는 조합은 그리 많지 않다.

물론 나는 혼자서 넷 다 이기지만. 회귀도 했고 레벨 한계도 더 높은 내가 여기서 이름을 대는 게 반칙이지.

그래서 4서폿을 필두로 한 우리 미궁의 모험가들이 다른 미궁 집단을 무력적으로 제압하는 전개는 당연을 넘어서 필연이기까지 했다.

그것도 한 명도 죽이지 않고.

내가 걱정했던 사태는 일어나지 않은 셈이다. 게다가 유상태는 항복한 다른 미궁 집단에 내 소문까지 퍼트려 놓았다.

그 말이 무슨 뜻이냐면, 이미 다들 [비밀 교환++]이 활성화된 상태로 나를 만나게 됐다는 의미다.

문자 그대로 완벽한 일 처리였다.

유격 모자 쓰고 유격 훈련 시킨 건 좀 뇌절이었다만, 이 정도는 그냥 넘어가도 될 정도였다.

*　　　*　　　*

11층이나 20층과 달리 30층은 성좌들이 제멋대로 돌아다니며 영향력을 행사하는 층이다.

따라서 모험가들을 휘어잡고 비틀린 성좌들이 수작을 치지 못하게 조언을 아끼지 않는 내 존재는 눈엣가시에 가까우리라.

그래서 나는 몇 번 정도는 성좌의 시비에 걸릴 각오를 굳힌 터였다.

그러나 실제로는 단 한 번도 그런 일이 벌어지지 않았다.

[행운의 여신이 내 덕이라고 하고 싶지만, 사실 아니라고 솔직하게 털어놓습니다.]

어디서 정보가 샜는지, 성좌들 사이에서 내가 [성좌의 파편]을 가지고 있다는 소문이 도는 모양이다.

성좌들이 탐낼 만한 물건을 들고 있다면 오히려 시비가 더 많이 걸려야 하는 거 아닌가 싶지만, [성좌의 파편]만은 다른 듯했다.

[네가 비의 계승자를 소멸시켰다는 소문도 돌고 있다고 행운의 여신이 부언합니다.]

뭐, 비록 내가 의도하고 한 일은 아니지만 그게 또 틀린 말은 아니다.

정확하게 따지자면 [비의 계승자가 먼저 자폭하고 나는 거기 휘말리지 않은 채 살아남은 것뿐이지만, 어쨌든 거짓말은 아닌 셈이니까.

[행운의 여신은 그 소문 때문에 어지간한 잡성좌는 오히려 널 두려워할 거라 말합니다.]

"그렇군요."

일의 정확한 선후 관계가 어찌 됐든 그 덕에 귀찮은 일을 덜 수 있다는 건 환영이다.

30층에서 모험가들이 해야 할 일은 크게 두 가지로 나뉜다.

첫번째는 전직이다.

30층에서는 좀 더 자신에게 적합한 상위 직업 성좌와의 계약을 추진할 수 있게 되는데, 그것을 전직이라고 부른다.

두번째는 계약이다.

성좌와 계약해서 전투력의 강화를 누리거나, 자신의 역할을 좀 더 강화하거나 할 수 있다.

그러니까 11층과 20층에서 이미 했던 것을 한꺼번에 다시 하면 된다.

비록 11층에서 이미 하급 성좌와 계약을 해 버린 모험가들은 어지간하면 그 계약으로 만족해야겠지만 말이다.

참고로 나는 두 경우 모두 해당되지 않는다.

이미 최상위 직업 성좌와 계약한 데다, 특정 성좌와 계약하는 대신 하던 대로 문어발을 뻗어 두는 게 내게 더 유리하기 때문이다.

그런데 여긴 11층과 달리 성좌의 전당도 없는데, 성좌와의 계약은 어떻게 진행해야 하는가?

간단하다. 30층에는 온갖 성좌의 성상과 성검이 흩뿌려져 있다. 그리고 함정과 유혹도.

계약을 바라는 모험가는 함정과 유혹을 피해 원하는 성좌의 성상이나 성검과 접촉하면 된다.

그렇게 접촉한 후에도 성좌와의 면접을 진행해야 하며, 잘못하면 차이거나 최악의 경우 저주를 받을 수 있지만…….

이번에는 그럴 일이 거의 없을 것이다.

내가 성좌의 성향이나 계약 기준 등을 다 가르쳐 줄 테니까.

물론 내 말을 안 듣는 모험가들은 여전히 그 위험에 노출되어 있겠지만, 나는 그냥 신경 쓰지 않기로 했다.

물 먹기 싫다는 말을 억지로 물가에 데려갈 이유가 없으니까 말이다.

하지만 이 귀한 정보를 공짜에 가깝게 풀어 두기 전에 반드시 해야만 하는 일이 있다.

*            *            *

사실 개인 능력이나 성향상, 미궁의 몬스터를 잡거나 퀘스트를 해결하는 것보다 같은 모험가를 잡는 게 훨씬 더 이득인 사례가 얼마든지 있다.

그리고 그런 모험가가 어떤 성좌와 만나면 시너지가 폭발하는 지도 나는 잘 알고 있었다.

멀리 갈 것 없이 김만수의 [비밀 교환]과 [음습하고 기괴한 인형사]의 조합이 그만큼 파괴적이었으니까.

하지만 나는 그런 조합을 인정하지 않을 생각이다.

이는 당연히 최대한 많은 모험가를 살려서 데리고 가기 위해서 였다.

사람을 죽여서 두 배, 세 배 강해질 수 있다 한들, 나는 살인마 에게 다른 선량한 모험가를 먹잇감으로 내줄 생각이 전혀 없었다.

강력한 개인의 전투력이 필요한 국면이라면 내가 나서면 그만이니, 굳이 소수 정예를 고집할 이유가 없다.

오히려 서포터 계열 모험가를 잔뜩 살려서 많이 데려가는 게 더 효율적이다.

따라서 나는 그런 능력, 그런 성향의 모험가가 위험한 성좌와 접촉하는 것을 최대한 막아 볼 생각이었다.

해당 모험가가 내 권고를 듣지 않고 계속해서 살인을 통해 이득을 얻으려고 한다?

만약 그런 상황이 닥친다면 내가 내릴 결정은 하나뿐이었다.

"죽여야지."

그러고 보니 14층에서 김민수를 [영혼 깃든 흑요석 단도] 안에 넣고 놈을 죽인 살인자 셋을 [시체 먹기+]로 먹인 후 밥 준 적이 없다.

잘하면 이번 기회에 김민수가 포식하겠다 싶다.

*       *       *

오혁우, 그는 회귀자였다.

"회귀한 게 지뿐인 줄 알아?"

이철호와는 다른 미궁에서 회귀한 오혁우는 '그의 미궁'에서 가장 강력한 자였다.

그렇기에 오혁우는 권력자였다. 그의 미궁에 속한 모든 모험가가 그를 따랐다.

그랬던 오혁우가 지금 30층의 외딴곳에 홀로 남아 이를 뿌득 뿌득 갈고 있었다.

오혁우는 회귀의 비밀을 유지했다.

회귀 전에 얻은 지식과 정보를 독점하고, 보상과 전리품을 독차지했다.

미궁의 다른 이들은 그의 부스러기를 주워 먹는 것만으로도 바빴다.

다른 사람보다 부스러기를 더 많이 주워 먹기 위해 눈치 빠른 이들이 그에게 붙었지만, 그는 철저하게 혼자 움직였다.

어차피 30층까지는 홀로 움직여야 하는 층이 많았으므로 그리 어렵지 않은 일이었다.

그리하여 오혁우는 강해졌다.

30층 시점에 무려 100레벨, [인간+]에 도달한 그는 이 정도면 누구에게도 지지 않으리라는 자신감을 얻었다.

그러나 그런 오혁우의 자신감은 30층에 도달하자마자 박살 나 버리고 말았다.

본인 입으로 자신은 회귀도 안 했다고 밝힌 여성 모험가가 오혁우를 정면으로 맞붙어 제압했다.

아직 어려 키도 작고 얼굴도 귀여웠지만 무시무시한 전투력을 지닌 그녀는 치유 계열의 고유 능력을 지닌 서포터였다.

"서포터라니! 우리 미궁에선 가장 밑바닥 계급인데! 그런 년한테 졌다고?!"

회귀자로서 선택받았다는 선민의식과 한 미궁의 최강자라는 자부심, 그리고 어떤 일이 일어나도 여자에겐 지지 않으리라는 남자의 자존심.

그가 품었던 그 모든 단단하리라 여겼던 마음이 부러져 나가
는 경험은 피륙이 잘려 나가는 것보다도 훨씬 고통스러웠다.

믿어지지 않았다. 불가능한 일이었다.

어째서 그럴 수 있었는지는 나중에 알았다.

오혁우가 아닌 다른 회귀자가 서포터 같은 부스러기 모험가
에게 천금보다도 귀한 회귀 지식을 무분별하게 풀어 버린 까닭
이다.

예쁘장한 여자의 낯짝에 홀려 미친 짓을 한 건가 싶었지만, 그
것도 아니었다.

'저쪽 미궁'의 모든 모험가가 미궁의 공략을 숙지하고 있다는,
도저히 믿을 수 없는 이야기를 태연히 해 댔다.

"회귀의 지식을 다른 사람과 공유한다고? 완전 미친놈 아니
야?"

보물은 회귀하기에 보물. 모두가 공유하면 더이상 보물이 아
니다.

오혁우는 손에 쥔 보물의 가치가 폭락하는 걸 그냥 눈 뜨고 보
고 있을 생각이 없었다.

"죽여야 해."

오혁우의 얼굴이 차갑게 굳었다.

'하지만 죽일 수 있을까?'

그 '회귀자'는 분명 강할 것이다. '그 여자'보다도 강하겠지.

정면으로 맞붙어 싸운다면 이길 가망이 없을 터였다.

'그래도 방법은 있어.'

암살.

강력한 모험가를 보통 방법으로 암살할 가능성은 0에 수렴했지만, 그렇다면 보통 방법이 아닌 수단을 동원하면 될 일이다.

지금 오혁우는 그 수단을 얻기 위해 움직이고 있었다.

그 수단이란 오직 하나.

성검.

이것밖에 없다.

그러나 오혁우는 생각하지 못한 게 있었다.

그의 미궁에서 그는 유일한 회귀자였기에, 자신이 아는 걸 다른 누군가 알고 있을 거라는 발상을 떠올리지 못했다.

당연한 논리니만큼 아주 잠깐, 3초 정도만 차분하게 생각해 봐도 알 수 있을 일이었지만…….

자신감이 꺾이고 자부심이 가루가 된 사내는 고작 그 정도 마음의 여유도 갖지 못했다.

그래서였다.

"정말로 여기에 오는 사람이 있을 거라고는 생각하지 못했는데."

여기서 그 남자와 맞닥뜨릴 거라 예상치 못한 건.

지구의 문명이 무너지기 전 시대에나 입었을 멀끔한 정장에, 강철로 만들어진 부츠와 건틀릿을 착용하고 가죽 허리띠에는 칼을 찬, 대체 어느 시대 사람이냐고 묻고 싶어지는 복장의 남자.

그 남자의 이름은 이철호, 회귀자였다.

오혁우, 그와 같은.

아니, 그와 다른.

　　　　*　　　　　*　　　　　*

　[비겁하고 비열한 살인마의 톱]은 누구의 손에도 들어가서는
안 되는 강력한 성검이다.

　사람을 대상으로 할 때 추가 피해를 줄 수 있으며, 연쇄 살인
을 벌일수록 전투력이 높아지는 옵션까지 붙었다.

　이것도 초기 상태 기준이다.

　별도 안 붙었는데 이 정도의 성능을 내는 데에는 당연히 대가
가 따랐다.

　소유주가 강렬한 살인 충동에 휩쓸리게 되는 것이 바로 그 대
가였다.

　성검을 들 자격도 심플하기 짝이 없어서, 사람을 둘 이상 죽여
보기만 하면 됐다.

　이 악랄한 성검은 몇 명이나 되는 모험가의 손을 거쳐 그 몇
배나 되는 피해를 냈고, 최후에는 김민수의 인형 중 한 명의 소유
물이 되어 40층의 대량 학살에 큰 비중을 차지했다.

　그래서 나는 이 성검부터 확보하기로 했다.

　나는 사람도 둘 이상 죽여 보았으므로 성검을 소유할 자격을
갖췄으며, [불변의 정신++] 덕에 살인 충동을 피하는 것도 어렵지
않다.

　그러니 당연히 이 성검은 내가 가져야 마땅하다.

　누구의 손에도 들어가면 안 된다는 뜻은 곧 내 손에는 들어와
도 된다는 뜻이니까.

[행운의 여신이 그 논리는 좀 이상하다고 합니다.]

"예? 뭐가요?"

[본인에게 자각이 없는 게 제일 무섭다고 행운의 여신은 몸을 떱니다.]

어쨌든 그래서 [부스터 백팩]의 비행 능력까지 활성화해서 빠르게 여기까지 왔는데…….

선객이 있을 줄이야.

하긴 그래, 내가 30층에 늦게 내려오긴 했지.

아무리 그래도 그렇지, 이곳에 사람이 있는 건 이상하다.

여기는 30층의 입구를 기준으로 30㎞ 떨어진 지점이다.

그것도 직선거리 기준이고, 실제로는 산 넘고 물 건너고 절벽을 기어오르고 뛰어내려야 하는 험한 길이다.

물론 충분한 이동 능력을 갖춘 모험가라면 여기까지 오는 데에 그리 많은 시간이 걸리지는 않겠지만…….

하필 여기까지 직선으로 온다고?

여기 오기까지 수상해 보이는 동굴이 몇 개고, 교묘하게 배치된 성상이 몇 개이며, 작은 사당과 큼지막하게 세워진 신전이 몇 개인데.

그걸 다 무시하고 여기로 온다, 라…….

수상하기 짝이 없다.

다행히 이 남자에게는 [비밀 교환++]의 아이콘이 떠올라 있었다.

나는 아이콘을 꾹 눌렀다.

그렇게 밝혀지는 충격적인 진실이란?

─이 남자, 오혁우는 회귀자입니다.

"오."

설마 나 말고 회귀자가 또 있을 줄이야.

하긴 회귀 조건이 빡빡한 것 같아도, 나 같은 사람이 더 없을 거라고 장담할 수 있을 정도로 빡빡하진 않다.

7층에 정착해서 광인병에 저항만 할 수 있다면 회귀 자체는 할 수 있는 셈이니까……

아, 근데 그러면 초기화를 못 피하잖아?

어떻게 했지?

나는 괜히 혼자 추리하지 말고 그냥 직접 물어보기로 했다.

물론 대놓고 묻는 건 좀 그러니까 [비밀 교환++]을 써서.

그래서 나는 이렇게 말했다.

"11층의 하위 성좌 중 [가슴이 부서진 이]의 숨겨진 이름은 이피스다."

이 하찮은 비밀을 기록해 둬서 다행이다.

어쨌든 [비밀 교환]으로 얻은 이름이니, 능력 발동의 조건은 만족할 것이다.

그리고 내가 예상했던 대로 [비밀 교환++]의 아이콘이 활성화되었다.

"너 이 새끼, 설마……!"

오혁우의 얼굴이 경악으로 물들었다.

"나한테 [비밀 교환]을 쓴 거냐!"

와, 회귀자답게 [비밀 교환]도 아네.

하긴 회귀자라면 모르는 게 더 이상하지.

회귀 전 최강의 모험가가 지녔던 고유 능력인 데다 그 당사자가 숨기지도 않았던 만큼 당연히 알고 있는 게 맞았다.

이건 내가 좀 부주의했군. 나는 반성했다.

그러거나 말거나 나는 비밀 교환 아이콘을 꾹 눌렀다.

―회귀 전, 오혁우는 고유 능력으로 [기억 능력]을 받았습니다.

이런 회귀 방법이 있었네.

하지만 나와 달리 레벨과 인벤토리 등 다른 모든 걸 초기화 당했을 가능성이 컸다.

"큭!"

오혁우는 이대로는 안 되겠다 싶었는지, 땅을 박차고 달려 나갔다.

그리고 아무런 망설임 없이 [비겁하고 비열한 살인마의 톱]을 손에 쥐었다.

나는 딱히 막지 않았다.

아무 짓도 하지 않은 채, 녀석이 무슨 짓을 할 건지 흥미롭게 지켜보기만 했다.

다음 순간, 오혁우의 모습이 훅 사라졌다.

그리고 그로부터 1을 세기도 전에 내 목에 톱이 박혔다.

"죽어라!"

"잘 말했다."

나는 싱긋 웃었다.

아무리 나라도 그냥 이 자리에 와있다는 이유만으로 이놈을 처형하는 건 좀 껄끄러웠다.

적당한 명분이 필요했다.

다른 미궁의 최강자를 죽이려면, 누구라도 납득할 수 있을 만한 '반격'의 근거가 존재해야 했다.

그리고 지금 오혁우가 내게 그 명분을, 내 행동의 근거를 안겨주었다.

당연히 이 장면은 커뮤니티 기능으로 잘 녹화되고 있다.

뒤늦은 명절 선물이라도 받은 느낌이로군.

아주 기껍다.

[신비한 폭발].

쾅!

『강한 채로 회귀』 4권에 계속…